A ÁRVORE DA DANÇA

Obras da autora publicadas pela Editora Record

A árvore da dança
Vardø, a ilha das mulheres

A ÁRVORE DA DANÇA

KIRAN MILLWOOD HARGRAVE

Traducão de Elizabeth Ramos

1ª edição

EDITORA RECORD
RIO DE JANEIRO • SÃO PAULO
2024

CIP-BRASIL. CATALOGAÇÃO NA PUBLICAÇÃO
SINDICATO NACIONAL DOS EDITORES DE LIVROS, RJ

H242a   Hargrave, Kiran Millwood, 1990-
           A árvore da dança / Kiran Millwood Hargrave ; tradução Elizabeth Ramos. - 1. ed. - Rio de Janeiro : Record, 2024.

           Tradução de: The dance tree
           ISBN 978-85-01-92234-2

           1. Ficção inglesa. I. Ramos, Elizabeth. II. Título.

24-92109   CDD: 823
                   CDU: 82-3(410.1)

Meri Gleice Rodrigues de Souza - Bibliotecária - CRB-7/6439

Título original:
The Dance Tree

Copyright © 2022 by Kiran Millwood Hargrave

Texto revisado segundo o Acordo Ortográfico da Língua Portuguesa de 1990.

Todos os direitos reservados. Proibida a reprodução, no todo ou em parte, através de quaisquer meios. Os direitos morais da autora foram assegurados.

Direitos exclusivos de publicação em língua portuguesa somente para o Brasil adquiridos pela
EDITORA RECORD LTDA.
Rua Argentina, 171 – Rio de Janeiro, RJ – 20921-380 – Tel.: (21) 2585-2000, que se reserva a propriedade literária desta tradução.

Impresso no Brasil

ISBN 978-85-01-92234-2

Seja um leitor preferencial Record.
Cadastre-se no site www.record.com.br
e receba informações sobre nossos
lançamentos e nossas promoções.

Atendimento e venda direta ao leitor:
sac@record.com.br

EDITORA AFILIADA

A Katie e Daisy, que mantiveram a esperança quando ela parecia pesada demais para ser carregada sozinha.

Seus corpos frágeis são como os ventos mais fortes, e
os caminhos da criação, inúmeros como são, contam que
nada nem ninguém é descartável.

DE
The Beehive Metaphor
De Juan Antonio Ramírez

Às vezes, o corpo experimenta uma revelação porque
abandonou todas as outras possibilidades.

DE
Fugitive Pieces
De Anne Michaels

Quando vi este espetáculo, quis viver por
Um momento por um momento. Por mais deselegante que fosse,

Era o que poderia ter sido estar viva, mas ternamente.

Uma coisa. Uma coisa. Uma coisa:

Diga-me que existe
Uma campina, mais além.

DE
"A Meadow"
De Lucie Brock-Broido

ESTRASBURGO, 1518

Ninguém dança

Ela ouviu dizer que havia pão na praça. Talvez fosse mentira, ou talvez os pães estivessem tão estragados que não desse para comer, mas Frau Troffea não se importa. A esperança a nutre tanto quanto qualquer coisa que desceu por sua garganta nos últimos meses. Ela catou cogumelos com os outros, preparou armadilhas para pegar lebres na mata, como fazem os ciganos. E nada. Até os animais estão famintos neste verão tórrido, depois do Inverno da Fome. Ela trouxe para casa um pássaro sem ninho e o cozinhou diretamente nas cinzas da fogueira, mastigando os ossos macios e quebradiços, ferindo as gengivas até a boca se encher de ferro e sal.

O marido não faz ideia do quanto ela sofre, parece nunca ter conhecido a fome. Ele fica forte, os músculos como cordas envolvendo os braços. Mas ela a tem dentro de si, como uma criança, e a fome cresce, suga e estufa a barriga, até ela se contrair sob o peso do vazio torturante.

Ela deu para mastigar retalhos de couro. Começou a chupar a ponta do cabelo e a contemplar os cães vadios com renovada atenção. Passou a ver pontos de luz no ar. Ultimamente, consegue movimentá-los com a ponta dos dedos.

Mas Frau Troffea ainda não perdeu o juízo e, enquanto cambaleia por sua cidade, ela concebe um plano. Se o pão estiver queimado, ela pode mergulhá-lo no rio até que amoleça. Se estiver mofado, talvez outros o tenham deixado. Se não houver pão, ou se já tiver acabado, ela pode encher os bolsos de pedras e entrar na água, como alguns já fizeram. Mulheres foram vistas atirando seus bebês no rio para darem conta de alimentar os outros filhos. Ela teria feito o mesmo se suas crianças tivessem sobrevivido à infância. O filho que sobreviveu está pendurado pelo pescoço há muito tempo como traidor. Samuel, um dos muitos sentenciados no lugar de seu líder, Joss Fritz, que desaparece na Floresta Negra após cada tentativa de rebelião.

Os abrigos para miseráveis estão lotados, assim como os cemitérios. O fim do mundo está chegando, proclamado das ruas às igrejas. Geiler, a Trombeta da Catedral de Estrasburgo, morreu há oito anos, mas suas palavras estão pintadas nas paredes, ecoam nos púlpitos da catedral: *Nenhum de nós será salvo*. O cometa, que chegou arrastando sua cauda ardente na virada do século e amaldiçoou todos, foi retirado da cratera e colocado num altar, mas já era tarde demais.

Ela reza enquanto anda, embora seu rosário tenha se desfeito há muito tempo, as contas de cerâmica rachando entre os dentes, tal qual ossos de pássaro.

Frau Troffea enrola um fio de luz entre os dedos, macio como lã de cordeiro. O suor escorre pelo lábio, pelas costas, encharca o tecido fedorento do vestido. O sol queimou a sola dos seus pés quando ela caiu de sono em frente a uma taverna ao meio-dia. A bebida — novidade para ela e algo que mal podem pagar, mas o trigo estragado serve para cerveja — por si já é abundante. O marido não foi procurá-la em nenhum momento da noite. Seus pés esfregam os paralelepípedos e é bom senti-los outra vez, as bolhas dando lugar à pele nova.

O caminho a leva pelo mercado de cavalos, construído fora dos limites da cidade, quando o centro de Estrasburgo era em outro lugar. Hoje em dia, chegam queixas da catedral por causa do fedor, mas Frau Troffea gosta: azedo e forte o bastante para revestir a língua. Ela abre a boca, enche os pulmões.

A cidade cresceu como uma fera desgovernada. Em sua juventude, era farta em riqueza, e assim as pulgas vieram rastejando. O comércio há muito minguou, mas ainda surgem novos rostos todo dia, rostos escuros entre eles, como se os demônios já estivessem aqui, entupindo o hospital com sua sujeira. O Sacro Império Romano está ocupado na luta contra os turcos otomanos, engajado numa batalha para salvar suas próprias almas. Ela não sabe ler, mas tem noção de que existem panfletos sobre eles, os turcos, que ameaçam seu império, seus lares. Eles são o inimigo, mas vêm mesmo assim, alegando fugir das mesmas hordas que lutam por eles.

Frau Troffea fica atenta a essas mentiras.

Passa os dias observando os infiéis e os vê até na igreja, embora o incenso sagrado queime espesso o suficiente para travar mandíbulas. Ela examina o próprio corpo toda noite em busca de picadas e sinais de íncubos e encontra apenas ossos cada vez mais rijos sob a carne que se esvai.

A praça do mercado oscila apática diante dos seus olhos. Ela vasculha as barracas fechadas, o chão empoeirado, os bueiros entupidos com esterco ressecado pelo calor. Sente o odor da doçura e da merda de sua cidade, assando sob o sol implacável, abençoado, amaldiçoado. A cabeça está ocupada com tudo isso enquanto ela procura, revirando a poeira, as mãos com punhados de terra. Ela murmura uma oração como uma praga, como se Deus pudesse fazer cair pães do céu. Mas nada cai, exceto o calor nas costas, nas panturrilhas e na sola queimada dos pés, e mais uma vez se pergunta por que o marido não veio procurá-la.

Ela chora, mas não sente vergonha. Tentáculos de luz pululam ao seu redor como moscas, celestiais e delirantes, entrelaçando-a em seus fios e tecido macios. As mãos estão cheias de terra e excremento, as unhas coçam e ela quer arrancá-las.

A luz lhe faz cócegas sob o queixo.

Frau Troffea inclina a cabeça para trás, olha para o sol até que seus olhos sejam tomados pelo branco. A luz rodopia sobre ela como uma nuvem, açoitando-a delicadamente como a vela de um barco ao vento. Ela levanta um pé, depois o outro. Os quadris balançam. Abre os lábios em êxtase.

Sob o céu azul e incandescente, Frau Troffea ergue as mãos e começa a dançar.

1

Lisbet arqueia o pé, apoia-o na estrutura de madeira da cama até a cãibra diminuir. Os olhos estão grudentos de sono: ela os esfrega. Poderia ficar aqui deitada por mais uma hora neste silêncio matinal, mas o tempo é precioso e escasso. Hoje, a irmã de Henne, Agnethe, retornará das montanhas e tudo mudará.

Henne está deitado de costas para ela, a camiseta de algodão encharcada e transparente, a pele rosada no pescoço, uma cicatriz em formato de estrela enrugada sob a linha de cabelo, onde um empírico cortou fora uma verruga que não parava de crescer. Ela vira a cabeça para observar sua respiração. Poderia pressionar a mão entre suas escápulas, sentir a respiração zumbir como as colmeias de palha trançada — mas é impossível, uma distância longa demais para atravessar. Em seus primeiros dias, ela sempre o tocava: as mãos na testa dele, catando fiapos de palha do cabelo, roubando beijos pelas costas da mãe dele. Mas hoje essas delicadezas fazem parte do passado.

Os dedos dos pés se contraem de novo e ela se levanta sibilando. Eles há muito deixaram o lençol de lado, suam sobre a palha feito cavalos, e uma gota escorre pelas costas dela. Sente vontade de arrancar a camisola, ir até o rio pela floresta e rolar na lama como se fosse uma porca.

Ela se põe de pé, atravessa o quarto e vai até a janela. Algumas abelhas sonolentas passam pelo espaço entre as lâminas de madeira da janela e ela se pergunta se a reconhecem sem a tela de proteção, se sentem a doçura do mel que produzem no seu suor.

Mesmo a luz parece concentrada e espessa de calor. Agnethe retornará de sua penitência para um verão deprimente. Ar nenhum entra para agitar as janelas ressecadas, nada se move, a não ser as abelhas e a dor na perna, desenrolando-se como espinhos de cima a baixo. Ela aperta o lábio entre os dentes, morde com força suficiente para machucar, mudando o foco da dor. Dentro dela, a criança se mexe, e ela observa a ondulação sob a camisola como lambaris. *Ainda está aí? Que bom.*

Ela junta as mãos sob o monte, que recentemente cresceu demais para que conseguisse envolvê-lo no seu ponto mais largo. Faltam dois meses. Nunca havia chegado tão longe, ficado tão grande. Ela acaricia a pele esticada com o polegar e começa a andar até não sentir mais como se estivesse caminhando sobre cacos de vidro quente. Consegue dar oito voltas no quarto antes que o colchão farfalhe.

— Lisbet?

Ela continua andando.

— Lisbet. Pare.

— Está quente.

Ela só consegue ver os dentes e o brilho dos olhos dele, quando ele fala.

— Uma cerveja?

— Não.

— Você deveria se deitar. Descansar.

Ela range os dentes. Tentou isso nas primeiras vezes em que ficou grávida, embora a sogra contestasse, queria que ela se movimentasse antes do parto, para que o acelerasse e se mantivesse forte. Henne ignorou a vontade da mãe da primeira e da segunda vez, e Lisbet passou os últimos dias deitada na cama como uma nobre, ou então sentada à mesa da cozinha, enquanto ele a mimava e acalmava, alimentando-a com bolinhos de leite que mergulhava em mel com os dedos.

Tinham esperança então, e mesmo depois da sexta gravidez ouviam coisas horríveis das mulheres na igreja. E agora, passados cinco anos desde os bolinhos de leite, ela não tem nada vivo para mostrar.

Sophey a culpa, Lisbet percebe. Repetidamente, chama Lisbet de desleixada, embora seja dedicada às abelhas, contando à nora como trabalhava pesado no campo antes de dar à luz Heinrich, como ordenhava vacas antes de Agnethe.

— É por isso que Henne tem ombros fortes e Nethe, braços fortes.

Agnethe. Nethe. O nome é quase místico para Lisbet, tão mítico quanto aqueles braços fortes, ou o maxilar que dizem compartilhar com o irmão. Em breve, Lisbet verá se isso tudo é verdade. As menções de Sophey e Henne a Agnethe nos primeiros anos eram tão esparsas que foram deixadas de lado, e qualquer pergunta feita por Lisbet também era ignorada. Lisbet sempre teve a sensação de entrar em um quarto que outra pessoa, mais querida, tinha acabado de deixar, como se Henne tivesse buscado uma esposa para preencher o espaço que Agnethe havia deixado à mesa. Sempre um presságio: o nascimento coincidindo com o cometa, a chegada seguida da partida de Agnethe, as regras perseguindo a loucura da mãe. Uma abelha bate na janela. Ela bate também.

Até Ida, tão boa em fazer Lisbet se sentir em casa desde sua chegada, contorna os limites da verdade quando se refere a Agnethe, jamais dando nenhuma resposta para além dos fatos.

— Ela foi para um convento no monte Sainte-Odile pagar penitência.

— Mas vocês eram amigas — insistia Lisbet, com a sensação de cutucar uma ferida, disfarçando o ciúme de que Ida pudesse amar outra amiga tanto quanto a amava. — Você deve saber por que ela foi embora.

Mas Ida, apesar dos olhos grandes e da alegria infantil, é mestra na arte do disfarce e sempre conseguia fazer Lisbet deixar o assunto de lado e passar para os territórios mais agradáveis das fofocas — a última indiscrição de Herr Furmann, as dívidas de jogo de Sebastian Brant — até que Lisbet esquecesse sua preocupação e Agnethe voltasse a ser apenas uma sombra nos fundos da sua mente, apenas um vislumbre.

Sete anos de penitência. Lisbet tentou sondar as profundezas dessa sentença, pesar sua particular gravidade. Fica se perguntando como as coisas vão mudar, agora que outro corpo estará na casa. A presença de Agnethe não é propriamente algo pelo qual Lisbet tenha rezado durante todos esses anos. Eles tinham certeza de que uma criança chegaria bem antes do fim da penitência de Agnethe, talvez duas ou três, como foi o caso de Ida, os rostinhos limpos, as unhazinhas cobertas de cera do aprendizado sobre abelhas. Lisbet fecha os olhos, apagando a imagem, deixando escapar um ruído, cada criança perdida um buraco no corpo e no coração. No espaço que ela separou à mesa se sentará uma mulher completamente crescida, purificada do pecado que ninguém ousa mencionar.

Henne senta-se resmungando. Ela o vê esfregando os olhos sob a luz tênue que atravessa as ripas da janela, a pele pálida na escuridão.

— Volte a dormir — diz ela, mais ríspida do que pretendia.

Ele afasta o lençol embolado nos tornozelos e se levanta, tornando-se mais sólido na penumbra. Ela sempre gostou de sua solidez, o conjunto firme adquirido no trabalho na floresta, o rendilhado das cicatrizes das abelhas nos pulsos, do tempo em que elas não o conheciam nem confiavam nele. Lisbet ainda o deseja, embora ele cumpra seu dever de olhos fechados depois de cada gravidez fracassada. Agora, ele a vê observando-o e se vira para se vestir.

Ela abre as janelas, expulsando a abelha de volta ao ar livre. As árvores cobrem tudo, chegando até os limites da fazenda caindo aos pedaços, onde raízes precisam ser cortadas e arrancadas, numa batalha interminável. A luz já paira acima deles, arroxeada como as veias na barriga de Lisbet. A aurora entra diretamente no quarto, embora nunca haja tempo para vê-la chegar.

Um peso repousa sobre seus ombros: o braço de Henne, ajeitando o xale. É o toque mais próximo em dias, talvez semanas. Ele se afasta com a mesma rapidez. Ela tira o xale e o joga numa cadeira.

— Quente demais.

Ele suspira. Houve um tempo em que achava encantadoras até mesmo suas queixas. Ria, chamava-a de *schatzi*, doçura. Por acaso, ela não estava parada junto a essa janela, recém-casada e reclamando do frio, na primeira vez em que ele colocou um bebê dentro dela? Se ficar aqui por tempo suficiente, talvez ele se lembre, a abrace. Ela o ouve urinando no penico. O bebê se mexe.

Ela espera até ele terminar antes de se virar, a barriga batendo na janela.

— Vou dar uma volta.

Ele segura o penico.

— Vou com você.

Lisbet balança a cabeça, já colocando o vestido mais leve, fedorento de tanto uso. Sente o zumbido familiar dentro de si, o desejo de ir até as abelhas e sua árvore, ficar lá sozinha com seus bebês antes de o dia começar.

— E se Agnethe chegar?

Os ombros enrijecem: ela percebe a respiração interrompida. Ele se preocupa com o retorno da irmã. Antigamente, talvez ela tivesse perguntado por quê. Agora há um abismo tão grande entre os dois que ela ousa apenas contornar o poço.

— Ela vai demorar horas para chegar. É perigoso descer a montanha antes da luz do dia, e da abadia até aqui leva um dia de viagem.

Ele já havia calçado os tamancos antes que ela forçasse os dela nos dedos inchados. Quando aperta o inchaço do tornozelo, a marca permanece como se seu corpo fosse de argila fresca recém-retirada do solo. Ele abre a porta e eles atravessam em silêncio a casa escura até o quintal.

Lisbet sente o ar colar como poeira no corpo e acompanha Henne relutantemente. Ele esvazia o penico e pega o último pão velho da cozinha. Joga migalhas para as galinhas quando passam pelo galinheiro.

Os cachorros estão deitados no meio do quintal poeirento. O menor deles, Fluh, é jovem e valente e late como se tivesse caído numa armadilha toda vez que vê Lisbet. Ela não se importa tanto com Ulf, o cão de caça com pelo desgrenhado. Ele veio ainda filhote, não muito depois dela, e não pula nela nem morde suas saias.

Fluh arranha a poeira ao redor dela, cavando fundo, mas Ulf se levanta e se aproxima quando eles abrem o portão, passam pelas colmeias de palha trançada zumbindo com abelhas despertando e entram na floresta.

O chão é pura sombra, e Lisbet levanta os pés como se estivesse vadeando um riacho. As moscas se reúnem ao redor das orelhas, mas ela não aguenta deixar o cabelo solto no calor úmido. Não há som além de seus pés partindo folhas secas, caídas antecipadamente das árvores, e de sua respiração já ofegante.

Henne anda um pouco adiante, ligeiramente virado de lado para atravessar a passagem estreita. Ele não pergunta por onde devem seguir:

vai em frente e ela o segue. A mão dele está solta e ela se pergunta se ele se incomodaria se ela a segurasse. Mas então ele a abaixa para afagar a cabeça de Ulf, e ela descansa a própria mão na barriga.

Sobem um pouco o morro, a coisa mais próxima que se tem de uma vista nesta parte devastada do mundo. Ela os imagina pressionados como sementes sob o polegar d'Ele, plantadas bem fundo, e acelera o passo, ultrapassando Henne. Em manhãs mais claras, quando o vento afasta o miasma que paira sobre Estrasburgo na maioria dos dias, ela consegue enxergar um pedacinho do pináculo da Notre Dame.

— Lisbet? — Henne está ao lado dela, seus quadris batendo um no outro. — Devagar.

Ela começa a lhe dizer que está bem, mas uma vertigem desce por suas costas, abençoadamente fria.

— Cuidado. — Finalmente, ele abraça a cintura de Lisbet. Ela se apoia nele até pequenas fagulhas pararem de saltar no caminho. Mesmo assim, ele a segura, e ela fecha os olhos. Um suspiro escapa dos lábios dela e ele a solta como se ela tivesse gritado. Ela tropeça e se recupera. — Vamos, casa.

Ainda estão a mais de dez passos do topo. Ela costumava subir correndo nos primeiros meses do casamento e voltar antes que Sophey percebesse que ela havia saído e que as tarefas tinham ficado por fazer. Sente-se pesada e esgotada, lamenta não ter vindo sozinha, ter tomado o seu tempo, ido à árvore. Mas agora o sol está alto e Sophey estará de pé, preparando tudo para o retorno de Agnethe. Sem reclamar, Lisbet deixa Henne liderar o caminho até a fazenda. Quando chegam às colmeias, ela faz menção de pôr a mão na cerca, mas ele lhe dá uma cutucada.

— Deixe que cuido disso.

— Elas precisam de água fresca...

— Eu sei — diz ele com mais um vislumbre de irritação. — São minhas abelhas, Lisbet.

Não são suas, pensa ela, *nem minhas*.

•

Henne já está olhando para além dela, pensando nas tarefas, no dia, tão concentrado que não percebe a mulher no quintal poeirento até Lisbet segurar seu braço. Sua cabeça está tão cheia de Agnethe que ela empresta à visitante um ou dois palmos de altura, alarga os ombros, coloca a boca e o queixo de Henne sobre os traços finos que já se abrem num sorriso ao vê-los.

Mas então ela dá um passo na direção deles, cabelos dourados capturando a luz da manhã, uma cesta nas mãos esguias. Eis Ida.

— Bom dia, Frau Plater.

— Herr Wiler. — Ida retribui o breve aceno de Henne, mas seus olhos estão fixos além dele, em Lisbet. Ninguém olha tão diretamente para ela como Ida, e essa é mais uma razão para amá-la. Henne segue para o pátio das colmeias. A infância compartilhada deveria lhes garantir alguma intimidade, mas, em vez disso, há algo de rígido entre os dois, um caroço numa fruta macia. Talvez seja o próprio Plater. O marido de Ida é detestado na mesma proporção com que Ida é adorada.

Ida beija o rosto corado de Lisbet, seu hálito doce de hortelã fresca e seus lábios macios e secos.

— Como você está esta manhã? — pergunta Ida com o agora familiar movimento de olhos que vai da barriga ao rosto de Lisbet.

— Bem o bastante — responde Lisbet, e a ruga de preocupação entre as sobrancelhas de Ida relaxa. Houve tantos dias em que a única resposta que Lisbet conseguia oferecer eram lágrimas que hoje ela considera cada dia de desconforto um triunfo.

— Bom — diz Ida, apertando a mão milagrosamente fresca na de Lisbet. — Veja o que eu trouxe para você.

Ela leva Lisbet até a pilha de lenha que Henne arrumou e deixou secando no quintal escaldante, e Lisbet se abaixa agradecida, enquanto Ida se empoleira ao lado, equilibrando a cesta entre as duas. Ela levanta o pano com um floreio, revelando um saco cheio de farinha, branca como a neve.

— Um presente — diz Ida — já que o centeio não lhe agradou.

— Não posso aceitar...

— Sinta só — pede Ida, os olhos brilhando de satisfação.

— Minhas mãos estão sujas — comenta Lisbet, embora, na verdade, ultimamente até mesmo depois de lavadas suas mãos continuem assim, cobertas de picadas de abelhas, inchadas de calor. Não quer expô-las ao lado das mãos de Ida, tão finas e bem cuidadas quanto as de um recém-nascido. Mas Ida pega seus dedos quentes e coloca um punhado de farinha na palma de sua mão. É macia como pétalas, leve e fina como poeira.

— Meu pai moeu duas vezes especialmente para você — explica Ida.

Para sua humilhação, lágrimas brotam nos seus olhos, e ela engole o nó na garganta.

— Sua boba — comenta Ida, rindo e enxugando as bochechas de Lisbet. — Você deve se lembrar de que eu também fiquei assim nos últimos meses. Manteiga derretida. Qualquer coisa que possamos fazer para ajudar a confortá-la é uma alegria para nós. E, neste calor, não consigo imaginar como você se sente.

— Eu estou bem o bastante — diz Lisbet com firmeza, despejando cuidadosamente a farinha de volta no saco, repetindo a frase que é tudo o que consegue dizer quando a amiga pergunta como ela está.

Lisbet tem o cuidado de não reclamar, com medo de que Deus escute e decida levar este bebê também. Essa é uma das muitas barganhas que fez consigo mesma, equilibrando-as uma sobre a outra tão precariamente quanto a cesta entre elas. Ida não tem esses receios: carregou cada um dos filhos sem sequer uma cãibra ou sangramento, desafiando o destino e o Diabo sem pensar duas vezes. Mas ela não é Lisbet, que vive com a evidência crua da própria maldição, a ladainha aprendida de cor: cometa, *Mutti*, bebês. Tanta destruição. Tanto sangue.

— É claro que está — diz Ida, afastando Lisbet da autocomiseração. — Você deve usar a farinha com a água mais fresca que tiver, e, veja bem, meu pai acrescentou um pouquinho de sal.

— Isso é demais.

— Nada é demais para você, Bet, para esse bebê. Ele vai chegar são e salvo e em breve.

Lisbet morde o interior das bochechas com força. Detesta quando Ida diz essas coisas. Ela não sabe... Ninguém além de Deus sabe.

— E o pão é só para você — continua Ida como quem faz um discurso. — Não é para Henne nem Sophey.

— Nem Agnethe — acrescenta Lisbet. — Vou ter trabalho para esconder de todos eles.

Os nós dos dedos de Ida que seguram a cesta ficam brancos.

— Ela já chegou? — pergunta displicentemente, embora tenha consciência de que Lisbet sabe que ela já tem a resposta.

— Hoje à tarde — responde Lisbet. — Foi por isso que você veio tão cedo? Para vê-la?

— Claro que não — diz Ida, corando de forma encantadora. — Você sabe que não somos amigas.

— Não sei de nada, porque você não me conta nada.

— Não tem nada para contar.

— É alguma coisa tão terrível assim? — pergunta Lisbet. Sabe que o tom é atrevido, mas não se importa. É a última chance de saber algo de Agnethe antes de conhecê-la. — O que ela fez?

— Já lhe disse mil vezes — responde Ida, já recuperando o controle, as mãos soltando o vime da cesta, o rosto mais uma vez pálido. — Não sei nada sobre... o pecado de Net... Agnethe. De qualquer forma, já está pago. Sete anos de penitência. Ela está livre da culpa novamente. Você não deve perguntar nada a ela.

Lisbet suspira e se mexe. Não quer brigar com Ida, pelo menos não diante do presente e debaixo do sol forte, que esquenta o chão sob elas tão rápido quanto seu rosto.

— Obrigada. Por favor, agradeça a Mathias e Herr Plater.

Ida bufa.

— Você acha que meu marido tem alguma coisa a ver com isso? O trabalho o prende em Estrasburgo quase toda semana.

Ida não lamenta o fato, e Lisbet não pode culpá-la. Plater foi nomeado executor do Conselho depois da última rebelião, responsável pelas medidas mais severas dos negócios dos Vinte e Um, na cidade e nos arredores dela. Lisbet e Ida testemunharam portas arrombadas na área miserável da cidade enquanto ofereciam esmolas, e a prisão ao lado do rio dobrou de tamanho. Lisbet não é a única a perceber que Plater se deleita com seu trabalho sombrio.

— Isso me lembra — diz Ida — de que ele vem aqui visitar vocês hoje.

— Plater?

— Isso — confirma Ida. — Ele falou para o meu pai.

— Quando?

— Hoje à tarde.

— Talvez queira ver a penitente.

Algo atravessou o rosto de Ida.

— Seria bom para ela que ficasse longe do caminho dele.

— Como assim?

— Diga a Heinrich, está bem? Que o espere.

— Claro — diz Lisbet. Quando Ida se fecha dessa forma, parece uma caixa trancada com cadeado. Não há como fazê-la ceder. Antes que a amiga se levante, Lisbet segura a mão dela. — Você sabe que pode falar comigo sobre qualquer coisa...

— Que descanso bom esse aqui, hein.

A mão de Ida se fecha com força na de Lisbet. Elas se viram, semicerrando os olhos sob o sol. Iluminado por trás, o corpo magro de Sophey Wiler parece angular, quase desaparecendo na altura da cintura, no lugar onde suas mãos se juntam aos quadris. Uma ruga no cenho franzido divide a testa em duas como uma cicatriz.

— Frau Wiler — diz Ida, pondo-se de pé. — Como a senhora tem...

— Ocupada — responde Sophey. — O que faz aqui tão cedo?

— Ela me trouxe um presente — explica Lisbet, incapaz de se levantar da pilha de lenha.

Tarde demais ela se lembra das instruções de Ida de que não compartilhasse a farinha fina, mas Sophey já estende a mão nodosa para a cesta. Ida obedientemente a entrega, e Sophey fareja o conteúdo.

— As crianças não vão sentir falta da mãe?

— Eu já estava de saída — avisa Ida. Ela tem medo de Sophey como qualquer pessoa, ninguém é imune à sua força. Sophey dá as costas sem mais uma palavra e segue para a cozinha.

— Ela é sempre tão grosseira com você — comenta Lisbet.

— Ela é grosseira com todo mundo — corrige Ida, dando de ombros. — E hoje é um dia de muita ansiedade. Até Sophey Wiler deve estar nervosa em receber a filha de volta.

— Acho que sim.

Com cuidado, ela ajuda Lisbet a se levantar, dá-lhe mais um beijo no rosto e um tapinha delicado na barriga.

— Fique bem.

— Fique bem — responde Lisbet, observando a amiga de ombros estreitos saindo apressadamente do quintal.

Além dela, Lisbet vê Henne entre as colmeias de palha trançada, passando de uma à outra, um fumigador na mão, como o incensário de um padre. Ele está longe demais para que ela sinta o cheiro do alecrim, mas Lisbet carrega o odor mesmo assim, nas roupas e no cabelo. O aperto no peito é físico, como se seu anseio fosse um fio que a ligasse às colmeias. A afinidade com as abelhas é sobrenatural e, quando está envolvida com elas, sente-se em equilíbrio, tal qual estrelas numa constelação de boa fortuna. Até Sophey percebe, embora nunca tenha admitido.

Na primeira vez em que viu a fazenda, achou-a pitoresca, com as três estruturas sólidas formando um espaço aberto voltado para as colmeias e para a floresta além. Imaginava crianças rolando na poeira do quintal bem cuidado, penduradas em suas saias. Muito barulho ao redor, lágrimas e risos: os deliciosos sons da vida e da necessidade.

Desde que visitou os abrigos para miseráveis, ela sabe que vive no que é considerado grande conforto para a região. Abelhas, uma cozinha e outros três cômodos. A fazenda, no entanto, parece ao mesmo tempo vazia e entulhada, e, mesmo sob o sol escaldante, de certa forma, escura. Apertada. Apenas as abelhas e sua árvore oferecem alguma alegria: as primeiras ofertadas por Henne; a outra, um presente que ela mesma se deu.

— Lisbet! — A voz de Sophey é um chamado e uma ordem. Lisbet suspira e vira as costas para as abelhas, o quintal deserto, e entra em casa.

2

De pé com uma vassoura na mão, Sophey parece um profeta segurando um cajado. Ela estende a vassoura para Lisbet.

— O quarto precisa ser varrido.

Não é necessário perguntar qual quarto. Na casa, há o quarto de Henne, o quarto de Sophey, a cozinha e o quarto. O quarto de Agnethe. Foi mantido fechado, como um túmulo, e Lisbet viu a porta aberta apenas algumas vezes durante a meia década em que vive na casa. Uma vez para soltar um melro que entrou pelo espaço entre as ripas da janela e parecia determinado a quebrar o próprio pescoço e outra quando Plater veio cobrar impostos sobre as portas e as janelas, contando cada uma tão lentamente que ela se perguntou se ele era pago por minuto de trabalho. Eles mal têm espaço sobrando, mas há um acordo tácito de que o quarto de Agnethe deve ser ignorado, como se a porta fosse uma parede, mantido limpo até que sua ocupante retornasse das montanhas.

Incerta, Lisbet pega a vassoura.

— Vou cuidar dos pães — diz Sophey, já se afastando. — Não se esqueça de bater os lençóis.

Parada na soleira, sentindo o cheiro de mofo no ar, observando a poeira rodopiar nas frestas das janelas, Lisbet tem a impressão de que Agnethe acabou de sair. Os lençóis estão amarrotados, o travesseiro amassado, o banquinho no canto do quarto fora do lugar, como se a ocupante do espaço tivesse esbarrado ao se levantar. Ao lado, uma bacia larga parecida com a que Sophey a mandou comprar no mercado nos primeiros meses depois da chegada de Lisbet. Talvez tudo esteja maculado pelo pecado de Agnethe e cada pertence dela tenha precisado esperar sete anos de penitência antes que pudesse ser tocado, limpo e lavado.

A bacia tem uma fina camada de poeira, a água há muito reduzida a vapor. Mas, quando Lisbet a levanta, pensa sentir o fantasma de um cheiro, herbal e doce como o hálito de Ida. Ao lado, vê um pente de osso amarelado, com restos de longos fios loiros, brilhantes e frágeis. Lisbet limpa a bacia e a coloca de volta no lugar, puxa o cabelo do pente e abre as janelas, atirando para fora o emaranhado de fios. Lisbet e Henne compartilham a vista com Agnethe: o sol nascente, árvores. Iluminado, o quarto parece menos abandonado e fica um pouco mais aconchegante.

Lisbet estica os lençóis, os dedos ásperos de poeira, e varre o chão, encontrando pequeninas penas do melro, conchas de caramujo vazias, seus rastros brilhantes marcados pelo calor seco. Limpa tudo, guardando as penas e as conchas no bolso. Coloca o travesseiro no lugar, afofando-o, e, quando faz isso, algo sob o tecido se move e faz barulho. Lisbet procura as bordas da fronha, mas estão costuradas com pontos delicados, tão finos que nem ela nem Sophey conseguiriam fazer no momento, com os dedos inchados.

Escuta Sophey e Henne conversando na cozinha. Desliza a unha pela linha, que está bem presa ao tecido. Puxa delicadamente um ponto, depois com mais força, então a linha cede. Lisbet enfia o dedo, peneirando a palha até sentir algo áspero amarrado em alguma coisa macia. Ela puxa, e sobre o lençol cai um cacho de cabelo loiro, trançado com uma fita de seda.

Lisbet coloca o cacho na palma da mão, o sol cortando luz e sombra. Quase não tem peso, tão áspero quanto os fios que ela puxou do pente. Mas, embora a cor seja a mesma daquele emaranhado, e até mesmo do cabelo de Henne, Lisbet sente que não pertence aos irmãos Wiler. A forma como está amarrado, guardado, escondido: tudo é terno e ilícito, como as fitas que Lisbet dispôs na árvore da dança.

— Lisbet?

Ela se assusta, quase deixando cair a lembrança, e a esconde com cuidado nas dobras da saia, voltando-se para Henne, encostado no batente da porta, bloqueando-a.

— Estou com fome — anuncia ele, a voz distorcida por um bocejo. Os dentes dele são bonitos, alinhados e firmes como lápides. Lisbet passou a língua pelos espaços em suas gengivas, dez buracos pretos. Para quase todos os bebês perdidos, um molar se soltou e foi extraído pelo empírico.

— Já vou — avisa ela e ouve os passos pesados dele, o banco sendo arrastado no junco velho. Na pressa, deixou desalinhar o delicado arranjo do cacho, e ela o ajeita da melhor forma possível, antes de deslizá-lo de volta para o lugar, para que Agnethe encontre tudo como deixou.

•

A penitente regressou no início da tarde. É alta como o irmão, alta como o cavalo curvado que cavalgou desde o amanhecer, da abadia no cume do monte Sainte-Odile, uma distância apenas três vezes maior do que a da fazenda até Estrasburgo, mas de tal fama e notoriedade que Lisbet sente como se estivesse diante de um ser de outro mundo.

A aparência de Agnethe Wiler faz pouco para corrigir essa fantasia. Para além da altura, que ela ostenta sem cerimônia, há a questão da cabeça, raspada e pálida como uma cebola descascada e marcada por uma porção de cortes e cicatrizes resultantes de repetidas raspagens, variando da antiga pele, marrom como a casca preservada de uma árvore, à rosada, mais recente. Há até mesmo, na gola áspera da túnica, certo frescor de vermelho. As mãos, que estendeu quando desceu do cavalo, cumprimentando a mãe com a cabeça curvada, também estão marcadas, e o rosto, agora levantado para o sol com a ajuda dos dedos retorcidos de Sophey, é encovado sob as maçãs, como se tivesse sido talhado.

Mesmo assim ela é linda, Lisbet não pode negar. Os traços de Henne são mais suaves nela, e até os olhos, desprovidos de cílios, que foram arrancados, as pálpebras rosadas e com crostas, servem apenas para destacar ainda mais o azul, como pérolas exibidas na língua roliça de uma ostra. Se tivesse o cabelo longo e loiro como o de Ida, talvez pudesse igualá-la em beleza. Como está, ela se destaca como uma figura à parte, a mulher mais estranha que Lisbet já viu.

— Está com fome? — pergunta Sophey, como forma de saudar a filha que não vê há mais de meia década. Agnethe faz que sim, demonstrando súplica em cada gesto, embora Lisbet não consiga vê-la como submissa. Ela irradia força, ainda que tente reprimi-la.

Porque não há coisa oculta que não acabe por se manifestar.

Essa era uma das passagens preferidas de Geiler, repetida por Sophey como um papagaio e lançada como um arpão em Lisbet sempre que uma galinha era apanhada por uma raposa, ou quando o gato da fazenda entrou em convulsão e morreu nos braços de Lisbet. Mas Lisbet vê um novo sentido na frase ao olhar para Agnethe: não uma acusação, mas uma declaração de intenção.

Sophey dá as costas sem dizer mais nada e entra em casa. Henne dá um passo adiante e abraça a irmã brevemente, apertando o queixo em sua bochecha côncava, antes de pegar as rédeas do cavalo ofegante e conduzi-lo para a sombra do galinheiro, até o comprido cocho onde a velha mula bebe água. Lisbet e Agnethe observam seu progresso, nenhuma das duas disposta a quebrar a fina membrana de silêncio entre elas. Lisbet imagina que a mula enfim vá para o abate, agora que o cavalo voltou. O velho animal tem joelhos inchados e feridas no lombo que não cicatrizam, não importa quanto mel Lisbet gaste para cuidar.

Ela olha para a cunhada. Os olhos dela são ainda mais impressionantes de perto, e seu olhar é límpido e direto. A língua de Lisbet se mexe, seca.

— Olá, irmã — diz Agnethe, e sua voz está rouca e baixa pelo desuso. — Espero que esteja bem.

Lisbet faz que sim com a cabeça, sabe que precisa devolver a pergunta, mas se sente impotente diante da cabeça nua e tomada por cicatrizes, das bochechas macilentas e, então, pela presença de Henne, que se coloca entre as duas, e elas o acompanham casa adentro.

Sobre a mesa de madeira escovada há ovos fumegantes, as cascas salpicadas. O estômago de Lisbet ronca diante da visão e do cheiro do pão fermentado ao sol e assado por Sophey naquela manhã com o presente de Ida. Henne toma seu lugar, e Lisbet se joga no banco aliviada, antes de lembrar que, dali em diante, duas pessoas deverão compartilhá-lo.

Ela desliza pelo banco, a saia agarra nas lascas retalhadas pelo gato tigrado há muito morto. Ela solta a saia, e Agnethe, cuidadosa, se senta ao seu lado, as costas eretas como uma vara. A barriga de Lisbet define uma boa distância entre elas e a mesa, mas Agnethe não parece se incomodar, simplesmente baixa o pescoço longo e musculoso para rezar. Lisbet vê cicatrizes mais antigas e profundas, desaparecendo pelas costas da bata, espalhando pela espinha como asas cortadas. Henne tosse, e Lisbet também junta as mãos em oração, e Sophey os conduz ao "Amém".

Depois de repartirem o pão e o ovo, Lisbet precisa tentar acompanhar o ritmo de Sophey. Ela poderia comer o dobro, o triplo da porção que recebe, poderia comer todo o prato farto de Henne, mas o prazer sinistro de Sophey diante do seu apetite a retarda. Ela rasga o pão crocante em pedaços para medir o consumo. Ao seu lado, Agnethe pega o ovo ainda quente, segura-o como se já tivesse esfriado feito uma pedra de rio e o descasca, com cuidado, o ovo emergindo inteiro e perfeito. Lisbet sabe que isso deve machucá-la, vê a ponta pálida dos dedos escurecendo.

— Isso é novidade — comenta Sophey. — Você nunca foi delicada. Ensinaram-lhe a descascar ovos lá na montanha?

Agnethe sorri discreta, os olhos fixos na tarefa, embora Lisbet perceba que um fragmento pontiagudo da casca se enfia debaixo da unha da cunhada.

Sophey bufa.

— Ensinaram o silêncio. Foi-se o tempo em que ela falava sem parar.

Agnethe aperta a unha, e Lisbet vê sangue brotar, mas a expressão da cunhada não muda.

— Muito bem, então — diz Sophey quebrando o silêncio. — Muito bem.

Ela quebra o próprio ovo, e Lisbet repete o gesto em seguida, encontrando a gema seca e pálida. Têm sorte que as galinhas ainda tivessem algo para dar — ultimamente, elas têm posto cada vez menos ovos. Pensa, saudosa, na porção de sal que Ida trouxe, mas Sophey a guardou junto com sua moeda e a peça de seda que seria o dote de Agnethe e que agora servirá a algum propósito desconhecido.

O gesto de Agnethe é hesitante enquanto rasga o pão. Rapidamente, põe os pedaços na boca, como se fossem tirá-los dela. Lisbet ouve um ronco baixo de prazer saindo da longa garganta de Agnethe. Ela enche a própria boca de pão. O gosto é tão bom quanto o cheiro.

— Esta farinha é mais fina do que estamos acostumados — observa Henne. — Em homenagem à volta de Agnethe?

— Um presente — explica Lisbet. — De Ida.

Um som de engasgo ao lado. Lisbet se vira e vê Agnethe tapando a boca com a mão, afastando-se da mesa com um impulso, quase desequilibrando o banco e Lisbet junto.

— Nethe — adverte Sophey. Agnethe abaixa a mão e, sob o olhar de todos, mastiga até o pão virar uma papa e, finalmente, com grande esforço, engole.

Sophey faz que sim, aparentemente satisfeita. O coração de Lisbet bate absurdamente forte, como se fosse ela que o olhar duro de Sophey prendesse ao banco.

Eles continuam a comer em silêncio. O rosto de Henne forçosamente vago, embora Lisbet o conheça o suficiente para reconhecer tensão na leve curvatura dos ombros. Esquecida de sua determinação de comer devagar, vê que seu prato já está quase vazio quando Agnethe afasta o dela para longe.

— Lá na abadia deixavam você desperdiçar comida? — pergunta Sophey em tom severo, mas Agnethe não dá sinal de ter ouvido coisa alguma além de levar o ovo aos lábios e mordiscá-lo. Quando a atenção de Sophey se volta novamente para sua própria refeição, Agnethe pega o resto do pão e, num piscar de olhos, o coloca no colo, fora da vista da mãe. Em outro instante, ela passa o pão para Lisbet, que aceita agradecida o pedaço ainda morno.

Ela encosta o joelho em Agnethe como forma de agradecimento, ambas aliadas. A perna de Agnethe é fria e firme como mármore, mas logo ela se retrai, pondo fim ao contato com a mesma rapidez com que Lisbet o iniciou.

Ela se levanta para tirar a mesa, e Lisbet a acompanha, levando o prato de Henne à porta para jogar fora as migalhas. Tenta abri-la com o cotovelo e a porta engancha. Empurra com mais força e surge uma exclamação do outro lado.

De repente, o obstáculo é removido e Lisbet sente que vai cair. Prepara-se para a queda, já resignada à dor, ao sangue, aos laços frouxos da barriga, a mais uma fita na árvore, observando, enquanto cai, sob o ruído estridente da madeira, como o homem — pois a exclamação tinha vindo de um homem — se move para evitar ser esmagado pelo seu peso, e então como os dedos frios e finos com a força de um arame a agarram sob a axila e ao redor das costelas, extraindo um suspiro chocado da garganta de Lisbet.

Agnethe a levanta e, puxando delicadamente o banco com o tornozelo, senta Lisbet nele. Ela está ofegante e ajeita a saia de Lisbet nos pontos em que subiu, expondo os pelos escuros das panturrilhas. Tudo aconteceu em questão de segundos, o prato que Agnethe derrubou na pressa de socorrer Lisbet continua fazendo barulho e rolando.

— Isso é o que chamo de boas-vindas.

Um pé pesado interrompe o caminho do prato com um baque definitivo. Lisbet o reconhece pela voz, pelas botas robustas com solas grossas e macias de couro de bezerro, enviadas de terras distantes do Império, e pelo cheiro: o couro do colete usado mesmo nos dias mais quentes, marcado com o brasão daqueles que estão a serviço dos Vinte e Um, fumaça do cachimbo e suor. Às vezes, ela sente esse odor em Ida, embora saiba que a amiga se lava com fanática diligência toda vez que dormem juntos, como se pudesse esfregar o flagelo dele de sua pele.

Henne se levanta da mesa.

— Plater.

Lisbet morde o interior da boca — havia se esquecido de avisar o marido sobre a visita.

— Wiler — diz Plater. É um homem alto que, de bota, é da altura de Henne e Agnethe, embora mais esbelto que ambos, com uma boca quase delicadamente feminina e cabelo volumoso cor de cobre. Um cabelo bonito que na filha acrescenta um charme hipnótico que faz estranhos pararem para elogiá-la na rua, mas que em Plater resulta num brilho artificial, quase diabólico.

— Frau Wiler. — Ele acena com a cabeça, cumprimentando Sophey. — Frau Wiler — acrescenta para Lisbet, que baixa os olhos, sentindo, como sempre, o ódio que em parte herdou de Ida e em parte cultivou por si mesma. O cômodo parece menor com a entrada de Plater. — E...

Ele protela a pausa, e Lisbet se dá conta, de repente, de como Agnethe está quieta, como uma lebre diante de uma raposa. Ela não treme, mas está próxima o suficiente para que Lisbet ouça a respiração contida, enquanto Plater volta o olhar verde sobre ela ao entrar no cômodo.

— Fräulein Wiler, de volta das montanhas.

Um som delicado vem de Agnethe, tão baixo que Lisbet é a única a ouvir, e novamente ela lembra uma lebre, a respiração entrecortada quando as mandíbulas se fecham.

— Ela não exercita muito a voz — diz Sophey. Talvez em defesa da filha, mas a parte menos nobre de Lisbet acha que é por deferência ao senhor conselheiro. Sophey é, como Ida sublinhou, ríspida com todos, exceto com as autoridades, e a única autoridade que considera acima dela própria é a de Deus, assim como a da Igreja e dos Vinte e Um, que a fazem parecer tão humilde quanto uma mulher de fibra pode ser.

— Claro — diz Plater, com a atenção tão concentrada em Agnethe que Lisbet se surpreende por ela não ceder sob o peso do olhar dele. Há algo de repulsivo naquele olhar. Lisbet chamaria de lascivo, não fosse ele temperado com aversão. Os olhos percorrem a cabeça de Agnethe tomada por cicatrizes, as clavículas, as mãos, cerradas em punhos ao lado do corpo. O efeito da presença dele é quase sobrenatural, tamanha a crescente ameaça. A incompreensível visão de Ida com um homem assim mais uma vez atinge Lisbet. — Está quase curada?

— Quase? — diz Lisbet, assustada e quebrando o silêncio. — Já se passaram sete anos.

— Ela deve rezar na catedral — declara Plater. — Foi uma cláusula original, uma súplica final em sua cidade natal.

Agnethe faz que sim com firmeza.

— Eu não esqueci — diz com a voz tensa.

— A coisa fala! — comenta Plater. — Então os padres podem esperar por você em breve?

— Amanhã — avisa Agnethe.

— Pode ter certeza de que ela vai completar a penitência — declara Henne de maneira acalorada. — Conhecemos a lei e a cumpriremos.

— Ele só quer dizer que você não precisava se preocupar em nos visitar pessoalmente — intervém Sophey, lançando um olhar aguçado para o filho.

— Não é por isso que estou aqui — retruca Plater com exagerada surpresa, como se sugerisse que Agnethe está tão aquém de sua percepção que é invisível, como se não a tivesse encarado como uma prisioneira desde que chegou. — Uma caneca de cerveja cairia bem, Fräulein Wiler.

— Então, o que traz você aqui? — pergunta Henne, e Sophey sibila uma advertência. Henne trata Plater como o menino com quem esfolou os joelhos na infância e não como deveria tratar: como o homem que fala em nome dos Vinte e Um. Henne se recusa a esquecer que Plater é filho de um trabalhador, que se destacou apenas por sua disposição de sujar as mãos em troca de água perfumada para lavá-las.

— Uma carta, Herr Wiler — responde Plater, sacando-a, lacrada, do bolso junto ao peito. Lisbet consegue ver que o pergaminho está mole e manchado de suor. — Quer sair?

— Esta é a fazenda de minha mãe — diz Henne. — Se ela quiser ouvir, deve.

— Quer que eu a leia para vocês?

— Sou tão instruído quanto você — avisa Henne e contorna a mesa para pegar a correspondência, rompendo o lacre com pressa. Lisbet estica o olhar para a caligrafia, embora, evidentemente, não consiga ler nada além do nome, Heinrich Wiler, escrito no topo em letra cursiva, inclinada e elegante, e reconhece que o lacre é da cera que eles fabricam, deixada sem corante e sem mistura: o ouro mais puro e bruto. É sempre com orgulho que ela vê seus produtos sendo usados na igreja, ou mesmo pelos próprios Vinte e Um. Sebastian Brant, o administrador da cidade, manda buscá-los, especialmente. É uma grande honra, embora pelo jeito visivelmente eriçado de Henne, Lisbet saiba que a carta não traz boas notícias.

— Na verdade, uma intimação — diz Plater, mal conseguindo disfarçar o contentamento com o desconforto deles. Sem pedir licença, toma a caneca de cerveja de Agnethe e ela, rapidamente, afasta a mão.

— Para o tribunal? — pergunta Sophey, confusa.

— Para Heidelberg — responde Henne. — Para defender nosso direito à terra.

Heidelberg é uma espécie de tribunal de justiça, onde a Igreja tem assento papal, assim como as universidades. Fica a vários dias de viagem, e é um lugar que nunca tiveram motivo para visitar.

— Para dar conta das alegações de que suas abelhas roubam da terra, que pertence apenas a Deus.

— Todos nós pertencemos a Deus — argumenta Henne, e Lisbet pousa a mão com gentileza na cintura tensa do marido. — Então, qual é o fundamento dessa alegação?

Plater gesticula, derramando cerveja no chão, apontando para as colmeias de palha trançada cuidadosamente cercadas, indo do quintal à floresta, ao depósito e ao galinheiro, a casa parecendo ainda mais precária diante de sua atenção.

— Onde estão suas flores silvestres, Herr Wiler? Onde está o néctar que alimenta suas abelhas, deixando sua cera tão doce?

— Na floresta — responde Henne —, onde sempre estiveram. Temos licenças, assim como outros têm para gado que pasta na campina...

— Você esteve na floresta recentemente? Não deve ter reparado, mas o verão está cruel este ano. — Lisbet aperta a cintura de Henne. — No mato, as flores murcham ou simplesmente não nascem. E, a leste, no mosteiro, há quase dez hectares de centáureas e papoulas regadas diariamente.

Agora Lisbet entende, com tanta clareza quanto se tivesse lido a carta. É uma antiga alegação, feita a cada dois anos mais ou menos, de que tudo, desde as abelhas até seu mel é roubado dos monges de Altorf. Na realidade, os próprios monges são ladrões, desviando o rio para que suas terras escapassem da seca e, assim, privando todos rio abaixo.

— Isso já foi resolvido — avisa Henne. — Minha esposa se responsabilizou pelas colmeias extras. Ela mesma atraiu as abelhas da floresta **para as nossas colmeias.**

— Isso não se trata das abelhas — retruca Plater. — Tem certeza de que não quer que eu leia a carta para você?

Lisbet redobra os esforços na camisa de Henne, mas ele se afasta dela.

— Entendo perfeitamente. Mas não existem redes nem cercas que possam reter essas criaturas. São as minhas abelhas que coletam de onde podem, produzem o que colhemos, e são as minhas mãos que moldam a cera, não as mãos dos monges.

— E eles alegam que a produção só é possível por causa da contribuição deles — completa Plater. — Por isso, você deve ir a Heidelberg para assinar um contrato admitindo tudo isso.

— Eu não vou fazer isso.

— Você pode apresentar qualquer petição a Heidelberg — diz Plater, a voz entediada agora que está claro que Henne se conteve e não agirá com violência. — Mas não creio que terá muito sucesso. Penso que seria sensato se preparar para ceder parte de suas colmeias para o mosteiro.

— Mas elas são nossas! — declara Lisbet, sem conseguir se conter. O pânico turva sua visão.

— De ninguém a não ser Deus — rebate Plater com calma. — Como seu marido mesmo disse. E o mosteiro goza de uma posição mais elevada no julgamento de Deus do que qualquer fazenda. Heidelberg será uma demonstração disso.

— Você se tornou um sujeito tão cheio de si — comenta Henne. — Não sei nem como consegue passar pela porta.

— Heinrich — repreende Sophey, chocada. O sorriso malicioso de Plater não vacila, mas algo sombrio se esconde por trás de seus olhos.

— Você sempre foi arrogante, Heinrich Wiler — diz ele com calma, uma flecha puxada num arco retesado. — Talvez tenha se esquecido de com quem está falando. E talvez não esteja lembrado onde está, em terreno alheio, com abelhas roubadas, uma esposa infértil e uma irmã pecadora. Em outras palavras, sobre areia movediça. E isso aqui — acrescentou ele, debruçando-se e batendo na carta, agora tremendo no punho cerrado de Henne — talvez sirva para lembrá-lo de sua posição na vida.

Uma esposa infértil. Uma irmã pecadora. O pânico de Lisbet se transforma em ódio. Ela quer que o marido expulse o homem pela porta, que chute aquela cara cínica até que ele cuspa os dentes no chão. Ela mesma faria isso, até a morte. Mas Henne não a defende, nem Agnethe, e a boca de Lisbet é tomada por amargura.

— Meu pai comprou esta terra, e eu cuido das abelhas. Você e seu Conselho não tem direito nenhum aqui — diz Henne.

— Leve suas queixas a Heidelberg.

— Com certeza.

— Não vai levar, não! — grita Sophey, e Plater resmunga.

— Basta me informar se esse for o seu plano que enviarei uma mensagem para esperarem por você. Você tem um dia para tomar a decisão. Não vou deixar os Vinte e Um esperando mais do que isso. Brant está particularmente preocupado com o assunto.

Ele joga a caneca vazia na mesa e sai de forma tão abrupta quanto entrou. Como num reflexo, Agnethe estabiliza a caneca rolante, e Henne bate a porta.

— Henne — diz Sophey, baixinho —, o que vamos fazer?

Mas Henne simplesmente tira o saco de viagem do gancho e sai. Sophey vai atrás dele, deixando Agnethe e Lisbet em seu silêncio estarrecido.

Agnethe desmorona no banco ao lado de Lisbet. Seu corpo inteiro treme, e Lisbet se pergunta por que Plater a assusta tanto. Será que ela também ama as abelhas tanto quanto Lisbet, sente a ameaça a elas como uma ameaça a si própria, a sua própria felicidade? O pensamento desperta apreensão, um sentimento de posse que ela precisa lembrar que não tem o direito de sentir.

Então, ela observa o rosto de Agnethe, a linha firme do queixo, e não vê terror ali. Em vez disso, os olhos dela brilham de raiva. Ocorre a Lisbet que talvez estivesse errada — que talvez Agnethe não fosse uma lebre, e sim a raposa.

3

O sangue lateja nos ouvidos de Lisbet. Ela costumava ser mais contida nas emoções durante a gravidez, mas é impossível reprimir a fúria, o medo. Pega a vassoura e as mãos tremem.

— Eu cuido disso — oferece Agnethe, com o rosto vazio. — Sente-se.

— Não preciso sentar — diz Lisbet, encostando-se na mesa. Agnethe toma a vassoura dela com firmeza.

Embora Lisbet não consiga detê-la, continua de pé, um gesto de desafio, enquanto Agnethe varre os cacos do prato e os joga no fogo. O calor aumenta rapidamente, como um cão demoníaco lambendo o rosto delas.

— Ele sempre foi cruel assim? — pergunta Lisbet.

Agnethe não olha para ela.

— Ficou assim.

— Ida continua a mesma — comenta Lisbet, apesar de sentir uma pontada de posse igual a que sentiu em relação às abelhas. — Sempre generosa, sempre constante.

Agnethe varre o chão com força, as mãos brancas segurando o cabo da vassoura. Lisbet a observa por um instante.

— Aposto que não foram as boas-vindas que você esperava.

Uma bufada incisiva.

— É exatamente o que eu esperava.

A frase sai seca, e Lisbet toma a liberdade de sorrir, apesar das notícias terríveis. Pega a escova de limpeza, jogando as migalhas de pão da mesa para o chão, para que Agnethe possa varrê-las.

— Ele está determinado a ir a Heidelberg. — Sophey chega à porta, olhando para ambas acusadoramente, como se elas tivessem dado a ordem.

— Que opção ele tem? — pergunta Lisbet, as mãos agarradas na escova. — Não podemos perder a fazenda.

— Não perderíamos a fazenda — reage Sophey. — Só as abelhas.

Lisbet joga a escova no chão, os nervos tinindo de tensão.

— As abelhas são a fazenda, nosso sustento.

— Antes de você chegar — responde Sophey — tínhamos menos da metade das colmeias, e o restante era beterraba. Davam para o gasto.

— Sei bem o que vocês tinham — resmunga Lisbet.

Ela se sente como um pedaço de barbante puído, desfiando-se. O retorno de Agnethe, a visita de Plater e o bebê pendurado nas costelas esgotaram sua paciência. As abelhas são sua âncora neste lugar, na vida por onde vagueia sem uma criança para mantê-la equilibrada. Apenas elas — seu cuidado, suas necessidades, seus padrões impenetráveis e sua natureza selvagem — podem mantê-la sã. Perder as abelhas depois de tantas perdas significaria perder a sanidade.

— Ele precisa ir, *Mutter* — diz Agnethe. — Você não pode desistir de tudo que construiu.

— Você, de todas as pessoas, deveria saber — retruca Sophey com um toque de raiva — que se opor aos Vinte e Um é se opor a Deus. Veja só onde você foi parar.

Agnethe fica imóvel, assim como ficou na presença de Plater. Lisbet supõe que seja um truque que ela aprendeu na abadia. Imagina essa mulher alta e marcada se movendo por corredores escuros no alto da montanha, aprendendo a ficar invisível. É assim que se redime do pecado? Tentando apagar as próprias marcas do mundo? Certamente Sophey e Henne agiram como se Agnethe não existisse durante esses sete anos, e foi fácil para Lisbet se juntar a eles nessa ficção. Jamais gastou uma só oração com Agnethe. Lisbet se lembra do pão, das mãos fortes que a seguraram e sente uma ânsia de proteção por sua nova irmã. Ela a conhecerá. Ela mostrará que a vê.

— Agnethe tem razão — diz. — Não há escolha. Temos de lutar.

Sophey puxa o ar pelos buracos da gengiva quando Henne retorna com o saco de viagem pendurado no ombro e os pesados tamancos de madeira amarrados nas canelas, deixando sujeira pelo caminho.

— Não vá agora — pede ela. — Se tem de ir, precisamos preparar pão e oferendas para o altar em Heidelberg, e amanhã você pode ir com Agnethe rezar na catedral.

— Não temos tempo...

— Sempre há tempo para uma oração. — Sophey abranda o tom quase instantaneamente, colocando a mão no ombro do filho. Ali fica, sobre o tecido remendado, os dedos doloridos e a pele áspera. — Se tem de ir, que seja à luz do dia.

— Vou passar o dia em viagem — avisa Henne. — Não temos dinheiro para tavernas e pensões.

— Então dormirá em igrejas — declara Sophey com firmeza. — Joss Fritz está vindo para o sul, todo mundo está comentando. É perigoso viajar no escuro.

Embora menos de dois anos antes os rebeldes tenham esfaqueado padres dentro de uma igreja, e embora sejam maiores as chances de Henne se juntar à rebelião com sua missão contra os Vinte e Um do que se reunir com os religiosos para enfrentá-la, ele resmunga sua concordância e joga o saco de viagem na mesa recém-escovada.

— Amanhã, então — decide ele, como se esse tivesse sido seu plano o tempo todo. — Ao raiar do dia, Agnethe?

— Você tem de ir ao moinho — avisa Sophey — falar com Plater. Talvez...

— Agnethe pode esperar na carroça — interrompe Henne, impaciente.

— E eu — diz Lisbet, desesperada para sair da casa asfixiante, para se afastar da agitação de Sophey. Se eles vão ao moinho Metz, ela pode aproveitar e visitar Ida. — Vou também.

Henne se senta para se livrar das botas, desamarrando-as dos tamancos.

— Lisbet pode levar algumas velas para o mercado e um pouco de cera de lacre. Vou preparar agora.

— Eu posso fazer isso... — diz Lisbet com a cabeça mais calma, pensando no barracão de prensagem, no cheiro forte de cera e mel, mas Henne já saiu. Sophey se volta para ela na mesma hora.

— Ele arrisca tudo por nós — diz ela. — E você o despacharia com tranquilidade? — Sua mão corta o ar, interrompendo Lisbet antes que ela começasse a falar. — Você escuta os alertas da igreja tão bem quanto eu. Eles enforcam os rebeldes aos magotes e ainda há mais. É como Geiler profetizou. Nesse calor, tudo está condenado.

Ela fala como se Lisbet não soubesse, como se nunca tivesse escutado com os próprios ouvidos o sermão, hoje infame, de seu amado Geiler, de que a podridão vai gerar podridão desde que o cometa estraçalhou um ano inteiro de milho em Eninsheim. O milho das terras do pai de Lisbet, na noite em que Lisbet nasceu. O campo nunca mais produziu. Sophey não sabe de nada disso.

Não importa o que Sophey pense, Lisbet escuta o que *Pater* Hansen tem a dizer na igreja. Mais do que isso, ela vê tudo com os próprios olhos, quando ela e Ida vão à periferia. Fedor e doença, e tantos bebês, pálidos e que mal conseguem chorar. *Pater* Hansen conta que na cidade as mulheres afogam seus bebês, e Lisbet se imagina com uma rede, puxando-os para a segurança.

— É exatamente por isso que precisamos ficar com nossas abelhas — diz Lisbet com uma coragem que não teria se não fosse por Agnethe como testemunha. — Elas são as únicas que não são maculadas pelo calor, do contrário estaríamos à mercê do clima como qualquer outro fazendeiro.

— Como meu marido? — dispara Sophey. — Você acha que é tão melhor, só porque nos tirou dos repolhos e beterrabas para criar abelhas. Mas nada compensa perder um filho. Se você fosse mãe, entenderia.

O ar de Lisbet fica preso no peito. O rosto cora e esquenta e ela acha que vai vomitar no chão recém-varrido. Empurra Agnethe, parada inocentemente junto à porta, e vai o mais rápido que a barriga lhe permite para a floresta.

As duas mulheres chamam seu nome, Agnethe suave e Sophey com raiva, mas o sangue de Lisbet ruge nos ouvidos e a náusea sacode o ventre. Não confia em si mesma para reter o choro, ou o grito, e só existe um lugar onde pode fazer ambas as coisas sem julgamento ou recriminação.

As colmeias de palha trançada zunem baixinho, as abelhas imóveis por causa do ar pesado. A porta do barracão de prensagem está fechada e os potes foram cheios recentemente, e ela fica contente por não ter de cuidar deles desta vez. Uma agulha entra precisamente sob suas costelas e cerze seu fôlego enquanto ela atravessa a fronteira do bosque, e em poucos passos as árvores já estão mais grossas. Encontra uma árvore com tronco liso descascando em tiras finas, e ali encosta a palma das mãos para conseguir vomitar sem cair. Vomita até não haver mais nada dentro dela, nada além do bebê e do próprio coração pulsante.

Zonza, pressiona a testa no tronco. Está morno como seu sangue, e ela envolve a barriga com as mãos suadas, tentando aliviar o peso nas costas. Sua raiva é grande e sufocante como fumaça. *Se você fosse mãe...*

Mas eu sou, diz a si mesma. *Muitas vezes.* Ela ama cada criança perdida, apesar de não estarem aqui, apesar de só ter tido delas o sangue ou seus corpos exangues — *isso não basta?* Ela sabe que Sophey perdeu filhos, que a maioria das mulheres perde, que Ida é uma raridade na constante segurança de suas gestações. Mas, se existem outras mães de braços vazios, Lisbet nunca as viu, como também nunca encontrou ninguém que compreenda o que é carregar o peso de tanta ausência.

Lá dentro, o bebê se agita. Ela costumava imaginá-los como peixes, nadando por suas profundezas, mas agora deseja que sejam árvores, com raízes grossas e fortes. Esfrega as costelas e ajeita a postura.

Devia voltar para casa. Ela conhece o caminho até sua árvore como a palma da mão, seria capaz de percorrê-lo de olhos vendados, até mesmo no escuro, mas as florestas se tornaram mais perigosas com tanto desespero na cidade. Outros inquilinos dos Vinte e Um não têm a oportunidade de ir a Heidelberg discutir seus direitos, e os despejos supervisionados por Plater e seus comparsas aumentam rapidamente. Ao mesmo tempo, desistir da floresta seria desistir de sua árvore, e não vale a pena contemplar essa hipótese. Com o sol inclemente diluído em um manto de sombras nos ombros, ela segue em frente.

O caminho é invisível e indesejável para todos, exceto ela. As árvores são densas e cobertas de espinhos, o terreno é pantanoso por conta dos riachos que se transformam em rios nos meses de chuva. Há áreas melhores para abrigo perto da estrada da cidade, mais acessíveis, e é por isso que seu santuário é tão protegido, consagrado.

Ela se sente como uma abelha, semeando suas rotas no ar, um pássaro tecendo o caminho para casa, parando para ouvir de vez em quando os passos que se aproximam, qualquer sinal de que não está só. Pois aqui precisa estar. Quando os tamancos afundam no familiar solo musguento, sente o coração se elevar. Afasta os arbustos que coloca no limite da entrada para desencorajar animais e adentra uma pequena clareira. Está silenciosa e coberta de sombras como uma igreja.

No centro, há uma tília de tronco grosso e um palco construído entre seus galhos. Uma árvore da dança. A plataforma que ela consertou fica nos galhos mais altos, destacando-se como um barco naufragado em terra. Ao redor dela estão penduradas as fitas de seus bebês, doze pedaços de algodão rasgados da primeira bata de bebê que costurou, tingidas nas cores mais brilhantes que ela conseguiu reunir, desde beterraba até asas de besouro.

Foram as abelhas que a trouxeram aqui. Outro motivo para amá-las. Quando Henne estava em Colmar entregando cera, e ela grávida pela terceira vez, tomada de luto e esperança, confundiu uma trilha de suas abelhas por outras. Acreditando que fossem desertoras das colmeias em que Henne tanto trabalhava, seguiu-as floresta adentro com um saco de juta e um ramo de alecrim queimando, pronta para trazê-las de volta para casa. Lutou com os arbustos e as encontrou aqui, uma colônia silvestre vivendo num tronco oco que atravessava a plataforma apodrecida.

Imediatamente, reconheceu o que era: uma árvore da dança. Uma árvore do destino. Uma relíquia dos pagãos, que tinham suas igrejas abertas sob o olhar de Deus. *Mutti* lhe contou que algumas ainda resistiam, e, em seus últimos dias, enviou Lisbet através do campo amaldiçoado pelo cometa para procurar na mata que cercava a propriedade, na esperança de encontrar alguma. Naquela época, *Mutti* tinha perdido a fé nos empíricos e nas orações e buscava alguma antiga cura mágica para sanar a dor constante que sentia nos pés, o sangue se acumulando sob a pele como um hematoma maligno.

Lisbet fracassou. Mas aqui, tarde demais para *Mutti*, ela encontrou uma. Agora, o galho que retinha as abelhas está vazio, tampado com gravetos cobertos de piche para impedir o retorno delas, e aquela colônia zune nas colmeias de palha trançada de seu apiário, produzindo a cera mais doce. Henne não pode fracassar em Heidelberg. Isso partiria o coração dela.

O chão está coberto de folhas e presentes. Ela traz oferendas para os bebês e as coloca na base da árvore: pedras com formatos bonitos, penas que encontrou por aí, flores prensadas sob o peso de seixos. Costumava ser supersticiosa sobre isso, fazendo acordos e promessas com cada oferenda — *Se eu encontrar uma flor com sete pétalas, este bebê vingará. Se eu encaixar esta pedra em outra, meu bebê viverá*. Mas a repetição pode arruinar resoluções desse tipo, e hoje ela não dá mais muita importância à forma e ao que pousa nas sombras.

Hoje, ela prende as penas que encontrou no quarto de Agnethe na casca da árvore. São fofas e macias como cabelo de bebê. Limpa o chão de gravetos e folhas caídas, colocando ali as conchas de caramujo vazias. A calma da copa da árvore torna o lugar silencioso como uma igreja, e ela faz uma reverência com a cabeça ao se aproximar do altar de seu tronco, repousa a mão levemente ali. Tudo é milagrosamente fresco, e ela retira a mão com grande esforço.

Os degraus, íngremes como uma escada de mão, são escuros. Deviam estar frios sob seus pés, líquen, limo e o efeito do tempo tornando-os escorregadios. Seria tolice escalar tão alto, mesmo com os ramos e as tábuas reinstalados para firmar a plataforma. Ela veio no dia em que teve certeza de que este bebê estava dentro dela, dois meses sem sangue, e ficou com a cabeça pressionada no corrimão consertado, rezando.

Permite-se passar horas deitada na plataforma após cada fita amarrada, mas agora só há tempo para circundar a árvore. É o suficiente para lembrá-la de que Sophey, com toda sua convicção e ressentimento, não é capaz de arrancar a simples verdade daquelas fitas dela, do lugar que ela reservou em seu coração.

O amanhecer do dia seguinte parecia mais quente do que qualquer outro. Henne assobia desafinado, decidido a pôr o pé na estrada, que se encontra castigada e implacável após semanas de sol, com seus buracos traiçoeiros a enfrentar. A mula e o cavalo lutam para acertar o passo, e a carroça puxa constantemente para a esquerda, em direção às árvores altas. Agnethe senta-se rígida do outro lado de Lisbet, os irmãos inabaláveis e firmes como postes de cerca. Entre eles, Lisbet balança, a barriga pressionando a bexiga, já se arrependendo da decisão de ver Henne partir.

Na ampla parte de trás da carroça, há um pacote de velas cuidadosamente embrulhadas, em quantidade suficiente para iluminar uma igreja modesta durante uma semana. Ao lado, há um pacote de pão, assado com a maior parte do que restou do presente de Ida, e tiras secas de toucinho magro, e uma toalha encerada cobre tudo, embora não haja sinal de chuva. Sophey mordeu os lábios com força ao vê-los partir, quase como se fosse chorar, e Lisbet refletiu e concluiu que não sentia nada sequer próximo de lágrimas. Apreensão, talvez: mas é tudo pelas abelhas e pelo bebê que passou uma noite inquieta, revirando suas entranhas como comida ruminada.

O moinho Metz fica a meio caminho entre Estrasburgo e a fazenda. A floresta aqui é mais bem administrada, apesar de as raízes constantemente serpentearem em direção ao rio, ameaçando sufocar a água a cada estação chuvosa. É mais rápido chegar através das árvores, um caminho que Lisbet já fez tantas vezes que poderia percorrer de olhos vendados. Mas, como ocorre com todo assentamento construído perto da Floresta Negra, onde pés conseguem passar, uma carroça não consegue. Por isso oferece segurança para Joss Fritz e seus rebeldes, para Lisbet e sua árvore da dança, e é por isso que se leva o dobro do tempo para viajar a cavalo do que a pé.

Lisbet vai ficar contente em se encontrar com Ida, sua casa arrumada e as crianças de faces rosadas, sentir o cheiro do pão recém-assado que sempre sobe das vigas do moinho Metz. Se a cidade tem parecido, ultimamente, cada vez mais um pesadelo, o moinho é como algo saído de um conto infantil, situado na bifurcação da estrada entre a igreja e a cidade, firme e certo, limpo e organizado. Lisbet sempre sai de lá com o cabelo escuro coberto por uma fina camada branca.

A postura empertigada de Agnethe enrijece ainda mais quando as linhas do telhado entram no campo de visão, e o ruído repetitivo da roda do moinho no rio alcança o trote dos cascos do cavalo.

Em frente à porta, Ilse está sentada no chão com uma boneca. Uma menina séria e atenta de 6 anos, com o cabelo do pai e os olhos e a boca grandes da mãe, é a única filha num mar de filhos homens, como Lisbet já foi. Ela se levanta quando a carroça se aproxima, espanando a poeira da roupa.

— Bom dia, Ilse — diz Lisbet, uma vez que nem Henne nem Nethe a cumprimentam. — Pode chamar o seu pai?

Ela espera a menina entrar e ouve vozes de crianças atrás da porta, antes de se voltar para Henne.

— Você não poderia ao menos sorrir para a criança?

O maxilar de Henne se projeta como o de uma mula. Do outro lado, Agnethe olha fixamente para a frente, as mãos enfiadas sob as axilas, a expressão tão parecida com a do irmão que Lisbet sorriria se suas fisionomias não estivessem tão sérias.

A porta é aberta e Ida sai, o rosto desprotegido, um borrão de farinha na bochecha e o volumoso cabelo loiro descoberto. Ela arregala os olhos quando os vê e imediatamente recua, desculpando-se até reaparecer com um lenço cobrindo a cabeça, como exige o marido.

— Desculpe-me, Herr Wiler. — A voz de Ida está mais alta do que de costume. As mãos dela tremem. Está nervosa e não encontra os olhos de Lisbet. — Ilse só falou de Lisbet.

— E era para ter chamado o seu marido — diz Lisbet, sorrindo. — Mas não importa, eu queria ver você.

Henne encolhe os ombros.

— Tudo bem por mim, Frau Plater. Já vi o seu cabelo muitas vezes, quando criança.

— Sendo assim... — Ida sorri, mas seu brilho arrefece quando ela volta a atenção para Agnethe. — Olá, Agnethe.

Há tensão no ar, como a que precede uma tempestade: aquela dor insuportável, quando o próprio ar se esforça para se desfazer. Lisbet consegue ouvir o som de Agnethe engolindo em seco, e, quando olha para o rosto da cunhada, vê tanto ódio que estremece. Plater agarra o pulso de Ida e a puxa para trás, os olhos fixos em Henne.

— Você não teve pressa — diz Plater, enquanto a mulher massageava o pulso.

— Um dia, você disse — responde Henne. — É manhã.

— Bem observado.

Lisbet está apenas vagamente consciente do diálogo. Toda sua atenção está voltada para Ida, com o pulso machucado e os olhos baixos, e para Agnethe, sua hostilidade encoberta, que parece menos focada em Plater do que em sua mulher. Enquanto Plater e Henne se provocam debilmente, há uma luta real e silenciosa ocorrendo entre Ida e Agnethe, e Lisbet não consegue compreender a razão.

Henne desce da carroça para desatrelar o cavalo, passando a correia para prender o saco de viagem no flanco do animal.

— É uma viagem perdida. — Plater suspira com falsa piedade. — Mas admiro sua determinação.

— Adeus, esposa, irmã — diz Henne, ignorando Plater. Ele hesita antes de montar o cavalo, o pé já no estribo. Olha para Lisbet, para Agnethe, e seu olhar não é o que Lisbet está acostumada a ver; é mais leve, quase suplicante. — Agnethe... — começa e, em seguida, parece pensar melhor. Em um movimento, sobe no cavalo.

— Pensei que ia rezar na catedral — comenta Lisbet.

— Diga a minha mãe que fiz isso.

E então vai embora, batendo os calcanhares no cavalo, que começa a galopar imediatamente, a criatura que aguentou trazer sua irmã das montanhas, agora carregando-o para uma cidade onde seus futuros seriam decididos. Lisbet não consegue sentir o verdadeiro peso do momento, pois a dor na bexiga atingiu o nível máximo, e ela escorrega pelo banco da carroça.

— Vão à cidade? — pergunta Plater. — Vou com vocês. O Conselho precisa ser informado de que a posse das abelhas terá de atrasar alguns dias.

— Não vai haver posse nenhuma — rebate Lisbet, antes de se controlar. — Ida, posso beber alguma coisa?

— Claro — diz Ida, lançando-se num gesto agradecido e se aproximando da carroça para segurar a mão da amiga e ajudá-la a descer. — Agnethe, gostaria de...

Mas Plater sibila, um ruído brusco de advertência, e Ida deixa a sentença inacabada, levando a amiga para dentro. Lisbet acena rapidamente para os meninos espalhados pela sala antes de passar pela casa fresca e arrumada de uma só vez e ir até o buraco nos fundos.

— Então é por isso que você estava com pressa — diz Ida, encostada no batente da porta, enquanto Lisbet se agachava e suspirava aliviada.

— Não sei como se virou com três bebês antes de seu pai cavar isso aqui — diz Lisbet, despejando um punhado de terra no buraco. — A floresta fica muito longe.

— Eu nem sempre chegava à floresta. — Ida sorri, virando-se para pegar a massa em que estava trabalhando e escovar a mesa coberta de farinha. Aqui as coisas são tão fartas que ela sequer recolhe as sobras para mais tarde: outro benefício de ser filha do moleiro. Aos seus pés, Ilse está mostrando ao irmão Alef como se dá um nó, e Martin observa e baba no canto, enquanto o bebê Rolf dorme amarrado na sua tábua sobre a mesa.

Lisbet passa os dedos pelas bochechas do neném, macias como uma pena, e resiste à vontade de pegá-lo e cheirá-lo. Imagina o perfume de leite em sua pele, o amadeirado da musselina limpa que o envolve, a maleabilidade de suas perninhas quentes entre seus polegares. Sente um aperto no peito de desejo.

As crianças não prestam a menor atenção em Lisbet, assim como Ida não presta atenção neles, e Lisbet sente uma pontada de inveja. Como deve ser parir um filho atrás do outro, tantos que se pode deixá-los brincando, desprotegidos, dormindo sem serem molestados. Como deve ser nunca perder um bebê antes mesmo do primeiro sopro dele. Não por acaso, o rosto de Ida é tão iluminado e leve, não importa quão cansada estcja. A preocupação, acima de tudo, envelhece. Lisbet vê essa verdade nos próprios fios brancos de cabelo em contraste com mechas escuras, sente isso no peito: um peso que Ida jamais carregará. Quando uma criança não sobrevive, ela enche seus braços com um vazio tão imenso que chega a doer.

Lisbet acalma os pensamentos para não se revelarem em seu semblante e sorri para Ida, que lhe traz uma bacia de água para suas mãos e rosto e uma caneca de cerveja de mesa. É impossível se ressentir dessa mulher, com sua casa cheia de crianças e, especialmente, com um marido como Plater, e Lisbet não tenta disfarçar.

— O que foi aquilo? — indaga Lisbet, salpicando água nas bochechas. — Entre você e Agnethe?

Ida dá de ombros.

— A gente não se vê há anos. Agora, somos estranhas.

— Agnethe e eu somos ainda mais estranhas — diz Lisbet — e ela não me olhou daquele jeito.

Ida fica em silêncio, tirando o ar da massa com socos precisos e treinados. Quando sua mãe ainda era viva, elas abriram um negócio, um moinho e uma padaria. Mas Plater não gosta que a mulher faça pão para outros homens. Só para ele.

— Então, Henne precisa ir a Heidelberg? — pergunta Ida.

Lisbet faz que sim, e com grande esforço descansa a caneca. Ela não quer deixar esse cômodo fresco, cheirando a bebês e farinha, e sair para o calor, para a cidade. Mas já deixou Agnethe esperando por tempo demais com seu torturador.

— Rezo para que tenha sucesso na viagem.

— Precisa ter — diz Lisbet, um pouco mais ríspida do que pretendia. Orações não são suficientes se não funcionam. Às vezes, Ida parece não entender isso.

Rolf chora, e Ida o levanta distraidamente ao seio, baixando a manga, num movimento bem familiar, o ombro branco e macio, o seio cheio de veias azuis. Os de Lisbet também são assim, mas, mesmo agora, ela não tem certeza se a criança que carrega algum dia irá mamar neles.

Ida apoia Rolf no quadril e pega a bacia suja, a caneca e continua trabalhando a massa enquanto ele mama. Ela é tão natural, tão tranquila com as crianças, que Lisbet sente um aperto no coração. Se um de seus filhos tivesse vingado, ela duvida que teria tanta facilidade. E que vida, aqui, apesar do marido, com farinha moída diariamente, um poço com água fresca e mais do que isso: a própria Ida. A pessoa que ela é, tão linda e generosa. Se Lisbet não a amasse, ela a odiaria.

— Tem de ir à cidade? — pergunta Ida.

— Temos vela para vender, que está derretendo enquanto conversamos, aposto.

— Queria ter farinha aqui para lhe dar por elas, mas você sabe que Alef não nos deixa mais vender aqui do moinho.

— Sei disso.

— Tem certeza de que não quer ficar? Pegar Rolf no colo?

Ela olha para o bebê que mama, mas Lisbet não se permite imaginar o peso cálido dele nos braços. Ela segura a borda da mesa, lisa e firme e em nada parecida com uma criança.

— Prometi acompanhar Agnethe à catedral.

— Para quê? — pergunta Ida, mais uma vez fingindo leveza.

— Ela precisa rezar lá para completar a penitência.

— E então estará terminado — diz Ida, e há uma repentina queda em sua voz, quase inveja. Rolf havia largado o bico do seio, revelando o grande círculo rosado como o interior de uma flor. Sua boca se mexe procurando o peito.

— Você está bem, Ida?

A amiga baixa os olhos, olhando quase distraída para o filho que chora, enfiando novamente o seio na pequena boca.

— Claro — responde Ida, beijando a bochecha da amiga. Lisbet sente o cheiro do bebê, do leite, e quase desmaia. — A gente se vê na igreja, então.

4

Embora Plater seja um homem menos largo do que Henne, ele se espalha pelo banco da carroça de forma que Lisbet precisa praticamente sentar no colo da cunhada, com o quadril duro de Agnethe espetando sua coxa carnuda. Agnethe pulou da carroça quando Lisbet saiu da casa, com a desculpa de ajudá-la a subir, mas Lisbet imagina que foi para evitar ter de se sentar ao lado de Plater. Ele usa luvas apesar do calor, a testa suando, e o cheiro de fumaça e couro é tão asfixiante quanto o incenso queimado na igreja.

Quando pegam a bifurcação em direção à cidade, a floresta começa a recuar como um exército em retirada. Na encruzilhada, há uma gaiola vazia e reluzente pendurada num poste. O metal deve estar escaldante. Lisbet viu uma mulher dentro dela uma vez, com uma mordaça apertada em torno do rosto como um torniquete.

Agnethe se torce no banco para observar, e Lisbet a sente tremer. Os lábios dela se movem.

— Pelo que está rezando, Agnethe? — pergunta Plater. — Espero que não seja pelos pecadores.

Agnethe vira o rosto.

A estrada assume um leve aclive e eles se inclinam para trás na carroça enquanto a mula ofega e resfolega, os cascos escorregando ligeiramente na terra batida. As velas se agitam nos fundos, e Agnethe estende o braço para manter o pano de proteção no lugar. Lisbet fareja o ar, verificando os sinais de que a cera está derretendo no calor. Gostaria de poder forçar a mula a acelerar o passo, mas Plater assumiu as rédeas como se a carroça fosse dele.

— Em breve, haverá uma ladra lá — continua Plater, embora a essa altura a gaiola tivesse ficado para trás. — Uma mulher apanhada tirando pregos da porta de uma igreja. De uma igreja! A depravação desta cidade.

O estômago de Lisbet revira. Ela a imagina, essa mulher, que por alguma razão tem a cara da mãe nos piores e últimos dias de sua doença, com unhas aos frangalhos, arrancando o metal da madeira à força, farpas sob as unhas, como Agnethe e a casca de ovo.

— Você tem sorte, Agnethe Wiler, e eu disse isso na época — comenta Plater —, de ter sido mandada para as montanhas. Há um controle mais rígido sobre os pecadores hoje em dia. Sebastian Brant comanda o Conselho com pulso firme e concorda que devemos instilar o temor a Deus de novo em seus corações, do contrário não vão obedecer.

Ele fala como se fosse parte dos Vinte e Um, não apenas seu capanga contratado. Ao seu lado, Agnethe volta a parecer uma pedra. Lisbet prende a respiração e segura a língua, imaginando se este é o momento em que finalmente saberá quais foram as transgressões dela. Mas Plater recorre somente a alusões.

Quando chegam ao cume do morro, eles avistam os pináculos da Notre Dame, e Plater faz o sinal da cruz. Lisbet e Agnethe o imitam. Da primeira vez que Lisbet os viu, ela se emocionou diante de tamanha beleza, de tanta grandiosidade que o mundo guardava. Nunca tinha visto nada parecido próximo às propriedades do pai, onde apenas as árvores eram mais altas do que a fazenda, e sua igreja era apertada e mal ajambrada, abrigando animais nos invernos mais rigorosos. Sentia como se Henne a tivesse tirado do fundo de um poço, liberta da má sorte que a perseguia como um cachorro.

E agora há histórias de fazendeiros trazendo seus rebanhos para a pedra fresca e santificada, para salvá-los de serem cozidos nos currais. Apesar de os pináculos da catedral serem altos o bastante para perfurar o céu, não demora muito para que os olhos voltem a ser baixados.

O cheiro vem como uma nuvem do rio que passa a leste de Estrasburgo. Tudo é marrom e letárgico sob o sol, e à medida que se aproximam da cidade o cheiro fica mais forte, adquire vísceras e fôlego. Lisbet passa por esse caminho na maioria das semanas com Ida, quando vão à periferia, onde casebres se alinham nos limites mais distantes da cidade e, ainda assim, o cheiro é sempre um choque. Ela aperta bem os lábios, e Agnethe abafa o ruído da ânsia de vômito com a manga da blusa. Apenas Plater não esboça reação.

— Percebe alguma diferença, Fräulein? Suponho que o ar fosse diferente nas montanhas, não?

Lisbet queria que ele parasse de falar, mas também gostaria muito de saber as respostas a essas perguntas. Ela própria observou o processo de decadência da cidade, já em andamento quando chegou, mas certamente piorada pela sua proximidade. Veio ao lado de Henne nessa mesma carroça, com essa mesma mula conduzindo-a à nova vida. Os sinais do Inverno da Fome do ano anterior estavam por toda parte, pequenas cruzes marcando os lugares nos paralelepípedos onde homens e mulheres morreram congelados nas ruas.

Houve coisas melhores e piores desde então, os feridos retornados da guerra apodrecendo nos abrigos, seus olhos vazios e suas bocas cheias de histórias sobre os turcos. Mas as histórias mais brutais são aquelas dos desafortunados que morreram e não foram enterrados, seus espíritos retornando às florestas e às campinas, legiões de gritos de fúria clamando a seus parentes por justiça. Lisbet acredita nisso: demônios caminhando pela terra. Estrasburgo inteira em queda livre rumo ao verão infernal.

Eles começam a passar pelas choupanas, estruturas amontoadas de madeira e sapé, amarradas com corda apodrecida ou deixadas abertas e ao léu. Herr Lehmann e a esposa dormem caídos junto à porta de casa: Lisbet sabe que lá dentro há oito crianças, sabe que elas terão chupado a carne do frango esquelético que ela havia trazido cinco dias atrás, fervido os ossos miseráveis por um longo tempo até virarem mingau.

Nem sempre foi assim, como Sophey faz questão de dizer. A cidade gozava da alta consideração do papa, recebia fundos para construir sobre sua fortuna, assim como Heidelberg havia feito. Mas então Lisbet chegou e, com ela, os sinais indicando a danação. Invernos de Fome cada vez mais frequentes e piores, verões devastadores, pestes, epidemias e fome. Apenas Sophey parece ver com clareza — a deterioração no cerne de Lisbet, como sal derrubado no chão ou espinha de peixe atravessada na garganta: um mau agouro. Nas terras do pai, com um sulco causado pela queda do cometa, sentia-se mais segura, embora a mãe também visse, rezasse pela filha até perder o juízo e a vontade. Lisbet afasta os pensamentos como se fossem piolhos. Não com a criança dentro dela. Não deve se demorar nesses lugares escuros e pantanosos.

O cenário não melhora à medida que se aproximam do labirinto do centro da cidade. O miasma é denso como neblina, a luz do sol reduzida a um amarelo febril que macula tudo o que toca. Lisbet estremece enquanto passam pelas ruas. Às vezes, há um laivo de doçura em uma igreja particular, ou um frescor saindo de uma padaria, mas esses perfumes são todos misturados, como fios de ouro numa corda fedorenta. Somente a catedral parece imaculada, sua cor de mel brilhando acima dos telhados baixos que a circundam.

Ela endireita a postura enquanto Plater conduz a mula pelos arredores até a praça principal do mercado. Notre Dame se ergue ao fundo, e o ar é inundado por nuvens de moscas como os corvos acima das terras de seu pai. Movimentado como sempre, corpos se aglomeram de todos os lados, mas as barracas estão vazias. Ela não vê carne em lugar algum, apenas centeio mirrado e capim barba-de-bode murcho. Somente a lenha é abundante, e ninguém compra no calor, as florestas tão próximas.

Plater dá um puxão, parando a mula. Solta as rédeas e salta com leveza na terra batida, olhando em volta como se fosse o proprietário de tudo que seus olhos enxergam. Uma multidão de meninos se empurra, as mãos espalmadas, e Plater os afugenta como se nunca tivesse sido um deles.

— Desejo-lhe o melhor em suas orações — diz Plater, antes de dar as costas e seguir em direção à prefeitura. Lisbet sente Agnethe visivelmente aliviada.

Enquanto Agnethe pega as velas, Lisbet dá uma moeda ao menino mais novo, pedindo que tome conta da carroça. Ela o reconhece como o mais velho dos filhos de Herr Lehmann, Daniel. Os outros dispersam, xingando, e Daniel se posta orgulhoso ao lado da cabeça da mula, a mão nas rédeas. Os dedos dele são puro osso, o rosto esquelético, as bochechas encovadas. Herr Lehmann vende os dentes das crianças a mercadores e empíricos, apesar das súplicas de Ida para que não fizesse isso.

Ela recobra a força.

— Vamos então primeiro a Mathias, senão as velas vão derreter.

O vestido de Lisbet é longo demais e arrasta no esterco. Ela não vê animais e se põe a pensar, com certo atraso, de onde vem toda a sujeira.

Chegam à barraca de Mathias, corpulento na mesma proporção que a filha é delgada, curvado agora e com unhas compridas nos dedos mínimos que usa para juntar a farinha e mostrar a fineza do grão. A barraca dele é a única que está bem abastecida — benefício da influência de Plater, bem como de seu próprio trabalho árduo. Ele não as vê chegando, a atenção voltada para um grupo de pessoas no centro da praça. Mesmo quando param diante da barraca, seus olhos azuis turvos estão voltados para longe.

— Herr Metz? — chama Lisbet com delicadeza. Ele costuma ser um homem ágil, mas ao longo dos anos ela percebeu que foi ficando embotado, a agudeza do cérebro se desgastando tal qual a mó do moinho. Embora o corpo permaneça forte, a vista e a cabeça estão ambas falhando.

Ele volta os olhos vagos para ela.

— Lisbet? — Parece atordoado.

— Sim, Herr Metz, sou eu. Trouxe vela, se pudermos levar duas sacas de farinha.

— Sim, sim — diz ele, levantando a mão para acariciá-la gentilmente no ombro e trazê-la para o foco antes de se curvar para as sacas amarradas. Mas, ao fazer isso, seus dedos travam. Os olhos arregalam. Lisbet acompanha o olhar dele e vê que está fixo em Agnethe, parada incerta com o embrulho de cera nos braços.

— Você... — Ele arfa. — Você.

Agnethe dá um pequeno passo em direção a ele e estende o pacote. Herr Metz pega a mão dela, lenta e cuidadosamente, da mesma forma como Lisbet recolhe uma abelha errante, e a puxa para ainda mais perto, de modo que seus olhos enferrujados possam vê-la bem. Para surpresa de Lisbet, eles se enchem de água e transbordam.

Mathias pega as velas e solta o punho de Agnethe, que cai frouxo. Ele dá as costas, enxugando o rosto, mas não havia como se enganar quanto às lágrimas.

— Você voltou — diz ele, a voz claramente trêmula. — Eles trataram você bem?

— Trataram, sim — responde Agnethe, e Lisbet percebe como a voz dela também está tomada pela emoção.

— Bom — prossegue ele, desembrulhando o pacote o mais rápido que seus dedos rígidos permitem. — Você... — Ele para e balança a cabeça como se espantasse uma mosca. — Você pode levar três.

— Três? — questiona Lisbet.

— Três sacas — confirma Mathias —, com a minha bênção.

Lisbet não consegue compreender o que está acontecendo entre eles, mas não recusará a generosidade.

— Precisamos ir à catedral primeiro — avisa ela. — Obrigada, Mathias. Vamos pegar as sacas na volta.

— Eu rezei — diz ele. Os olhos ainda estão brilhando. — Todo dia. Ainda rezo.

— Obrigada — agradece Agnethe. A sensação é de que ela vai estender a mão para ele, mas, em vez disso, ela se vira para Lisbet e faz um gesto para que subam os degraus da catedral.

Na bacia de pedra do lado de fora que é abastecida diariamente com água benta fresca, elas lavam as mãos. Lisbet se pergunta se os fazendeiros ungem seus animais antes de cruzarem a escura caverna do umbral da catedral. Agnethe esfrega a água morna na poeira da cabeça cheia de cicatrizes. Ela atrai olhares e sussurros, a cabeça nua destacando-a como penitente, mas ela parece não perceber, ou pelo menos não se importar. Talvez sempre tenha sido uma mulher observada: com sua beleza e altura, Lisbet bem pode acreditar.

No frescor abençoado da catedral, elas entram lado a lado como amantes recém-unidos. O cheiro de excremento se dissipa, substituído pelo incenso feito de uma árvore que cresce nos desertos do lugar onde seu império ainda luta, neste exato momento. Em algum lugar distante, diz *Pater* Hansen, mais quente até mesmo do que este verão, tão quente que o sangue dos turcos ferve e corre escuro como seus corações, mais escuro que suas peles. Cada vez mais, Lisbet vê esses homens e mulheres em Estrasburgo, apesar de terem de se restringir aos seus espaços autorizados da cidade. Não lhe parecem demônios, assim como sua mãe não parecia possuída quando o padre assim a declarou.

A luz é mais suave aqui, como se estivessem submersas, o brilho do sol disperso através da rosácea. Alguém, em algum lugar, está chorando, e as paredes de pedra reverberam o som como um gato com um rato nas patas. Lisbet olha ao redor, buscando a origem, mas Agnethe parece não ouvir nada, não ver nada a não ser a cruz dourada pendurada sobre o altar, a inundação de luz causada pela centena de velas. Anda em direção a elas como se num sonho. Lisbet vai atrás, o orgulho florescendo no peito. Essas são suas velas, em sua grande maioria — as abelhas que zunem em suas colmeias trouxeram essa cera à existência. É um milagre maior do que qualquer outra coisa que ela ouve na igreja — essa transformação cotidiana, como água em vinho. Mas esse pensamento em si é blasfêmia.

Agnethe se ajoelha na pedra, a cabeça inclinada para trás, os braços estendidos em súplica. Lisbet nunca tinha visto alguém rezar em semelhante posição. Quando ela inclina a cabeça para falar com Deus, sente que o objetivo é se tornar a menor das criaturas, voltando-se para dentro para encontrar alguma voz diminuta que às vezes, talvez, acredite ser do Céu, mas que é mais frequentemente a de sua mãe. Não consegue sequer carregar Deus dentro de si como os outros parecem fazer. Mas Agnethe reza como nas histórias sagradas, como se Deus estivesse por toda parte, e ela se mostra o mais ampla e corajosamente possível.

Lisbet procura um padre ou um capelão, alguma figura de autoridade que certamente virá e aliviará a exuberância de Agnethe, mas não vê nenhuma vestimenta, apenas rostos famintos. Ela se abaixa e sente o frescor da pedra lisa passando através das saias. Há anos não reza na catedral, e sabe que devia prestar seus respeitos, se não a Ele, pelo menos ao lugar, à pedra antiga e às janelas altas, ao vidro e aos perfumes que a pressionam como a palma de uma mão pesada.

Ela junta as mãos em atitude de oração, mas toda a sua atenção vai para Agnethe. Os lábios dela se movem rápido, como se o que tem a dizer não coubesse dentro da cabeça, dentro do tempo que lhe resta nesta terra. Suas pálpebras estão quase cerradas, mas uma linha branca se mostra na luz das velas, e sob elas Lisbet vê movimento, como se fosse uma criança sonhando.

Logo, os joelhos de Lisbet começam a doer, além de suas costas e seu pescoço, e ela sabe que terá dificuldade para se levantar, mas Agnethe não dá o menor sinal de finalizar suas orações. Sua postura angariou mais olhares, mais sussurros, mas Agnethe não percebe. Está completamente em outro lugar.

Por fim, Lisbet admite a derrota. Não sabe quanto tempo esse ato final de penitência vai durar, e suas pernas começam a formigar e sofrer espasmos. Ela se ergue com esforço, usando o banco da igreja como apoio, a madeira rangendo sob o esforço de segurá-la, a saia enrolada sob os pés. Escuta um ruído baixinho de algo rasgando: a bainha cedendo. De repente e de forma tola, ela sente vontade de chorar. É a saia da mãe, usada durante as repetidas gestações, até se tornar útil apenas para uma barriga que Lisbet estava certa de que jamais teria. Finalmente ela preencheu a saia, e sente falta da mãe com a intensidade de uma criança que acorda no escuro.

Desvia seu olhar de Agnethe para o altar, do altar para as velas de suas abelhas transmutando o prédio em um espaço celestial banhado a ouro, e tropeça de volta sob o sol opaco. Da porta, ela olha para trás e vê a cunhada diminuída pela distância. Daqui, parece que ela está em chamas, e Lisbet estremece.

Pensa em retornar à barraca de Mathias, para iniciar o processo de transferência das sacas para a carroça, mas um grito chama sua atenção. Uma criança corre, rindo, seguida de outra, em direção a uma multidão de cerca de cinquenta pessoas no canto da praça. Para uma assembleia desse tamanho, estavam estranhamente em silêncio. Lisbet semicerra os olhos. Vê poeira subindo do meio do grupo. As crianças chegam à borda do círculo e desaparecem entre os corpos maiores. Certificando-se novamente por sobre o ombro de que Agnethe não se moveu, Lisbet segue os passos das crianças.

Ela força passagem, imaginando uma cigana com roupas escandalosas, ou talvez até mesmo um urso trazido do norte e provocado para dançar. Mas a sensação da multidão não é essa: não há gritos obscenos, nem batida de tambores. Apenas um murmúrio, um testemunho solene.

Ela ignora os comentários irritados enquanto abre caminho à força, os braços protegendo a barriga. Escuta algo mais alto que a multidão, como o som de algo se arrastando, chiando, um choro.

Por fim, ela chega perto o suficiente para ver o que atraiu os curiosos. Um semicírculo grosseiro é marcado no centro, como um olho, e no coração do olho está a poeira, nuvens levantadas que despencam com peso no ar parado.

Por um instante, ela se vê novamente com 8 anos, observando a poeira nos campos secos do pai assumirem forma de mãos e pés e dentes, enquanto galopa em sua direção. Ela tem 12 anos, e o sangue dos pés da mãe mancha suas mãos. Ela tem 15 anos e está em um baile, suas mãos nas de Henne e o coração batendo forte no peito. Lisbet volta a si. Isso não é um espírito de poeira, não são amantes dançando, mas uma mulher.

Lisbet poderia chamá-la de dançarina, talvez, mas ela parece ser puxada por duas cordas diabólicas presas em torno das pernas e dos braços. Seus braços se agitam e golpeiam o ar impassível, rodopiando e girando ao redor da cabeça. O cabelo cobre o rosto, e Lisbet não consegue ver nada dos traços, exceto sua boca, escancarada em um *O* de sofrimento ou terror. As pernas pulam e os pés se levantam, batendo no chão fazendo subir nuvens de poeira, mas não há ritmo nos movimentos.

Enquanto rodopia, respingos de cuspe caem na terra, marcando-a com rastros marrons. Respingam nos rostos dos que estão na frente. A saia é salpicada por algo escuro: uma mancha vermelha. É sangue, ela nota agora: os pés da mulher estão sangrando. Seus sapatos estão encharcados e, enquanto se debate, e pula, e cambaleia, ela chora e lamenta, fileiras cintilantes de lágrimas e muco escorrendo pelo cabelo imundo, o círculo frouxo da boca escandalosamente vermelho.

— Por favor — diz um homem ao lado de Lisbet. — Por favor, Magret. Pare.

Lisbet vê que ele estende as mãos para alcançar a mulher, mas isso não é uma desobediência qualquer. A mulher parece possuída.

Lisbet faz o sinal da cruz, baixando a voz para um sussurro, para não quebrar o silêncio dos espectadores, e se inclina para perto da mulher ao lado.

— O que está acontecendo?

O cabelo da mulher está embolado como um ninho de rato e sua respiração é quente no rosto de Lisbet.

— Ela está dançando tem três dias.

— Três *dias*? Por que ninguém faz com que ela pare?

A mulher indica com a cabeça o homem que agora se ajoelha no chão, suplicante.

— O marido tentou. Uma porção de gente tentou. Ele a leva para casa, ela dorme uma hora e volta.

— Chamaram os padres?

— Claro. Eles acham que ela está bêbada.

— E não está? — pergunta Lisbet.

A mulher semicerra os olhos.

— Nunca vi um bêbado dançar até os pés sangrarem. Três dias, eu disse. Três. E nem uma gota de água ou cerveja ou coisa parecida passou pelos lábios dela. Estão chamando-a de santa.

— Quem está? — indaga Lisbet. — Ela mais parece um demônio.

A mulher dá de ombros, perdendo o interesse.

— Os Vinte e Um vão decidir

Ela aponta para dois homens parados do outro lado. Lisbet vê o mais alto de perfil: nariz adunco, queixo pronunciado. Cabelos cor de cobre. Sente uma resignação enojada. Plater, novamente.

— Aqui, a pedido dos Vinte e Um — continua a mulher, aos sussurros. — Não vão deixar isso durar muito mais tempo. Tem vindo cada vez mais gente olhar

— Eu não sabia dela — diz Lisbet.

— Mas ainda está aqui, não está? — A mulher umedece os lábios ressecados pelo sol. Sua língua é arroxeada e inchada.

Lisbet olha para a dançarina. A cabeça dela está jogada para trás, como a de Agnethe na catedral, o rosto manchado como se estivesse queimado. Os olhos abertos e se revirando, a garganta se contraindo em palavras irreconhecíveis. Lisbet tem vontade de envolvê-la em um cobertor e niná-la. As mãos da dançarina tremem.

— Por favor, Magret. — O marido geme, chora. — Por favor, meu Deus. Pare.

O bebê de Lisbet chuta. Uma sensação de fraqueza toma conta do seu corpo e, em resposta, ela se vira e abre caminho de volta pela multidão, usando os cotovelos, tomando impulso até sair do círculo e respirar fundo, apesar do ar azedo e arenoso. A mancha na saia parece ter se espalhado.

Mathias ainda está na barraca e seus olhos claros piscam para ela, embora Lisbet não tenha certeza de que ele a tenha visto. Ela tenta recuperar o fôlego, ajeitar o cabelo, puxando para trás os fios que se colaram à testa. Cabelo de mulher parece ter vontade própria, serpentes que criam raiz no couro cabeludo. Sente o cabelo da mãe na palma da mão.

— Você está bem, Lisbet?

Ela dá um salto, mas é apenas Agnethe ao seu lado, a mão pousada em seu ombro.

Lisbet faz que sim, recuperando-se.

— O que foi? — pergunta Agnethe, voltando o olhar azul para a multidão. Lisbet não quer ter de explicar, não quer ter de esperar enquanto Agnethe vai ver com os próprios olhos o que está no centro daquela reunião. Ela quer ir embora. Puxa com desespero a manga de Agnethe.

— Nada — diz ela. — Alguém dando um espetáculo. Por favor, podemos ir embora?

— Você está se sentindo mal?

— Estou — responde Lisbet. — Por favor.

— Claro — concorda Agnethe. Rapidamente, ela dá as costas para a multidão, e Lisbet a acompanha de volta à barraca de Mathias. Agnethe carrega duas sacas sem esforço.

Mathias se inclina para Lisbet.

— Isso não é natural — comenta ele. — Eu a vi aqui na semana passada. Todo dia a mesma coisa.

Lisbet semicerra os olhos para ele e questiona:

— A dançarina?

— Estranho, não?

— O que é estranho? — Agnethe estava de volta, mas, antes que Mathias pudesse responder, Lisbet fala:

— Está feita, a penitência de Agnethe. Ela rezou na catedral.

Os olhos enevoados de Mathias brilham e ele parece morder a língua para reprimir alguma forte emoção.

— Sua oração foi em paz?

— Foi — diz Agnethe, embora, aos olhos de Lisbet, tenha parecido qualquer coisa menos paz.

— Está feita, então — diz Mathias imitando Lisbet. — Está paga. Como se sente?

Agnethe se curva para o último saco, apanhando-o com os braços, e oferece um sorriso triste para Mathias antes de sair em direção à carroça. Lisbet acena em despedida para o pai de Ida e contempla a subida na carroça com desânimo. Suas pernas ainda tremem depois de se ajoelhar na pedra e de se apoiar nas laterais de madeira.

— Está tudo bem, Frau — diz uma vozinha. Daniel, soltando as rédeas da mula. O nariz dele está escorrendo e ela resiste ao ímpeto de limpá-lo com a saia. Ele sobe no banco e estende a mão grudenta para ela, ajudando-a a subir, as pernas finas tremendo.

— Obrigada — diz Lisbet, quando o menino desce.

— Espere. — Agnethe se vira para as sacas, abre uma. — Pegue um pouco. — Acena com a cabeça para o menino, que está hesitante. — Venha.

Ele não espera um segundo convite e mergulha as mãos no saco. Junta-as em concha, mais de uma vez e, como se estivesse preocupado com a possibilidade de ela mudar de ideia, apressa-se em fazer uma bandeja com a túnica. Lisbet pensa, tarde demais, em gritar por ele, oferecer uma carona, mas ele já está longe demais para escutar. A farinha sai esvoaçando, deixando um rastro pelo caminho, e ela espera que ainda reste alguma coisa quando ele entrar em casa.

Alguém dança

A história de seu nascimento é a história do cometa. No instante em que a mãe de Gepa Bauer sentiu a primeira contração de sua chegada, seu pai a viu, uma estrela ardente rasgando o céu escuro por três dias, enquanto a mãe enfrentava o trabalho de parto de quatro como uma besta, o marido e os filhos dormindo no estábulo por medo de suas dores, do sangue, da mulher sábia que trouxe malva doce e tenazes de ferro. No leste, o cometa encontrou as terras de um fazendeiro e queimou tudo, abrindo um buraco tão grande que os que lá estavam disseram que mais parecia um túnel para o inferno cavado no solo. Enquanto ele rasgava a terra, Gepa nascia pelos pés, e a agonia turvou a mente de sua mãe.

Desde aquele dia, ela foi o presságio, o mau sinal buscado nos campos quando as colheitas fracassavam. Era amada, apesar dessas calamidades, mas, aos 8 anos, sua mente seguiu a da mãe, e ambas foram largadas à misericórdia da Igreja. Em um abrigo com outras vinte e quatro mulheres, enfim encontrou amigas, todas elas amaldiçoadas, todas elas condenadas, e juntas podiam se dar as mãos e dançar ao som da música que ninguém mais ouvia. Quando dançavam, eram um só corpo com muitas mãos e muitos pés, um só fôlego em seus peitos e um pulso batendo nos punhos.

Quando a última das mães morreu, elas deixaram a cidade onde Gepa nasceu e foram para outra cidade, uma cidade maior, cheia de igrejas e homens que podiam pagar para mantê-la com a cabeça perturbada e com bons calçados. Ela e suas amigas foram separadas pelo casamento, pelos filhos ou pela doença, e de repente anos se passaram, estações inteiras de fome e varíola e sexo, e ela estava sozinha na cidade e não sabia mais o próprio nome.

Ela recorre à mãe e a mãe vem, o rosto limpo como estava quando a jogaram na vala comum, e a mãe toma sua mão, e a mãe a leva à praça do mercado, onde muitas vezes ela e as amigas se davam as mãos e se entrelaçavam pela multidão, levando bolsas e soprando beijos, os cabelos trançados e perfumados.

Ela para na praça, diante da Notre Dame. Seus sapatos bons estão aos pedaços, e ela os chuta dos pés. O cabelo está embolado e fedido. Adiante, há um grupo de pessoas, embora seja tarde e as velas da igreja não estejam mais acesas, e ela abre caminho entre aquela gente até ver uma mulher. A mulher está dançando ao som de uma música que ninguém consegue ouvir, e seus pés são dois cometas brancos na escuridão, riscando sulcos profundos na poeira.

Sua mãe a traz para mais perto, para que ela veja as mãos da mulher tremulando e vazias, gesticulando para ela, que estende a mão e segura, e o pulso da mulher começa a bater no seu pulso, a respiração enchendo seu peito. Ela ouve a música se elevar e varrê-las juntas, próximas como num beijo, e, quando os padres vêm para levar a mulher embora, é tarde demais. A música já passou para ela, e ali ela fica, iluminada e ardente como uma estrela cadente, espalhando seus pedaços para qualquer um que pegue em sua mão.

5

— Ela era dançarina?

Lisbet olha para Agnethe, surpresa. Viajaram em silêncio pelas ruas tortuosas da cidade, Agnethe habilidosa nas rédeas, e agora estão na estrada de volta para casa.

— Quem?

— A mulher que você não queria que eu visse — responde Agnethe com descontração. Ela olha para Lisbet e ri, um som surpreendentemente infantil. — Sou mais alta do que você. Vi muito bem que não era só uma louca naquela multidão.

— Era, sim — diz Lisbet na defensiva. — Uma louca. Estava dançando, talvez, mas não era uma dança comum.

— Até aí eu vi — comenta Agnethe. — Mas ela se movia como se houvesse música.

— É — diz Lisbet, sentindo-se envergonhada e estranhamente culpada. — Não estava escondendo de você. Eu não estava me sentindo bem.

— Isso eu também vi.

Estão se aproximando da gaiola de metal, e desta vez Agnethe não precisa desviar o olhar. Vira a cabeça para cima quando passam por baixo dela.

Lisbet sente uma necessidade desesperada de se redimir, de oferecer alguma informação.

— Plater estava de olho nela.

Agnethe firma as mãos nas rédeas.

— Pobre da mulher que tem a atenção dele.

— Foram os Vinte e Um que mandaram. Faz três dias que ela está ali. Foi o que Mathias falou.

Agnethe franze o cenho.

— Dançando o tempo todo?

— O que você acha disso? — pergunta Lisbet.

Agnethe parece hesitante.

— Já vi febres, transes religiosos. Nunca uma dança, mas cantoria, sim, ou então profundo silêncio.

Lisbet sente um arrepio de empolgação.

— Na abadia?

Agnethe reage com um grunhido evasivo.

— O que isso significa?

— Qualquer coisa. As irmãs chamavam isso de abandonos, se de Deus ou do Diabo é uma questão de opinião e dependia em grande parte do modo como viam você. Lançavam julgamentos ao ar como quem joga pedras, sem cuidado e sem nenhuma atenção.

Lisbet fica admirada e entusiasmada ao ouvir as palavras de Agnethe a respeito das ordens sagradas.

— Foram cruéis com você?

— Cruéis? — Agnethe parece admirada. — Não é tão simples assim. Como penitente, a dor é a salvação. Pode parecer cruel o que me foi infligido ao corpo, mas fizeram isso para salvar minha alma.

— Você acredita nisso? — pergunta Lisbet, pois alguma coisa no tom de Agnethe soa falso, até mesmo irônico.

— Tenho de acreditar, do contrário os sete anos terão sido em vão.

Caem em silêncio novamente, até perderem de vista a gaiola atrás de um morro.

— Foi um choque ver como o apiário cresceu — comenta Agnethe. — Henne fez bem em se casar com você.

Lisbet ruboriza de prazer.

— Gosto das minhas obrigações. — Agnethe olha de relance para ela, e Lisbet cora diante do mal-entendido. — Com as abelhas.

Agnethe solta uma gargalhada, um som desinibido.

— Como vocês se conheceram?

— Num baile — diz Lisbet. Desde que Ida fez essa pergunta muitos anos antes, ela nunca mais teve razão para contar a história desse encontro. Fica surpresa ao constatar que a memória não desbotou, permanece cheia de cores em sua mente. — Perto das terras do meu pai. Henne estava na cidade para fazer negócios.

— Qual cidade?

— Eninsheim.

— A do cometa?

Lisbet sente um aperto na garganta.

— Isso.

Agnethe não insiste.

— Espero que ele seja um bom marido para você.

— Ele é. — Lisbet responde sem maiores considerações, e no silêncio subsequente repensa, pensa mais profundamente. Comparado a Plater, Henne é um santo. Mas ele se tornou tão frio com ela, descuidado com seus sentimentos. Ele não esconde que achava que ela era, com os quadris largos e a pele bronzeada de quem trabalha no campo, uma boa parideira. Também não esconde o desalento por estar errado.

Elas passam pelo moinho Metz e chegam à estrada da floresta. As sombras deslizam sobre elas, e na penumbra Agnethe parece encontrar coragem.

— O que eles disseram sobre mim?

— Nada — responde Lisbet, perplexa. — Você quer dizer Sophey, Henne?

— Todos eles — diz Agnethe, o tom leve incapaz de esconder a urgência. — O que lhe disseram?

— Que você estava na abadia do monte Sainte-Odile.

— Contaram por que fui mandada para lá?

— Não — responde Lisbet, honestamente. — Quase nunca falavam de você.

Assim que as palavras saíram de sua boca, quis recolhê-las, mas já era tarde. Agnethe solta um leve suspiro.

— Eu não quis dizer...

— Está tudo bem.

— Eles sentiram a sua falta.

— Você não é muito boa mentirosa — comenta Agnethe com gentileza. — E nem deveria ser. Tudo bem — acrescenta, olhando novamente para o rosto angustiado de Lisbet. — Eu não esperava nada diferente disso.

— Às vezes, Ida falava de você — comenta Lisbet, mas isso tem o efeito oposto ao que ela esperava.

— Não devia — diz Agnethe com rispidez. — Duvido que o marido dela tolere conversas sobre pecadoras.

— Acho que o marido dela não tolera muita coisa.

Agnethe bufa.

— Acho que você tem razão.

Segue-se outro silêncio. Lisbet percebe que ela está à beira de um abismo, uma escuridão que a atrai com uma náusea para mais perto. Cair seria fatal e irresistível. A pergunta está completamente formulada em sua mente, porém, uma vez mais, é Agnethe quem rompe o silêncio.

— E quanto a você, irmã?

— Eu?

Agnethe faz que sim, olhando para a barriga de Lisbet.

— Tem sido uma boa gravidez?

Lisbet sente um aperto na garganta.

— Até agora.

— Rezo por um parto seguro, também — diz Agnethe. — Embora eu duvide que você precise das minhas orações. Você parece forte. Tenho certeza de que será boa mãe.

É tudo o que Lisbet pode fazer para não se encolher e se balançar. Ela vira o rosto para a floresta.

— Eu disse alguma coisa errada? — pergunta Agnethe. — Por favor, me perdoe, estou fora de prática com a fala, principalmente sobre essas coisas. Não acontecia nada disso no convento, como você pode imaginar.

Lisbet balança a cabeça, mas, para seu horror, as lágrimas que segurou na cidade estão caindo agora, escorrendo pelo queixo. As árvores se fundem numa bruma verde-acinzentada e ela sente a carroça parar.

Uma forte mão toma a sua. Ela se preocupa que Agnethe faça perguntas. É o que Ida faria, desesperada para saber o que havia de errado, para consertar, mas Agnethe simplesmente segura a mão de Lisbet e espera.

Por fim, Lisbet enxuga as lágrimas do rosto.

— Desculpe-me — pede ela. — O calor e a dançarina. As abelhas. Ando preocupada com o nosso futuro.

— Entendo — diz Agnethe. — E com o seu filho, é claro.

— Tenho esperança nisso... no futuro dele. Mas... não se deve supor... que haverá uma criança.

— É prudente ter cautela, mas você não tem motivo para ter medo.

A risada de Lisbet mais parece um choro.

— Tenho uma dúzia de motivos.

Ela pensa na sua árvore, nas fitas, e isso parece muito pouco consolo naquele momento, uma exibição maldita. Quase consegue ouvir os pensamentos de Agnethe, chegando subitamente à compreensão. A mão aperta a sua.

— Uma dúzia? — A voz de Agnethe está tensa.

— Você acha tolo contar?

— Claro que não. Lisbet, eu sinto muito. Onde estão repousados? Posso visitar os túmulos?

— Não há túmulos — responde Lisbet, a voz falhando. — Nenhum deles viveu o suficiente para justificar um enterro.

— Mas você deve ter feito algo para se lembrar deles, não importa a idade — retruca Agnethe, e Lisbet olha para ela, chocada. Henne nunca pensou em sugerir isso, nem Sophey. Mesmo os que já tinham dedinhos, pálpebras, pele pálida e perfeita e aspecto de girinos, escorregavam dela cedo demais; eram grotescos aos olhos do marido e da sogra, profanos, tirados dela e enterrados sem identificação nem comentários. Mas Agnethe parece compreender: eles estiveram ali, eles existiram. Lisbet se lembra do cacho de cabelo enrolado e guardado no travesseiro de Agnethe.

— Sim — responde ela. — Fiz.

— Você precisa me mostrar, quando voltarmos para a fazenda.

— Eles não estão lá — diz ela. — Henne não... Não eram bebês ainda. Não respiraram.

— Eles não fizeram nada para se lembrar?

— Eles parecem nem se lembrar — diz Lisbet. — Exceto que eu falhei.

O rosto de Agnethe se torna nebuloso.

— Conheço esse sentimento. Mas amar não é fracasso. Não é uma falha.

Ela soa subitamente irritada, e Lisbet se sente encorajada por sua emoção pura.

— Você compreende.

— É claro.

— Já sentiu isso?

Então esse é o segredo, o pecado: Agnethe teve uma criança, talvez até a tenha perdido antes do nascimento. Já imagina Agnethe abraçada com força junto ao seu peito, ansiosa por compartilhar histórias. Já imagina tirando-a da carroça, seguindo pela floresta, rumo à árvore da dança.

Mas Agnethe solta a mão de Lisbet e assume as rédeas. Com um leve estalo da língua, elas saem da sombra fresca para a luz. O brilho forte acentua os ossos das faces e da testa de Agnethe, iguais aos da mãe. É ridículo ficar intimidada pela estrutura do rosto de Agnethe, mas Lisbet fica, e não faz mais perguntas. A visão de levar Agnethe à árvore da dança vacila e morre.

·

— Três dias? Tem certeza? — O rosto duro de Sophey assumiu uma intensidade afiada. — Por quê?

Lisbet dá de ombros. Não quer que Sophey veja quanto a dançarina a perturbou.

— Uma louca. — Até mesmo a palavra fica entalada na garganta como um osso.

— Mas os homens dos Vinte e Um estavam lá?

— Plater — esclarece Lisbet.

Sophey faz o sinal da cruz.

— Ele está por toda parte. Henne viu?

Lisbet hesita, mas Agnethe a salva da mentira

— Ele saiu assim que terminou de rezar.

— Bom — diz Sophey. — Ele não precisa ver esse tipo de coisa para turvar a mente.

— Você acha que vão castigar a mulher por algo tão simples quanto dançar? — pergunta Agnethe.

— Eles têm razão para fazer qualquer coisa para restaurar a ordem — diz Sophey. — Não podemos permitir ainda mais caos.

— Ela não está fazendo mal a ninguém — argumenta Agnethe.

— Ela está fazendo um espetáculo — retruca Sophey, cortando o ar com as mãos. — Você foi abrigada, lá na sua montanha. Houve fome, secas, rebeliões. Padres assassinados enquanto rezavam. A cidade inteira está tombando, e Geiler disse...

— Geiler já morreu há muito tempo — interrompe Agnethe, e Sophey lhe lança um olhar furioso.

— No entanto, ele sabia para onde a gente estava indo. Ele disse que devemos cuidar da nossa mente, assim como das nossas almas. Os Vinte e Um têm razão em expulsar a mulher da praça.

— Ninguém sabe ao certo se ela é amaldiçoada — avisa Lisbet, olhando entre elas. — Alguns até falavam que ela podia ser abençoada.

— Os padres vão decidir — diz Sophey, parecendo recuperar algum controle sobre si mesma. — Já, já isso acaba.

— Na abadia — começa Agnethe —, quando alguém tinha um episódio de mania, as outras, muitas vezes, acompanhavam.

Sophey cospe.

— Nem me fale dessas coisas. De contágio de loucura. Não somos todos tão fracos quanto você, Agnethe.

— Você me chama de fraca, quando suportei tudo que me fizeram?

Sophey se aproxima de Agnethe e lhe dá um beliscão no braço.

— Pare com isso — vocifera Sophey. As mulheres se afastam, Agnethe se levanta devagar o suficiente para que Lisbet percebesse o sulco de raiva no meio da testa antes de sair, tirando os cachorros arfantes do caminho.

Lisbet não quer ficar sozinha com Sophey. Aponta para um balde cinza com água.

— Vou trocar essa água.

Sem esperar pela aquiescência, Lisbet levanta o balde tão rápido quanto sua barriga permite, derramando um pouco da água no chão. Joga o pano sujo na mesa escovada, e Sophey resmunga, mas Lisbet não interrompe o passo, seguindo a cunhada para fora no sol ardente do meio da tarde.

Não há sinal de Agnethe. Os cachorros descansam a cabeça nas patas e contraem as sobrancelhas ao vê-la. Faz tanto calor que Fluh mal rosna para Lisbet. Ela despeja um pouco de água na gamela, e Ulf se levanta para beber, apoiando-se um pouco em sua perna. Lisbet sente o forte fedor do pelo, sabe que vai ficar pior sem Henne aqui para escovar. Ela vai ter de fazer isso.

Deixa que o cão se encoste nela por mais alguns minutos antes de atravessar o quintal e andar pelo perímetro da casa em direção ao delineado reino das colmeias. As abelhas estão trabalhando no ar escaldante, as patinhas inchadas de pólen que os padres dizem ter sido roubado. Mas suas abelhas não são ladras.

As abelhas. Elas são o que são. Essa foi a primeira lição que a ensinaram, desde que começou a atraí-las para as colmeias de palha trançada. Não são bestas estúpidas: elas têm vontade própria, ainda que seja a vontade da abelha rainha. É por isso que falam tanto delas na igreja, sobre sua obediência, suas obrigações. O próprio Geiler pregava na igreja que, quando a abelha voa para o céu, ela é a alma que adentra o paraíso. Mas Lisbet sabe aquilo que somente os que cuidam delas sabem. Que a rebeldia é a chave do seu sucesso, que a liberdade adoça o mel. Que não se pode de fato criar abelhas. Pode-se meramente fazer com que elas queiram ficar.

O galpão de prensagem não tem janelas e é quente, tomado pelo perfume de mel. Foi ampliado com o passar dos anos, expandindo à medida que o número de colmeias aumentava. Ela pega as tigelas feitas especialmente para as abelhas. São rasas, de fundo chato, talhadas de forma irregular, para permitir que a água se deposite em pequenas poças. Foi Lisbet quem sugeriu esse formato, para facilitar o trabalho das abelhas ao pousar e beber sem se afogar. Henne nunca se preocupou com as perdas, eram pouquíssimas para fazer diferença na colmeia, mas Lisbet não suportava os corpinhos virados para cima, os ganchos das patinhas expostos e as alminhas imóveis.

Ela despeja o restante da água nas tigelas, depois pega o néctar na prateleira, enrolado em pano encerado para não grudar. Quebra dois favos do descarte, deixa a máscara pendurada no gancho. Também não se preocupa com as luvas, usando o dedo nu para mexer o néctar na água de uma das tigelas, depois na outra. Está macio por causa do calor e se mistura com facilidade na água. O cheiro fica nas suas narinas.

Ela seca o dedo e, levantando as tigelas, volta para o portão que marca o limite do pátio das colmeias. Algumas abelhas vagam desgarradas pelo caminho, uma delas pousa em seu punho por um momento antes de levantar voo. Lisbet coloca a primeira tigela junto ao portão, leva a segunda até o outro lado. As colmeias parecem se movimentar e farfalhar, o zunido no interior delas reduzido a um sussurro.

Ela pensa no bebê que tem dentro da barriga, os detalhes formados, o pulmão e o coração pequeninos e uma alma alva, muito alva, e, ao colocar a segunda tigela, ela sente um chute, deliberado e forte, na coluna. Lágrimas rolam dos seus olhos e ela suspira de dor e alívio. Apruma-se, o punho cerrado na altura dos rins, e delicadamente retribui o movimento.

O quintal ainda está vazio, Agnethe sumida e Sophey dentro de casa, ambas pensando na dançarina. Lisbet quer apagar a visão da mente. Verifica mais uma vez se a porta está fechada, e se certifica de que Sophey não está observando. Estalando os dedos para que Ulf fique para trás, ela adentra as sombras.

Sophey não sabe o que diz quando fala de espetáculo. Nunca quis ouvir muitas confidências para saber da mãe de Lisbet; como quando Lisbet começou a sangrar e *Mutti* perdeu a sanidade. Apenas *Mutti* e Lisbet traçaram a linha entre esses dois eventos, portanto, agora que está só, pode arcar com o fato de que a decadência da mãe estava atrelada ao seu tornar-se mulher.

Tudo começou com as valas. *Mutti* cavando grandes sulcos na terra com as mãos, arranhando as pedras finas que marcavam as terras deles até as unhas serem arrancadas. Quando o pai perguntava o que estava fazendo, ela dizia que estava cavando uma cova. Só não dizia para quem.

Mantiveram isso em segredo enquanto foi possível. Mas então ela começou a ir até o mercado, descalça, chegando esfarrapada e de olhos arregalados. Procuraram um empírico, que trouxe vinagre e hamamélis, cataplasmas e lâminas. Alternadamente, ele a sangrava, passava unguentos na pele e raspava seu cabelo, até Lisbet concluir que nenhuma doença poderia ser pior do que tais curas.

Abandonos, era como Agnethe os chamava. Parecia menos um abandono e mais um esvanecimento da sanidade da mãe, um ataque a tudo que ela era. Como aquela gente na praça pode suportar, e zombar, e se embasbacar, e rir diante da visão de alguém desprovida de seu juízo — a crueldade da cena asfixia Lisbet.

Ainda havia dias bons com *Mutti*, e são esses que Lisbet guarda na lembrança, enquanto vai até sua árvore da dança. Eram os dias em que o pai e os irmãos saíam para trabalhar, e Lisbet ficava encarregada de varrer e cozinhar. Em vez disso, ela subia na cama da mãe, colocava os pés inchados no colo e os massageava, enquanto *Mutti* lhe contava sobre sua irmã, Petta, e a vida antes da fazenda. Sobre a árvore da dança que chamavam de árvore do juízo, fincada austera no centro da vila. Sobre o rio em que ela nadava, sobre as tempestades, tão fortes que arrepiavam seu cabelo. *E isso não era fácil de fazer naquele tempo*, dizia *Mutti* com tristeza, esfregando os fiapos na cabeça, sobreviventes da tesoura do empírico.

Lisbet alcança os espinheiros, afasta-os com cuidado e entra na clareira, num calmo abraço. *Mutti* adoraria esse lugar. A vontade de encontrar uma árvore da dança uma última vez se tornou mais intensa nas suas semanas finais, até ela quase só falar disso. Na maioria das vezes, dizia a Lisbet que ser mulher era uma coisa brutal e linda. Às vezes, esmagava Lisbet com força no peito quando dizia isso, e nesses momentos Lisbet concluiu que a cova era para ela, ou para *Mutti*, ou talvez para ambas. Que ela desejava levá-la à igreja de sua infância para absolvê-la de algum pecado ainda não cometido. Que *Mutti* queria poupá-la da mesma tristeza que ela, claramente, sentia.

Quantas de vocês eram filhas, pergunta Lisbet às fitas, *quantos eram filhos?* Costumava sonhar com meninas, tantas quanto *Mutti* tinha meninos, para que pudesse contar sobre sua mãe e assim criar uma corrente entre elas, de mulher para mulher, e *Mutti* não se perderia. Mas agora ela acha isso algo tolo e irrelevante: hoje, ela só quer que a criança seja capaz de respirar.

E então ouve um ruído. Um suspiro, um soluço. Lisbet sente uma descarga de energia passar por ela, como as tempestades que a mãe descrevia. Olha para cima, para os galhos, mas estão imóveis e silentes.

— *Mutti*? — pergunta ao ar. — *Mutti*, você está aí?

O som novamente, mais próximo agora. Mas não vem do ar, ou da árvore, ou das fitas, ou do seu coração que bate forte.

Mais uma vez. E mais outra. Ela espera. Pensa na dançarina na cidade, a raiva saindo como se fosse um fole, atiçando o fogo de sua mania.

Medo, frio e tensão reviram o estômago de Lisbet quando os espinheiros se afastam. Uma mulher chorando como se estivesse de coração partido, arrastando as mãos nuas pelos espinhos para que sangrem. Lisbet já reconhece a cabeça raspada, os ombros largos.

Agnethe para abruptamente. O rosto dela está aflito e pálido, com duas manchas vermelhas nas bochechas. Os olhos estão inchados, o nariz escorrendo, e Lisbet se lembra da descrição feita por Henne de uma vítima de enxame: inchada e com a pele encerada, sarapintada.

— Lisbet. — Agnethe murmura seu nome. Parecendo se recompor, afasta as mãos do espinheiro, escondendo-as sob as axilas. — O que...

Seu olhar se volta para cima, o rosto manchado de lágrimas brilhando.

As batidas do coração de Lisbet obstruem sua garganta. Ela sabe o que Agnethe verá — uma tília baixa e larga, coberta com folhas secas e retalhos de tecido, a plataforma fortuita como uma ruína — e é tão diferente daquilo que Lisbet vê que a sensação é de traição. Quem dera pudesse crescer e engolir tudo como um sapo, fazendo desaparecer a árvore que é sua e dos seus bebês e que ela não quer compartilhar ou ter de explicar.

Agnethe chega mais perto, a cabeça voltada para cima, olhos arregalados. O que viu parece ter afugentado seu choro.

— O que é isso?

Lisbet não consegue engolir o coração de volta. Está muito no alto, barulhento demais, como sempre acontece aqui, tão perto das memórias das crianças que poderiam ter sido. Mas Agnethe parece não precisar de uma resposta. Chega mais perto, delicadamente, levantando os pés como uma criança contornando as fendas do chão que a engolirão para o Inferno. Alcança uma das oferendas, uma pedra que repousou agradavelmente na palma da mão de Lisbet, que ela envolveu com linha num padrão que lembrava renda, e se agacha ao lado dela.

— Não... — começa Lisbet. Por superstição, ela tem horror a mexer nelas depois de colocá-las no lugar. Mas Agnethe não faz menção a tirá-la do lugar. Limita-se a olhar com atenção.

Lisbet consegue ver as ranhuras profundas nas mãos de Agnethe, o sangue vivo na pele pálida. Agnethe se levanta tão rápido que Lisbet perde o fôlego e seu coração se desloca, a voz saindo clara.

— Você está sangrando.

— Que lugar é esse?

Lisbet se move, os pés doloridos.

— Uma árvore.

— Estou vendo — diz Agnethe com um leve sorriso. Novamente, fica a cara de Henne. — As fitas, os símbolos. É uma espécie de santuário pagão.

Lisbet treme, os joelhos enfraquecendo de tal forma que precisa se apoiar no tronco para se sustentar.

— Não é nada disso.

— Não estou acusando — esclarece Agnethe, estendendo as mãos ensanguentadas. — Apenas perguntando. O que é isso, Lisbet? Você fez tudo isso?

Lisbet morde o lábio. Sente medo, pois, na infância, foi ensinada a ter medo de palavras como "pagão", "sábia", "mulher" ou "bruxa". Mas Agnethe se aproxima e seu rosto está pleno de curiosidade e fome.

— É lindo. As fitas. E aquela... — Ela aponta para a plataforma. — Foi você quem fez aquilo?

Lisbet por fim aquiesce e se permite sorrir quando Agnethe assobia, admirada.

— Por quê?

O nó na garganta aumenta de novo, e Lisbet baixa o olhar para a barriga, as mãos se unindo num reflexo para segurá-la.

— Doze — diz Agnethe com delicadeza. — Se eu contasse, haveria doze fitas. Essa é a sua árvore. Para eles.

— E para mim — diz Lisbet. — Um lugar seguro.

Agnethe aquiesce.

— É lindo — repete. Os braços se contraem e parece que ela vai abraçar Lisbet. Em vez disso, ela chega mais perto.

— Suas mãos — comenta Lisbet.

Agnethe olha para baixo sem dar muita importância.

— Ah.

— Você precisa lavá-las.

Agnethe estende a mão para Lisbet, que resiste e se afasta. A mão está inchada com cicatrizes, suja de sangue, e Lisbet consegue sentir o hálito úmido e abafado dela, como água parada, como se Agnethe tivesse se afogado no rio e saído para encontrá-la.

— Lisbet...

Lisbet espera. Agnethe está a ponto de lhe contar algo, talvez em troca de suas próprias confidências. Ela se vira para olhar para a cunhada, mas Agnethe está cutucando o solo, a árvore, e não retribui o olhar. Lisbet sente que alguma coisa está escapando e estende a mão para agarrá-la.

— Você pode me contar...

— Posso vir aqui?

— O quê?

— A este lugar — diz Agnethe. — Quando tudo... — Ela gesticula com a cabeça, e Lisbet compreende a necessidade de estar só, de sossego. — Duvido que a igreja amanhã me ofereça muita possibilidade de fuga.

Então ela havia notado os olhares e os comentários na cidade. Lisbet está aprendendo a não subestimar a cunhada — que, mesmo quando parece estar em outro lugar, está atenta. Mesmo quando parece petrificada, ela sente tudo.

— Não vou tocar em nada — acrescenta de pronto, confundindo o silêncio de Lisbet. — Mas compreendo, é claro, se você quiser manter o lugar só para você, para os seus... — Ela gesticula na direção das fitas.

Lisbet hesita, mas como pode dizer não a essa mulher que sangra e chora?

— Pode, Agnethe.

Agnethe parece visivelmente aliviada.

— Nethe. Era como meus amigos costumavam me chamar. Como Henne me chamava.

Há uma torrente de tristeza ali, densa, mas contendo e exalando profundezas imensas e vibrantes. *Nethe*. Combina melhor com ela, o som preciso e percussivo.

Lisbet aquiesce.

— Pode, Nethe. Venha sempre que precisar.

6

A igreja que frequentam é muito simples, mais madeira e taipa do que pedra, com vestígios de antigos rituais esculpidos nos cantos, dando ao lugar como um todo uma aparência inacabada. *Pater* Hansen, o pároco, combina com o lugar. É velho, curvado e tem uma imponência já desgastada, as maçãs do rosto proeminentes e olhos prateados, a pele enrugada como cera derretida. Alguns padres se vestem como se fossem príncipes, mas *Pater* Hansen usa as mesmas vestes todo ano, remendadas e velhas, o fio precioso desbotando, o que lhe angaria respeito entre sua congregação e desprezo por parte dos mais abastados.

Lisbet sabe que não deveria julgar um representante de Deus pelo cheiro, mas não se importa. Com um bebê dentro da barriga, ela sente tanto o cheiro das coisas que fica exausta, e *Pater* Hansen é todo cera de abelha, óleo de incenso e suor velho, muito velho. Humanidade e divindade — como deve ser, ela supõe.

Ida está no banco da frente, a filha e os filhos ao lado. A simples visão da sua cabeça sob o lenço, o familiar *frizz* do cabelo loiro sobre as têmporas e a curvatura do rosto quando ela mergulha a cabeça nas mãos são um conforto para Lisbet, que mal conseguiu dormir na noite anterior por causa dos sonhos com a mãe, acordando preocupada com as abelhas e seu destino.

Mas, pela primeira vez, Lisbet sente que tem uma aliada na fazenda. Se não fosse por Ida e as abelhas, teria passado sem companhia os seis anos em que dividiu a casa com Henne. No entanto, depois da visita à cidade, e do encontro na árvore da dança, ela e Nethe parecem cada vez mais próximas.

E Nethe precisa de uma amiga ainda mais do que Lisbet. A tensão entre Ida e Agnethe é visível, e sua presença na igreja causou um rebuliço acalorado na congregação. Do que Lisbet pôde apurar, ninguém parece saber as acusações que levaram Nethe ao convento, apenas a existência do pecado e a subsequente penitência. Herr Furmann, o principal benfeitor da igreja e com influência junto aos Vinte e Um, se aproximou de Nethe antes da missa, cheirando a seda e com mãos agitadas, mas Nethe o evitou, aproximando-se de Lisbet, que usou seu volume para protegê-la de novas admoestações.

Ela compreende a curiosidade das pessoas — há pouco do que falar além do clima, da queda certa de Estrasburgo para um círculo mais profundo do Inferno. Até mesmo a guerra contra os turcos perdeu o brilho, obscurecida pelo constante desgaste. As observações finais de *Pater* Hansen não ajudam em nada o sofrimento de Agnethe, pois assumem um rumo totalmente diferente de seus sermões costumeiros.

— Uma palavra sobre os acontecimentos na praça do mercado — diz ele, arrastando os olhos do púlpito e fixando-os em outro lugar acima e à esquerda de suas cabeças. Lisbet leva algum tempo para compreender a que ele se refere, mas Sophey fica dura, a mandíbula travada. — Sei que houve alguma conversa sobre a mulher que dança. Quero tranquilizá-los de que se trata apenas de um caso de fraqueza feminina. Sabemos que essas coisas acontecem... — Seus olhos vagam sobre Agnethe, que o encara determinada. — ... e os Vinte e Um têm grande interesse em apurar os fatos.

Nesse momento, Plater se levanta, como se Hansen o tivesse chamado pelo nome. O padre pisca, a boca aberta para prosseguir, mas Plater volta as costas para o púlpito e assume a fala do padre sem qualquer deferência.

— O assunto já está encerrado — diz Plater —, mas é fato que o Conselho cuida para que não se espalhem fofocas supersticiosas. Uma mulher deu para dançar há mais ou menos uma semana, em um lugar conspícuo ao lado da catedral. Ali permaneceu todos os dias e a maioria das noites, parando apenas para cair em um tipo de sono que permitia que fosse levada para casa. Mas ela voltava todos os dias e, após cuidadosa observação de nosso administrador, Sebastian Brant, e dos Vinte e Um, ficou decidido que ela deve ser levada a Drefelhausen.

— Para o santuário? — pergunta Herr Furmann, o único homem na igreja que supera Plater em influência.

— Para o santuário de são Vito, sim — diz Plater, claramente irritado por ter sido interrompido.

— Ela então é devota do santo? Seria a dança uma mania sagrada?

Nethe disse que, no convento, esses julgamentos sobre mania sagrada ou possessão demoníaca dependiam se a pessoa era querida ou não. Lisbet olha para ela, imaginando o efeito que tal pronunciamento terá sobre ela. Mas Nethe, mais uma vez, parece uma pedra.

— Os Vinte e Um acreditam que sim — declara Plater. — Ela deve estar tentando expiar algum pecado, embora a escolha de uma manifestação tão histérica diga muito sobre seu caráter. Ela será lavada no santuário e isso porá um fim a tudo.

Plater senta-se, e *Pater* Hansen vacila em busca do fio da meada, a fim de encerrar a missa, antes de descer do púlpito e ser imediatamente abordado por Herr Furmann.

— Está resolvido — diz Sophey, satisfeita. — Vamos, então.

Mas nem Lisbet nem Nethe se mexem. Herr Furmann atraiu Plater para a discussão com o padre. Lisbet suspeita que Nethe também espere captar alguma coisa do que os homens estão dizendo, mas eles são bloqueados pelos corpos que saem da igreja. Ida se coloca entre a filha e o marido e começa a se dirigir a elas. Nethe se levanta de repente e acompanha a mãe igreja afora sem olhar para trás.

Ida alcança Lisbet e a ajuda a se levantar.

— Herr Furmann parece perturbado.

— A dançarina era perturbadora.

Ida olha para ela com atenção.

— Você viu a mulher? Então foi como eles disseram?

— Foi. — Lisbet suspira, ajeitando-se para aliviar um pouco o peso das costas. — Mas agora acabou.

— Você tem certeza de que está bem, Bet? — pergunta Ida. — Posso ir sozinha aos abrigos para miseráveis.

— Estou bem o bastante — responde Lisbet, sem o cuidado de esconder a irritação. — Por favor, não me trate como Henne.

Ida sorri.

— Jamais me atreveria.

— Você sabe. — Lisbet ri enquanto começam a descer os degraus em direção à carroça de Ida. Não há sinal de Sophey e Nethe, que já estavam a caminho de casa. — Como se eu estivesse doente.

— Vejo que não está — comenta Ida, arrumando as cestas na carroça, cheias de pão fresco, algumas beterrabas e cogumelos, moringas de argila cheias de leite, cujo odor leva Lisbet a concluir que já estava azedando, por causa do calor. Doações magras, até mesmo para os padrões dos Vinte e Um. Há muito, Lisbet suspeita que Plater embolsa a maior parte da ajuda aos pobres que recebe do Conselho, em vez de repassar à esposa. — Mas você está tão grande. É um bom... — Ela segura a mão de Lisbet mais uma vez. — É um bom sinal. Mas sei que é pesado.

A estrada para a cidade está movimentada com peregrinos e fiéis indo e vindo da Notre Dame e comerciantes ambulantes vendendo velas de sebo baratas e bolos de aveia. Nem sempre foi assim, ela se lembra. O Dia Santo costumava ser observado com rigor, toda a cidade envolta em âmbar e orações, mas a decadência pregada por Geiler se espalhou rapidamente. Agora, fala-se de monges operando casas de jogos, padres frequentando tavernas. Se não podem confiar no clero para santificar o dia, como esperar que os demais, com fazendas para cuidar e bocas para alimentar, o façam?

Ida se inclina para perto da amiga com cuidado.

— Você hoje está quietinha.

— Pensando — murmura Lisbet.

— Cuidado — diz Ida, provocando. — Vai ficar com uma ruga na testa igual à de *Pater* Hansen.

Lisbet tenta dar uma risada, mas não consegue. Sente-se muito pesada, como disse Ida, e um pouco triste.

— Vamos, Bet — chama Ida. — O que está acontecendo?

Lisbet sabe que Ida não vai parar de fazer perguntas. Tem intuição de mãe, está acostumada, por meio de afagos, a extrair angústias de crianças amuadas. Lisbet suspira e dá de ombros.

— Está com saudade de Henne?

— Não — responde Lisbet, tão rápido que Ida fica constrangida. A amiga ergue as sobrancelhas, conduzindo o cavalo pelas ruas estreitas que margeiam a cidade.

— As abelhas estão bem?

Lisbet sorri. Ida entende melhor do que ninguém sua obsessão.

— Estão, por enquanto. Se nossa petição não tiver sucesso...

— Terá. E então? — Ida lança mais um olhar incisivo. — Não fique guardando segredo. Isso envelhece mais do que pecado.

— É Nethe — diz Lisbet, e percebe que Ida se afasta um pouco.

— Você a chama de Nethe agora?

— É por isso que eu não queria lhe contar nada.

— O que está querendo dizer? — pergunta Ida, e, apesar de sua voz parecer leve, há certa ferroada no ar, um ferrão de abelha deixado num favo de mel. — O que tem ela? Está bem?

Lisbet hesita.

— No dia em que vimos a dançarina. Encontrei-a andando pela floresta. Estava angustiada.

— Por causa da dançarina?

— Não. Por alguma coisa que Sophey disse.

Ela olha para a amiga. O perfil de Ida é lindo, Lisbet sempre achou, embora Ida ache que tem um nariz muito grande e um queixo muito pequeno. Não sabe se deve compartilhar toda a verdade. Mas como explicar a árvore da dança aqui? Parece blasfêmia.

— Deve ter sido estranho nas montanhas. Ela nunca voltaria a mesma pessoa.

— Imagino que não — concorda Lisbet, mas Ida parece distraída.

— Aqui estamos.

A chegada aos casebres da periferia em geral provoca um turbilhão de atividade de mãos ansiosas e agradecidas das quais Lisbet se afasta. Mas, quando param diante da casa de Herr Lehmann, veem a porta amarrada com uma corda. Ida franze o cenho e salta com leveza da carroça, espreitando pelos buracos das tábuas apodrecidas.

— Ninguém? — pergunta Lisbet.

Ida vai até o casebre seguinte, então ao seguinte, mas, embora haja vendedores ambulantes em volta da carroça, não há sinal do costumeiro comitê de boas-vindas. Ida volta à porta de Herr Lehmann e bate. Lisbet desce e espreita pelas janelas quebradas.

— Olá? — Uma voz fraca se faz ouvir através da porta e Lisbet reconhece a menina mais velha da família.

— Hilde? — pergunta Ida. — Estamos aqui. Trouxemos pão e leite.

— Não posso abrir a porta por este lado.

Lisbet puxa o nó da corda.

— Não — diz Hilde, escutando o que ela estava fazendo. — Mandaram deixar fechada.

— Onde os seus pais estão? — pergunta Lisbet.

— Na cidade — responde Daniel, juntando-se à irmã. — Foram ver as dançarinas.

— A dançarina foi embora — disse Ida. — Levaram-na para o santuário.

— Todas elas? — questiona Hilde, e o irmãozinho Gunne diz alguma coisa inaudível e empolgada.

— Só tem uma — afirma Ida. — Lisbet viu.

— Não — retruca Hilde, tão próxima da porta que Lisbet consegue ver a boca sem dentes, sentir o bafo rançoso. — Tem mais.

— Pra mais de cem! — exclama Gunne, empurrando a irmã para o lado e enfiando o queixo na abertura.

— Não é tudo isso, não. — Ida sorri, passando o polegar carinhosamente no queixo da criança.

— Mas é quase isso — retruca Daniel. — *Mutter* e *Pater* foram dar uma olhada.

— A gente pode ir? — pergunta Gunne. — Vocês podem levar a gente?

Ida estala a língua.

— Para quê? São só umas mulheres dançando. O que faço com a cesta?

Depois que passaram as provisões e viraram as costas para o casebre, Ida olha sorrateiramente para Lisbet.

— Suponho que nós duas poderíamos ir.

Lisbet bufa.

— O que aconteceu com "só umas mulheres dançando"?

— De repente, a gente se junta a elas.

— Isso não tem graça nenhuma — comenta Lisbet. — Você não a viu. Se essas forem como a primeira... — Ela engole a frase. Não tem palavras, não quer proferi-las, nem manifestar a familiaridade que sentiu, o reconhecimento acalentado durante anos ao lado do leito a mãe. — Dificilmente aquilo pode ser chamado de dança. É feio, Ida.

— Mas é algo que está acontecendo — argumenta Ida, parecendo petulante como uma criança. — Por favor, tudo o que tenho em casa é o meu pai.

— E os seus meninos, a sua menina.

— São só alegria, sempre — diz Ida com ironia. — Assim podemos ter um tempo juntas. E a carroça é minha, então você tem de vir.

É impossível dissuadi-la, e é mais fácil para Lisbet se sentar na carroça do que defender seu argumento. Logo elas estão passando pela conhecida ponte e, depois, pela praça do mercado. Está tomada pela congregação esvaziada da Notre Dame, de pregadores de rua e pedintes. Elas distribuem o restante da comida em pouco tempo, mas, quando olham em volta à procura da prometida centena de pessoas tomadas pela mania, não há sinal de nada.

— Veja — diz Lisbet, aliviada. — Boatos. Podemos ir agora? — Está mais quente ali com a quantidade de gente. Lisbet acha que poderia mexer o ar como uma sopa. Mas Ida paga a um homem para que tome conta da carroça e pergunta pelas dançarinas.

— Ali. — Ele aponta para o mercado de cavalos. — Agora, tem até um palco. Tem outro na guilda dos curtidores de couro.

— Um palco? — A voz de Ida sai alegre e entusiasmada, e Lisbet sente um aperto na garganta. — Fecharam as guildas?

O homem faz que sim.

— Não tinha outro lugar para colocá-las. Os médicos dizem que a única coisa que dá para fazer é deixá-las à vontade.

Ida se vira para Lisbet e segura a mão dela.

— Para que parem de negociar nas guildas... Isso é grave, Lisbet!

No entanto, sua voz não é e sua pegada é forte demais. Lisbet tenta soltar os dedos, mas Ida a puxa na direção do mercado de cavalos, e Lisbet precisa se concentrar em seus pés, evitando o pior da sujeira no chão.

Ela gosta do mercado de cavalos. Tem um cheiro verde no ar, como os campos na fazenda do pai, e os cavalos risonhos têm olhos gentis e cheiro de feno e de lar. Mas, quando chegam às bordas do mercado, o cheiro é de gente. Suor e bafo úmido, e Lisbet escuta zombaria e, logo abaixo, tambores.

— Ida... — Ela se liberta da mão da amiga quando começa a apertar, e Ida é levada pela correnteza da multidão.

Lisbet também é levada. Sem a mão de Ida, ela se sente à deriva e tudo o que pode fazer é proteger a barriga e se aprumar, sob o cheiro, o calor e o barulho insuportáveis. É então levada pelo gargalo do portão e o palco está à sua frente, e é pior do que poderia ter imaginado se tivesse se permitido imaginar isso.

Não há centenas, talvez umas quarenta, mas é impossível contá-las com precisão, já que se movem sem ritmo ou padrão, mantidas no palco por mãos que batem nelas e as chicoteiam nas bordas da plataforma. O palco fica na altura da cabeça, de forma que as dançarinas parecem flutuar sobre a multidão, anjos demoníacos precipitando-se e girando. São todas mulheres, todas com cabelos soltos e olhos arregalados, todas rodopiando e saltando. Os tamancos delas descansam abandonados, espalhados pelo palco, os pés já ensanguentados, salpicando gotas que voam sobre as tábuas recém-colocadas e que ainda guardam o cheiro da floresta.

Lisbet balança, quase cai, o que nessa multidão seria fatal. Ela se força a manter os pés firmes no chão, projeta os cotovelos para fora, para proteger a barriga. Misturados entre as dançarinas estão homens, largos e barbudos, e claramente não possuídos por qualquer que seja a música que tomou as mulheres. Lisbet observa quando um deles agarra uma mulher pela cintura e a rodopia num círculo desenfreado, derrubando outra dançarina. A mulher que caiu salta imediatamente, mancando ligeiramente enquanto pula.

— Deixem-na em paz. Por favor, Deus, deixem-na em paz — suplica Lisbet consigo mesma, uma espécie de encantamento falado em voz suficientemente alta a ponto de a mulher ao seu lado perceber.

— São os homens do Conselho — explica ela, sem tirar os olhos das dançarinas. — Têm ordens para mantê-las dançando.

— Eles acham que isso é a cura? — pergunta Lisbet. Sua visão está ficando turva, concentrada nos pés e nos cabelos das mulheres, que se arrastam como peixe no anzol.

A mulher dá de ombros.

— Daqui a pouco chegam os músicos. Esperam acabar com a mania delas.

— A música só vai fazer com que elas dancem ainda mais.

Lisbet perde o equilíbrio de novo e mais gente a empurra pelo portão até o palco. Ela se sente capturada por uma rede, movendo-se como se estivesse num pesadelo em direção ao palco com sua carga demoníaca. Seu pé mergulha em merda de cavalo, e ela sente a massa se espalhando por dentro dos tamancos, tornando o odor fresco novamente. Mãos estão erguidas para o palco, puxando os pés das dançarinas, agarrando pedaços de pano e cabelo, como se fossem santas vivas. Lisbet abraça a barriga como uma boia quando é levada ao palco.

Tão próximas, elas de repente são menos assustadoras, os rostos transmutados. Não fazem ruído, mas respiram fundo, os olhos deslizando pela multidão como pedras, pulando pelos rostos zombeteiros, erguidos para algum outro lugar. Uma mulher da idade de Sophey com as costas curvadas se ergue sobre Lisbet e se inclina como uma menina, os braços estendidos, a cabeça para trás em êxtase, uma corrente de ouro enrolada no punho. Os pés descalços levantam e batem: ela sorri, mostrando gengivas cor-de-rosa. Não toma conhecimento da multidão, que vaia e uiva, são apenas seu corpo e seus limites, inteiramente sua própria carne por dentro e por fora.

Lisbet pensa em deixar a mente fluir, o corpo se movimentar de uma forma que não faz desde os tempos de criança no campo, correndo com os irmãos. A pele suave e imaculada, o coração sem cicatrizes. Um dos homens agarra o punho da mulher idosa e a sacode de um lado para outro, o pescoço dela estala, e uma careta atravessa seu rosto cheio de rugas. Os olhos se apertam conforme rodopia, o homem zurrando enquanto a balança.

Algo dentro de Lisbet dispara como uma armadilha. Ela arreganha os dentes e abre caminho através da multidão, através do portão, afastando-se das mulheres, dos homens e do palco, afastando-se o mais rápido possível até sentir um puxão que a detém, arfante. Cobre os olhos com a palma das mãos com força suficiente para fazer faíscas atravessarem as pálpebras. A mão de alguém agarra seu ombro e, por alguns segundos, ela pensa se tratar de um dos homens contratados que ouviu seus pensamentos e está pronto para forçá-la a subir ao palco. Ela grita e se afasta, e a voz de Ida chama seu nome.

— Perdão — pede Lisbet, segurando o braço da amiga. — Pensei que...

— Não — diz Ida, e seu rosto parece assombrado. — Entendo perfeitamente.

Ela olha para trás, para o palco, para as mulheres rodopiando em cima e estremece.

— Elas parecem tão... extraordinárias. Cheias de luz, ou penas. Não acha? Radiantes... — Ida ergue o rosto para o sol, beatífica. Seu cabelo dourado escapa do lenço, desenhando um halo sobre seu rosto pálido. Parece quase em êxtase e isso apavora Lisbet, que segura o lenço antes que caia no chão e o atira para a amiga.

— Vou embora.

— Tão cedo?

— As abelhas — responde com firmeza. — Você sabe que é um trabalho constante, e com Henne fora...

Ela começa a se afastar, o coração batendo forte, os ouvidos zumbindo. Loucura, mania, abandono — tudo isso ela consegue mais ou menos suportar. Mas o êxtase que viu no rosto de Ida a deixa nauseada, até porque ela própria quase se permitiu sentir a mesma coisa, observando a velha dançando como se fosse menina. Perder a cabeça não é brincadeira. Lisbet nunca contou a Ida sobre *Mutti* para além de que morreu, e agora se sente duplamente grata por isso. Odiaria Ida pela reação dela às dançarinas caso tivesse contado.

Ida consegue alcançá-la com facilidade e se junta a ela. Lisbet deseja que não estivesse tão grande, tão desajeitada, deseja poder jogar tudo para o alto como a mulher no palco, alheia ao fedor e ao barulho.

— Devagar — diz Ida com delicadeza. — Cuidado, Bet.

Lisbet quer chorar. Faz muito calor e ela está farta. Mesmo com Ida ao lado, sente-se completamente sozinha.

— Vou andando.

— Não mesmo — retruca Ida, escorregando o braço no de Lisbet. Mas, ao andarem no sentido contrário à multidão, afastando-se do batuque e das mulheres que rodopiam, Lisbet vê que a amiga olha para trás o tempo todo, até não conseguirem mais ver as dançarinas.

●

— Mais — conta Lisbet a elas assim que passa pela porta. Sophey está cozinhando, mexendo um ensopado e parecendo cansada, ainda mais envelhecida do que quando saíram para a igreja naquela manhã. — Tem mais delas. Dezenas. Todas mulheres.

Sophey levanta os braços impacientemente, atropelando as palavras de Nethe.

— Você as viu?

Lisbet faz que sim, enfiando as mãos no balde e passando o pano no pescoço.

— Ida e eu. O mercado de cavalos está todo tomado. As guildas também.

— Ida as viu? — pergunta Nethe.

— Viu, e ficou apavorada — mente Lisbet. — Claro. — Ela se arrepia com a lembrança, a multidão, os homens agarrando e girando as mulheres. O rosto iluminado de Ida.

— E vamos parando por aí — alfineta Sophey. — Basta as bobagens dessa aqui.

— Mas agora faz sentido — declara Nethe com o tom de quem retoma um assunto. — Agora, tem mais mulheres dançando. Eu disse que viriam mais, estão vendo? E aí está.

— Os Vinte e Um estão trazendo músicos — comenta Lisbet, apesar do olhar de advertência de Sophey. Ela sabe que a sogra quer que se cale, mas precisa contar. — Para despachar os demônios.

— O calor está deixando todo mundo maluco — declara Sophey, fazendo o sinal da cruz. Nethe e Lisbet acompanham. — E com sede, e mais dança não vai curar nada. Geiler concordaria. Não falo mais nada sobre esse assunto. — Ela repousa a xícara, sentando-se com dificuldade, os dedos ásperos estendidos à frente. Estão dobrados como se estivessem segurando um balde, e, por causa da tensão nas articulações, Lisbet sabe que ela está tentando endireitá-los. — Essa mania precisa de oração, e oração precisa de velas. Ao trabalho.

Quarenta e sete dançam

No trigésimo segundo ano de Frau Clementz, surgiu um fervor por anjos. Homens, o marido e o filho mais velho entre eles, ouviram anjos sussurrando nas colheitas estragadas, armaram-se com foices e marcharam até os celeiros da Igreja, exigindo grãos. Viam anjos nas espirais das imensas portas de madeira e as derrubaram. Sentiam anjos dentro da garganta, e seu filho Arnd jurou ter visto um anjo vertendo ouro sob a pele do pai.

A maioria deles foi morta, é claro, anjos escapando de seus corpos esquartejados e se dispersando no ar como fumaça. A própria Frau Clementz viu isso quando enforcaram o marido, os fios de ouro dos quais Arnd falou se rompendo e a última essência dos anjos voando dele. Ele se mijou e ela esperou que os anjos não vissem a cena, sua última fraqueza humana.

Arnd ficou revoltado depois disso. Ela não conseguia se aproximar dele, tamanha a sua ira. Quando o Bundschuh seguinte veio, ele foi o primeiro a sair pela porta, embora ela tenha se atirado e agarrado o filho pela cintura, ameaçado se mutilar e a seus irmãos e feito tudo para impedir que tivesse de assistir ao enforcamento de outro homem que amava diante de uma multidão alvoroçada. Mesmo assim, ele foi e retornou livre e ileso, a rebelião suprimida. Estava revoltado, tão revoltado que era como brasa ardente em casa. Ele lhe trouxe uma pulseira de ouro, algo tão fino que mais parecia a trama de um tecido, e a colocou ainda quente no seu pulso. Contou que tirou de um padre. Falou que isso o lembrava dos anjos sob a pele do pai.

Na terceira vez, um homem chamado Joss Fritz veio à igreja deles, e o próprio padre o deixou falar. Era magro, de voz tranquila, mas com um poder imenso. Arnd o considerava o segundo enviado, embora isso fosse blasfêmia. Dessa vez, Frau Clementz nem sequer tentou impedi-lo de ir.

Agora, Arnd está enforcado, e seus outros filhos estão casados, suas costas curvadas como um ponto de interrogação e os anjos voltaram a se avizinhar. Ela os vê nas sombras da casa vazia, nos vidros empoeirados que um dia guardaram conservas, no poço há muito seco. Ela os vê nas guildas, no mercado. Eles não se aproximam dela, é claro. Ninguém se aproxima.

Ela usa a pulseira, apesar de neste verão, enquanto segue as sombras até a guilda, ver anjos espalhados entre as mulheres dançarinas. Ela os vê enrolados no cabelo de uma delas, envolvendo os braços e as pernas amarelados de outra.

Fecha os olhos e escuta seus sussurros. Escuta, quando um homem com mãos grandes e ásperas como as de seu marido a rodopia. Sente a pulseira se quebrar, e não se incomoda muito. Porque, quando Frau Clementz ergue os braços para o sol, ela vê anjos reluzindo em ouro sob sua pele.

7

Lisbet dá comida a Ulf e Fluh e derrama nas costas de cada um a última porção da água estagnada do balde. Estão fervendo, as línguas obscenamente rosadas entre os dentes amarelados, e ela alisa as ancas de Ulf, tira alguns carrapichos, o cachorro permanecendo imóvel na sua frente enquanto ela esmaga as pulgas entre as unhas.

As abelhas pairam no ar. Ela não se incomoda com o trabalho que precisa fazer — na verdade, até acha bom. Colhe alecrim, coloca-o no fumigador, pendura o balde no braço e, ajeitando a gola da roupa, vai até a primeira colmeia.

As abelhas saem do lugar, como os insetos que infestam as sombras da floresta, e ela põe a mão delicadamente sobre a primeira colmeia. Algumas se aquietam, levantam-se, acalmam-se, espalhando a brisa leve das asas sobre sua pele, sussurrando entre seus dedos.

Em tempos idos, elas a teriam deixado apavorada. Quando Lisbet chegou à nova casa, o pátio das colmeias, tal qual túmulos, parecia um cemitério. Mas durante a terceira gravidez, talvez reconhecendo sua tristeza, sua carência, Henne a levou ao pátio cedo, usando o avental de algodão grosso e a máscara de palha que ele nunca usava. Aquele verão tinha sido mais fresco, mas ainda assim ela mal conseguia respirar, mal conseguia ver.

— Vou mostrar uma, e depois você faz a mesma coisa, para que elas saibam que somos da mesma família.

Ela revirou os olhos diante da ideia de que abelhas pudessem ser capazes de saber semelhante coisa, mas estava sob a máscara. Ele foi à colmeia de palha trançada mais próxima e levantou a tampa. Uma coisa pequena e rápida açoitou seu campo de visão, entalhada em pedaços pela tampa. Embaixo estava a colmeia em si, um bloco quadrado de madeira oca, e mais abelhas saíram em espiral das ripas na frente.

— Não se preocupe — disse Henne, a voz baixa zumbindo como as abelhas —, apenas respire.

Ela queria dizer que isso era difícil com a máscara e debaixo de sol, mas preferiu fazer o que ele pedia.

— Daqui — disse ele, e tocou nela um pouco abaixo dos seios, onde sua barriga começava a crescer. A mão era quente, próxima e grande. Ela sentiu que iria desintegrar, como mel na água.

Quando ele soltou as fivelas, algumas abelhas se instalaram em suas mãos, mas seus gestos eram lentos, no compasso da respiração. Ela estava atenta aos sinais de enxame, mas foi como ele disse: as abelhas não se importavam com sua presença. Ele levantou o favo, de onde escorreu mel e cera preciosa.

— Ainda não está cheio — explicou ele. — Mas, em alguns dias, estará. Então você vai ter de tirar as abelhas assim... — Ele passou um dedo pelo favo, as abelhas desalojadas pousando em seus dedos nus e voando novamente, pousando e, enfim, retornando à colmeia. — E aí você põe os favos aqui dentro.

Henne recolocou o favo, a ripa de madeira que havia removido. Fechou as fivelas e rearrumou a tampa de palha sobre a colmeia.

— Sua vez. Devagar.

Henne a segurou pela cintura. Ela sentiu a respiração dele em sua nuca, o coração entre as escápulas, e uniu sua respiração à dele. Faria tudo à perfeição, ela decidiu, daria a ele um motivo de orgulho.

Levantou a tampa, depois se moveu lentamente para a parte de trás da colmeia, dobrando as mãos dentro das luvas grandes demais. Mesmo através da trama da palha, via que as abelhas eram douradas, pretas e sólidas. Abriu as fivelas do tamanho de unhas, mordendo o lábio para se lembrar de fazer tudo com lentidão, sem se atrapalhar ou deixar cair a ripa de madeira que desprendeu nas mãos.

O movimento a colocou na altura do interior da colmeia. Parecia um corpo doente, os aglomerados malignos de abelhas pretas tal qual manchas torturadas, o doce cheiro de mel e cera enchendo as narinas. Várias abelhas pousaram na palha, e ela as imaginou cravando os ferrões nas suas pálpebras, deixando-as franzida tal qual o homem que Henne descreveu certa vez.

Uma coisa escura pousou no seu rosto, e ela levou alguns segundos para se dar conta de que era a mão de Henne, afastando as abelhas que se juntavam.

— Elas gostam da sua energia, *schatzi*. Ainda vamos fazer de você uma cuidadora de abelhas.

Ele tinha razão. Hoje em dia, é tão fácil quanto respirar, mais fácil do que abraçar o marido. Ela pode não ser boa esposa, boa filha, mãe de crianças vivas, mas isso ela tem. As abelhas dançam ao redor de suas mãos, o zumbido mais alto que a batida do seu coração.

Ela as afasta delicadamente da pele e levanta a tampa da cesta com lentidão, virando-a de forma que os favos fiquem expostos, pretos cobertos de abelhas. Fumiga-os com o alecrim, como um padre na igreja, e as abelhas voam dos favos como orações ao Céu.

Afastando umas poucas retardatárias, ela retira a placa dourada, encantada como sempre com a facilidade, o jeito como ela estala em suas mãos e, amolecida pelo calor, exala seu perfume espesso. Henne costuma dizer que essa é a prova de que seu ofício é divino, de que as abelhas lhes dão tudo isso livremente, de que mal se pode dizer que dá trabalho mantê-las, mas Lisbet prefere pensar que elas não cederiam com tanta facilidade para qualquer um.

Respira fundo quando coloca o primeiro favo no balde, zumbindo baixinho para si mesma enquanto as abelhas circulam, pousam e voam novamente. Ela quebra um segundo e um terceiro, levantando qualquer abelha presa do balde e deixando-as retornar à colmeia. Deixa o restante dos favos para que possam retomar o trabalho e se desloca para a colmeia seguinte.

Quando deixa o pátio, tudo está como encontrou, e ela ainda zumbe discretamente, para si mesma e para o bebê, ao seguir para o pobre galpão de prensagem. Não é tão bonito quanto as máquinas do mosteiro, onde contrapesos levantam e abaixam as placas de carvalho grossas, mas ela dá conta. Ajeita a gamela sob a prensa, certifica-se de que a fina mistura está debaixo da placa mais baixa e coloca os favos de mel na madeira.

Apoiando o cotovelo na prateleira que Henne colocou para esse propósito, ela ergue a placa de cima e aperta o grampo, fazendo com que a cera se quebre e escorra. Ela quebra um pedaço no canto e o embrulha em papel encerado. O bebê estica um ombro ou um pé, e ela protege a barriga. É quase como meia década atrás, quando tudo isso era novidade e a terceira criança estava guardada dentro dela. Anos dobrados como pedaços de pano.

O mel pinga e, em seguida, escorre, preenchendo os canais da malha, e ela espera um pouco, acompanhando o fluxo no ritmo das batidas do coração, até que se estabilize em um fluxo constante. Ela aperta o grampo uma vez mais, pega o alecrim defumado e, com pesar, sem se permitir olhar para trás, sai.

— Frau Wiler? — A voz parece excessivamente familiar para Lisbet e faz seu estômago revirar, enjoativa como um dente podre.

— Herr Plater.

— Ainda trabalhando, estou vendo — diz Plater, ajeitando o colete. — A viagem de Henne avança em bom ritmo?

— Vem nos visitar novamente assim tão cedo. Posso ajudá-lo?

Ela não o convida a entrar. Deixa que fique debaixo do sol. Já está suando em bicas; escorre pelo rosto até a gola da camisa. A face está estranhamente sem pelos. Seu hálito é doce, com cheiro de cravo e hortelã. O sorriso se alarga, e Lisbet resiste ao impulso de empurrá-lo, chutá-lo, ser violenta com esse homem abjeto que ameaça tudo o que ela tem.

— Direto aos negócios, como seu marido.

Ela espera.

— Ele perdeu as dançarinas — continua ele. — Você as viu?

Ela responde com um aceno firme de cabeça.

— Minha esposa me contou. Os Vinte e Um querem isso tudo resolvido rapidamente. Convocaram uma reunião de emergência do Conselho, e tanto os médicos quanto os padres estão de acordo com a cura. Encomendaram uma Missa Solene, tiraram da cidade todas as prostitutas e todos os vagabundos, montaram palcos, determinaram que homens fortes dançassem com as afligidas.

— Sim — diz Lisbet, a desaprovação pesando na voz. — Eles são violentos com elas.

— Precisam cansá-las todas — explica Plater. — Também estão trazendo músicos.

— Sei de tudo isso.

— Você não me deixou chegar ao ponto. — Ele pausa como se desafiasse Lisbet a falar de novo. Quando está certo de que ela não retomará a palavra, prossegue. — Vocês vão hospedar os músicos da Igreja. Um, talvez dois. — Plater ergue a mão para sufocar as palavras de Lisbet antes que possam sair de sua boca. — Vocês não são as únicas. Todos aqueles com dívidas por aqui devem ceder seu espaço livre.

— Não temos nenhum.

— Claro que têm, com o seu marido ausente. — Ele cruza os braços, inclina a cabeça avaliando a situação. — Com certeza, vocês ficarão satisfeitas com a companhia, três mulheres sozinhas e nenhum homem para protegê-las.

— Não precisamos de proteção.

Plater estala a língua em advertência, como se estivesse repreendendo um cachorro.

— Entenda, Frau Wiler, a senhora sabe que vivemos tempos perigosos. A cidade esvaziada de pecadores, para onde eles irão? — Ele olha além das colmeias, para a floresta, e Lisbet não tem alternativa a não ser acompanhar o olhar fixo de Plater. As árvores se fundem na escuridão. — Isso ajudará na sua posição perante a Igreja, o Conselho.

— Não precisamos de ajuda — alfineta Lisbet. — Frequentamos a igreja, damos esmolas.

— Mas suas abelhas se alimentam das flores do mosteiro, e mesmo assim vocês não pagam sua parte dos lucros a eles.

As entranhas de Lisbet se reviram e agitam.

— Isso é uma questão para o tribunal de Heidelberg.

— Não se esqueça — diz Plater — sob o Céu de quem esses tribunais funcionam. Os músicos estarão aqui amanhã.

— Então, não temos escolha?

Plater já está indo para o cavalo, as mãos ásperas nos bolsos de seda. Fluh geme e salta para sair do caminho dele.

Lisbet se prepara e entra em casa. Sophey está sentada à mesa, a cabeça nas mãos nodosas.

— Este calor — murmura ela. — Quando isso vai acabar?

Lisbet espera até que Sophey ajeite o cabelo, seque o suor da testa. A sogra a fita com seus olhos pretos, as olheiras grandes como os nós dos seus dedos.

— Plater esteve aqui.

— Agora? — Sophey se põe de pé, os joelhos estalando, fúria nos olhos.

— Ele já foi — avisa Lisbet. — Mas trouxe um recado.

— Mais de Heidelberg?

— Da cidade, dos Vinte e Um e da Igreja.

— Os três são a mesma coisa — grunhe Sophey. Ela é da opinião de que o clero se preocupa em demasia com o Conselho. Que deveria haver maior separação para que os padres fossem puros. — O que mais eles querem de nós?

Lisbet explica os planos deles, o êxodo da cidade, os palcos e os músicos. Sophey estremece.

— Você deveria ter me chamado.

— Ele não seria dissuadido.

— Veremos — diz ela. — Vou para a cidade agora. Você tem cera pronta?

— No galpão de prensagem. Onde está Nethe?

— Agnethe está rezando e não pode ser interrompida.

Quando Sophey sai, Lisbet tira do bolso o pedaço de favo de mel enrolado e bate à porta de Nethe.

— Nethe?

Ela encosta a orelha na madeira, consegue ouvir murmúrios.

— Trouxe uma coisa para você.

A oração de Nethe continua inabalada.

— Quer dar um passeio comigo? A gente pode ir lá na árvore. — Lisbet coloca o favo ao lado da porta.

A curiosidade é tão amarga em sua garganta que ela poderia engasgar. Mesmo depois de ter ido até a árvore da dança e voltado, ainda estão lá: a curiosidade e o favo de mel, ambos.

Durante os dias seguintes, a devoção de Nethe persiste, e Lisbet não a vê, nem a ouve, a não ser à noite, quando, encostando a orelha na porta, consegue escutar o sussurro e a urgência da voz de Nethe, rezando.

•

Ida avança contra a maré de fiéis, uma ruga entre as sobrancelhas. Plater não está na igreja, mantido longe de casa com a comoção na cidade, e Ida parece bem com isso, mais descansada. Lisbet abre a boca para cumprimentá-la, mas Ida não fala com ela, apenas com sua cunhada.

— Você está bem? — Ida se aproxima de Nethe, mas ela dá um passo para trás, como se estivessem dançando. Nethe havia saído do quarto apenas naquela manhã, de rosto encovado e cheirando mal, e se banhado na gamela dos cachorros. É como se a pedra que Lisbet sentia ter se partido na semana anterior houvesse se recalcificado e transformado Nethe de novo em Agnethe, a penitente, a estranha.

— Estou — diz Nethe, a mandíbula firme como a de Henne. A tensão ressoa nos ouvidos de Lisbet. A mão de Ida faz um movimento, tão sutil e rápido que Lisbet poderia ter piscado e perdido.

Nethe dá as costas e segue em direção à porta, e, para surpresa de Lisbet, Ida vai em seu encalço. Lisbet ergue uma sobrancelha para Sophey, mas a sogra já as está acompanhando. Lisbet fica parada por um instante, sentindo como se tivesse sido capturada em uma rede. Sua cabeça está confusa com a atitude de Ida. Ela se esforça para ir atrás das três na luz abrasadora.

Qualquer que tenha sido o assunto entre as mulheres, Sophey interrompeu. Coloca-se entre elas, plantada como uma cerca. Há manchas coloridas no rosto pálido de Nethe, e Ida está arrancando compulsivamente uma linha imaginária de sua manga impecável.

— Tolice — cospe Sophey. — Para o inferno vocês duas.

— Você acha que não sei disso? — questiona Nethe, a fúria iluminando os olhos. Ela está respirando como se tivesse corrido uma maratona. — Por que você acha que passei a semana rezando?

— O que aconteceu? — pergunta Lisbet, olhando para Ida.

— Agora vá fazer a sua caridade, se me permite, Frau Plater — pede Sophey, com a costumeira combinação de veneno e polidez.

— Eu...

— Agora.

Ida obedece, mansa como uma filha, e segue em direção à carroça. Lisbet vai no encalço da amiga, mas alguém bate com firmeza em seu ombro.

— Wiler, não é?

— Isso — responde Lisbet, confusa, então se vira e vê Herr Furmann olhando para ela com distanciado interesse.

— Você é responsável por levar as esmolas até os abrigos, junto com Frau Plater?

— Isso, ela é, sim — diz Sophey, com a costumeira mistura de deferência e rebeldia na presença dos ricos. — Podemos ajudar, Herr Furmann?

— Tenho vários jarros de cerveja para doar. — Ele aponta para o cavalo e para a carroça coberta com aros de ferro e bancos de couro encerado. — Em tempos como estes, qualquer serviço extra é um prazer.

— Muito generoso da sua parte — diz Sophey, embora saiba tão bem quanto Lisbet que homens desse tipo veem a generosidade como entrada no pagamento de favores aqui ou no Céu. — Vamos transferi-los para a carroça de Frau Plater agora mesmo.

— Você nunca vai conseguir — comenta ele em tom zombeteiro. — E você?

Nethe está logo atrás deles, obviamente forte, apesar da semana de seu jejum autoimposto.

— Consigo — responde ela. — Claro.

Ela o acompanha, transfere os pesados potes de argila de uma carroça para outra enquanto ele observa e grita ocasionais recomendações. Quando ela termina e Lisbet se prepara para subir na carroça ao lado de Ida, Herr Furmann faz um ruído de desaprovação.

— Não, não, quero esses potes de volta. Vocês terão de esvaziá-los em recipientes diferentes, seja o que for que eles tenham disponível. Acha que consegue fazer isso? Ou vocês? — Entre a grávida Lisbet e a esbelta Ida, ele volta o olhar para Nethe. — Você tem de ir.

Todas as mulheres se encolhem como se ele tivesse levantado um chicote.

— Impossível, Herr Furmann — avisa Sophey. — Precisamos de Agnethe na fazenda.

— Vai ser um serviço rápido para uma mulher desse tamanho. — Ele sacode a mão, ignorando a preocupação de Sophey. — E com essa mania no ar, acho que vocês vão querer proteger aquela ali, não é? — Ele aponta para a barriga de Lisbet e sua mente se nubla de vergonha, de raiva. — São dezesseis jarros no total. Vão e voltam, certo?

Se fosse qualquer outra pessoa, Sophey bateria o pé. Mas, em vez disso, ela se vê forçada a morder a língua quando Nethe, parecendo estar a caminho da morte, sobe na carroça ao lado de Ida, que está empertigada, olhando para a frente.

Herr Furmann sobe com todo o seu peso em seu belo garanhão.

— Não se esqueça de dizer ao seu marido quem fez essa doação, viu, Frau Plater?

Ida balança a cabeça tensa e sacode as rédeas.

Sophey se contém por tempo suficiente até Herr Furmann se afastar do pátio da igreja, então aperta os punhos nos olhos.

— Imbecil! — ruge ela, e Lisbet não sabe se está se dirigindo a ela, a Herr Furmann ou a si própria. Antes que Lisbet possa responder, a sogra toma o caminho de casa, apressada.

Lisbet nem tenta alcançá-la. O encontro a deixou tonta, e, em vez disso, vai para a floresta. No caminho para a árvore da dança, ela precisa atravessar o rio. O calor o reduziu a um riacho, e está quente o suficiente para ela se sentir desconfortável ao avançar pela água, o cheiro salgado como o hálito de Nethe. A pele no pulso está azul, as veias inchadas.

Ela sai da água, tentando decifrar o que acabou de testemunhar.

Sabe que foram amigos na infância: Henne e Nethe Wiler, Ida Metz, Alef Plater. Mas esses laços se romperam antes da chegada de Lisbet. Às vezes ela se pergunta se havia algum arranjo de casamento entre Henne e Ida, deixando Alef para Nethe, se ela não tivesse pecado e sido mandada embora. A ordem de tudo foi quebrada pela partida de Nethe e, como todas as coisas, pela chegada de Lisbet. Entrando no espaço de Nethe, na sombra dela.

Porém, o que Lisbet viu em frente à igreja não foram rastros de amizade, mas de inimizade, pelo menos da parte de Nethe. Que razão ela teria para odiar Ida — que razão qualquer pessoa teria? Isso lembra Lisbet de que, antes da sua chegada, existe um imenso vazio, que agora parece uma conspiração: uma tentativa deliberada de obstruir, de mantê-la na ignorância.

Ela procura na margem, deixando a mente vagar por essa pequena tarefa, relaxando a confusão mental por um momento. Escolhe uma pedrinha por ser muito lisa, a banda fina de quartzo, e anda pela floresta sussurrante até a árvore da dança. Quando entra na clareira, fareja o ar como um cachorro, verificando se há intrusos. Mas as oferendas estãc ali, as fitas amarradas, a plataforma vazia.

Lisbet coloca a pedrinha na base do tronco. Ela ainda guarda o calor da sua mão, e fecha os olhos por um instante, dando-lhe o pulso do seu sangue antes de soltá-la.

•

Sophey permite que sua ausência passe despercebida, gesticulando para que lhe passe o balde de mel que Lisbet tirou da gamela. Sua expressão deixa claro que não está disposta a conversar, e ela se assusta com qualquer barulho externo, ansiosa pelo retorno de Agnethe. Passam a tarde varrendo o quarto de Henne e Lisbet, abrindo as janelas na esperança de que o ar pudesse trazer algum alento de frescor.

Sophey tem vários defeitos, mas ninguém pode dizer que não é uma anfitriã generosa. Ela assa um pão com a última porção da farinha fina de

Mathias, mistura mel fresco na massa. Pede a Lisbet que separe duas velas de cera de abelha e guarde as de sebo numa prateleira alta, escondida.

Anoitece, e Lisbet está colocando água para as abelhas quando ouve vozes, Nethe e Ida voltando depois de distribuir esmolas. Ela se dirige para a estrada, mas as vozes estão irritadas, altas. Lisbet recua para a sombra das colmeias e vê o cavalo de Ida parando na entrada do terreno, Nethe descendo da carroça, o rosto vermelho, e Ida tropeçando atrás dela, lágrimas caindo sem impedimento pelo rosto pálido.

— Agnethe, eu juro pelos meus filhos...

— Não fale comigo dos seus filhos — dispara Agnethe. — Ou de qualquer coisa que você tenha.

— Por favor — pede Ida. — Eu não tive escolha. Acredite em mim.

— Teve, sim. Não pense que seu casamento a salva. Não há remédio para isso.

— Então que seja — retruca Ida. — Deixe-me ao menos me reconciliar com você.

Ela agarra a mão de Nethe, que recua, mas não tira a mão. Mesmo na penumbra, Lisbet percebe a indecisão de Nethe.

— Agnethe! — A voz de Sophey é de reprovação, batendo a porta diante dela.

Nethe recolhe a mão e atravessa rapidamente o quintal, passando pela mãe, que fecha a porta atrás delas. Ida fica parada atônita, as mãos abertas. Lisbet deixa as colmeias para trás, abre o portão.

— Ida...

A amiga dá um pulo, levando a mão à boca.

— Escondida, Lisbet?

— Está tudo bem?

Ida dá uma risada cínica. Lisbet se aproxima para que possa vê-la sob a fraca luz residual, estende a mão para enxugar as lágrimas do rosto da amiga. Ida se afasta e aperta as têmporas, como se quisesse esmagar o próprio crânio.

— Está quente demais.

Lisbet se sente deslocada pela rispidez de Ida.

— O que aconteceu?

Os ombros de Ida parecem desabar.

— É demais.

Lisbet morde o canto da boca.

— Não vai me contar?

— Não posso — responde Ida simplesmente. Lisbet espera com expectativa, mas, quando Ida fala, sua voz está mais clara, mais direta. — É um exército, agora. Parece que todas as mulheres de Estrasburgo estão dançando. Os músicos terão de tocar o tempo todo.

— Você acha que vai dar certo? — pergunta Lisbet.

— Isso tem de ter um fim, de um jeito ou de outro. — Ida enfim olha para a amiga, os olhos uma sombra de violetas florescendo. — Eu sou uma pessoa boa, Bet?

Lisbet segura Ida.

— Você é a melhor mulher que conheço. O que Nethe lhe disse?

Lisbet sente a mão de Ida se afrouxar. Ela se afasta, voltando para a carroça.

— Boa sorte com os seus músicos, Lisbet.

8

São dois deles. Um é alto, loiro e muito branco, uma haste de trigo. O outro é baixo, largo e escuro. Turco. Ele fala por ambos.

— Meu nome é Eren — diz descansando a mão na túnica —, e esse é Frederich. — Tem uma voz suave, levemente inflexionada.

À esquerda do rapaz, Sophey inclina a cabeça com firmeza e Lisbet se põe a imaginar se ela já esteve tão perto de um turco antes.

— Frau Wiler. — Então, ela indica Lisbet. — Frau Wiler. — Ela aponta para Nethe. — Fräulein Wiler.

Eren cumprimenta com um aceno de cabeça, e Frederich faz uma leve reverência.

— Agradecemos pela hospitalidade. — Frederich parece estar segurando o riso. — É bom ter um lugar para descansar a cabeça antes de irmos para a cidade amanhã.

— Você toca tambor? — pergunta Nethe, apontando para o couro esticado sobre a madeira amarrada ao quadril de Frederich.

— Toco gaita de fole.

— Ele está brincando — intervém Eren, cutucando as costelas do companheiro. — Não fale com ele, é bobo demais. — Há afeto, fraternidade, em sua voz.

— Deixe-me mostrar seus aposentos — diz Sophey, afastando Nethe. Lisbet percebe que ela vira a cabeça enquanto fala, dirigindo-se apenas a Frederich. Eren parece não perceber, ou talvez seja experiente em não perceber. Ele se curva para Ulf, que está com o traseiro em suas pernas, e Fluh, ansioso para não ficar de fora, corre e mordisca seus dedos.

Sophey chuta o cachorro para o lado, e Fluh gane, fingindo ter se machucado, levantando a pata.

— Por aqui.

Eles a acompanham sem dizer nada, mas Eren se curva e acaricia o pelo de Fluh antes de entrar.

— Um turco — diz Nethe assim que percebe que não podem ser ouvidas.

— Tenho olhos.

— Um insulto — declara Sophey, emergindo da cozinha, piscando sob a luz do sol. — Um pagão. — Sophey agarra a vassoura guardada atrás da porta e começa a varrer o esterco imaginário trazido pelas botas dos homens. — Se tivermos algum problema, eles estão fora, com decreto papal ou não.

— Imagino que mal os veremos — comenta Lisbet. — Não disseram que vão começar amanhã? E tocam até escurecer. Já estaremos na cama.

— Músicos. Que plano ridículo. Esses médicos.

O resmungo fica mais baixo quando escutam o rangido de uma tábua no assoalho do quarto. O mais alto, Frederich, está parado junto à mesa. Sem o tambor, parece até mais magro.

— Posso jantar? Passamos o dia viajando.

Sophey empurra a vassoura para as mãos de Nethe e vai atender os hóspedes.

•

Nos primeiros dias, os músicos causam tão pouca impressão na casa quanto aranhas. Seus vestígios são os farelos deixados na mesa e as sombras que se movem sob a porta.

Lisbet consegue ignorar a proximidade deles como teias de aranha, mais preocupada com as abelhas e com o fato de compartilhar o quarto com Nethe. As orações desvairadas cessaram, e ela come em todas as refeições, mas ainda há certo desassossego nela, uma tensão que aumenta a ansiedade de Lisbet. A distância entre elas permanece, as muralhas ao redor dela reforçadas pelo que Lisbet viu na conversa entre Nethe e Ida.

E, embora seja tolice, o fato de Nethe não ter pedido para ir à árvore da dança nem uma vez faz com que Lisbet se sinta traída, como se tivesse aberto aquele lugar mais sagrado e, na sequência, o tivesse encontrado pisoteado e abandonado.

Sophey é a mais afetada pela presença dos estranhos. As rugas do rosto estão mais pronunciadas, as olheiras mais fundas.

— Espero que não pensem que vamos lavar as roupas deles — dispara ela enquanto esfrega os pratos dos homens com uma escova de crina de cavalo e troca a água. — Não encosto um dedo nelas.

Lisbet sabe que sua mente está cheia de histórias sobre turcos que fugiram de serem escravizados e que assassinaram seus senhores. Mas Eren não tinha sido escravizado, e Lisbet tem certeza de que não é perverso depois de ver seu encantamento com os cachorros — apesar de Lisbet saber que um homem é capaz de acariciar um cachorro e bater na esposa.

Na igreja, contam histórias: a floresta está cheia de renegados que os Vinte e Um mandaram embora da cidade. Os bodes de Herr Furmann foram roubados, levados no meio da noite para a floresta, e barragens foram arrombadas, os rios seguindo novos cursos entre as árvores. Lisbet não vê nenhuma evidência deles na árvore da dança, protegida como está pelo terreno pantanoso e pela distância da cidade, embora ela tenha passado a ir lá apenas no meio do dia, como se o calor pudesse manter os malfeitores afastados.

Na terceira noite dos músicos, Nethe fala seu nome. Lisbet permanece quieta, esperando. Fecha os olhos quando Nethe se vira na cama. Sente o cheiro do seu hálito quando se encosta nela. Então o peso diminui quando Nethe se levanta, e, antes que Lisbet possa decidir o que fazer, ela sai do quarto.

Lisbet presta atenção: Nethe anda pela casa, vai até a porta. Os cachorros não fazem barulho. Lisbet hesita por um instante. Tateia o travesseiro de Nethe em busca do cacho de cabelo, mas não está mais lá. Levanta-se com esforço. Segue Nethe de pés descalços, estremecendo quando a porta range. Nethe deixou a porta que dá para o quintal encostada com a vassoura, derramando o luar na mesa. O pão permanece intocado: os músicos ainda não voltaram.

O focinho comprido de Ulf está espremido na abertura da porta. Lisbet vai até ele e põe a mão sobre seu focinho para empurrá-lo gentilmente para trás. Ele lambe a palma da sua mão em longas lambidas ásperas. Sua língua está seca como areia, e ela pega o balde, leva-o para fora, atenta ao quintal, enquanto enche a gamela dos cachorros. A noite está sufocante de tão quente, embora o céu esteja limpo, as estrelas cintilando intensamente. Uma sombra contorna a parede.

— Nethe — sussurra ela, percebendo, mesmo ao dizer o nome, que não é ela. A sombra é baixa demais, e, quando levanta a mão para cumprimentá-la, Lisbet vê que é Eren.

Lisbet esconde o colo com a mão: está de camisola, uma túnica velha que está longe de ser indecente, mas está puída na altura da gola e dos punhos, rasgada debaixo do braço direito, deixando à mostra os cabelos pretos e crespos das axilas.

Alguma coisa brilha na mão do homem. Um cachimbo, exalando fumaça doce. Eren parou, e Ulf vai cumprimentá-lo, o rabo velho sacudindo de um lado para o outro como uma dobradiça enferrujada. Lisbet se dá conta de sua aparência, agarrada ao corpo inchado, então ela abaixa a cabeça e volta para dentro de casa. Sabe que Eren está esperando, dando-lhe tempo de voltar para a cama e evitar o encontro. Mas, em vez disso, ela acende uma vela de cera de abelha, pega uma faca e corta o pão. O bebê está se mexendo dentro dela, enchendo sua garganta de acidez, e ela precisa de algo para acalmá-lo.

O músico abre a porta, afasta a vassoura. Para na soleira, registrando a presença de Lisbet. Com o luar nas costas, ele parece um desenho na sombra. Ela gesticula para a cadeira em frente, coloca uma fatia de pão no prato, uma lasca do favo de mel que logo escorre sobre a mesa.

Com um meneio de cabeça, ele manifesta gratidão, então tira das costas um pacote: seu instrumento, supõe ela, embora nunca tenha visto algo assim antes. Um tambor ela conhece. Uma gaita de fole. Mas o objeto tem um bojo e um gargalo, e cordões esticados sobre eles. O bojo é pintado de amarelo, e ela pensa em sua árvore, as fitas estendidas no verde.

Eren descansa o instrumento na mesa ao lado do prato. As cordas respondem, um zumbido baixo de música. Ele faz careta e estende a mão para acalmá-las, levantando a outra mão em sinal de desculpas. Suas unhas são brancas, meias-luas lisas na pele escura, mas, quando volta a mão para ela, Lisbet vê calos na ponta dos dedos.

Ela olha fixamente e se levanta para encher uma caneca, colocando-a diante dele. Sem dizer nada, Eren agradece com um aceno e inclina a cabeça para rezar. Lisbet não sabia que turcos rezavam. Ela faz o mesmo e, em seguida, observa-o com o canto do olho enquanto comem.

Os ombros dele são estreitos, mas o corpo é largo, empurrando os braços para os lados, como se alguém o estivesse levantando pelas axilas. O rosto é longo e as sobrancelhas, grossas, pretas como o cabelo e a barba. A pele é escura como a madeira da mesa, uma das mãos descansa quieta sobre a caneca enquanto a outra leva o pão à boca.

Ela se atreve a olhar para o rosto dele. A barba é mais aparada do que a de Henne ou a de seu pai, deixando visíveis as mandíbulas retas, as maçãs do rosto altas e as bochechas encovadas. O bigode é mais cheio do que o dos homens da Alsácia e caem sobre os lábios. Ela o estuda como estudaria uma colmeia, avaliando, até que ele ergue os olhos do prato vazio e sorri. Seus dentes são muito retos.

— Obrigado — murmura ele, e Lisbet dá de ombros como se dissesse que é apenas uma fatia de pão e mel. — Estou correto em dizer que a senhora é a guardiã das abelhas?

Ela faz que sim.

— E o meu marido. — Sua voz é baixa, mas ele a escuta.

— Heinrich Wiler, um homem com talento para os negócios — comenta ele e sorri novamente com a surpresa dela. — Frederich perguntou sobre você na cidade.

— Sobre mim?

Ele aponta para o quarto.

— A família Wiler. Herr Metz, o moleiro, gosta muito de vocês.

Ela relaxa um pouco na cadeira, as mãos sobre a barriga enquanto o pão acalma seu estômago.

— Somos fregueses fiéis. Onde está...

— Frederich ainda está na cidade. Meu amigo gosta da noite. Assim como você, parece.

— Não estava conseguindo dormir. — Parece um detalhe íntimo, mas ela o compartilha com facilidade.

— Minha mãe ficava assim também, com minhas irmãs. — Ele aponta para a barriga de Lisbet. — E, na época, não fazia tanto calor.

— A cidade está... — Ela busca a palavra, e ele espera, não se apressa em adivinhar o que ela iria dizer, como Henne faz. Lisbet quer saber se a cidade mudou muito, mas ele não conhecia antes. — Muitas dançarinas? — pergunta por fim.

A mão de Eren treme um pouco: ela não teria percebido se não fosse por uma gota de hidromel escapulindo da caneca e escorrendo pelos dedos finos dele. Tem o pensamento absurdo de ampará-la com a boca e toma um gole da própria caneca. É feito com o mel de sua colmeia preferida, as abelhas da árvore da dança.

— As guildas estão cheias — responde ele, engolindo. — Abriram outro palco, na guilda dos carpinteiros, e tem ainda mais mulheres dançando nas ruas. Fala-se em construir uma capela em Saverne.

— Outro palco? — Lisbet franze a testa.

— Isso — diz Eren com firmeza. — Nunca vi nada igual. Elas dançam até cair, e as autoridades as reanimam com cerveja e vinho aguado, e elas voltam a dançar.

Ficam em silêncio. Ela se pergunta se ele, da mesma forma que ela, está se recordando da cena. É fácil duplicar os palcos, e duplicá-los de novo, até que o mundo seja só mulheres com cabelos escorridos e soltos, os braços estendidos, os pés feridos e ensanguentados. Ela aperta a barriga.

— Nunca tinha tocado para dançarinas antes?

— Dançarinas, sim, em banquetes e festivais. Dançarinas como essas, que giram e rodopiam sem parar? — Ele balança a cabeça. Os olhos castanhos brilham à luz da vela, que destaca seus cílios e os alongam até a testa. — Nunca.

— Mas vai dar certo — diz ela. — Os Vinte e Um decretaram.

— Eles acreditam que vai dar certo.

— Você não?

— Você está muito interessada no que eu penso. — A voz dele é delicada, o rosto sério. As mãos repousam sobre a mesa. A faca de pão está quase junto do seu polegar. Lisbet se pergunta brevemente se deveria ter medo dele. — Eu deveria ir para a cama. *Elinize saglik.*

Ela o encara, e Eren repete a frase.

— Bênçãos para as suas mãos. — Ele indica o pão com os olhos. — Pela comida.

Lisbet olha para as próprias mãos, as juntas inchadas, o lugar onde a abelha se assustou e a picou. E a lembrança das mãos da Nethe, marcadas por cicatrizes recentes, ergue-se na escuridão.

— Quero dizer obrigado — diz ele. — Pode cobrir o pão. Duvido que Frederich volte essa noite.

Ele se levanta, e ela faz o mesmo, um hábito que aprendeu com o pai, que jamais se levantaria para um turco. Não quer que ele se vá, pelo menos ainda não, deixando-a só com a sua exaustão.

— Onde ele está? O seu amigo.

Ela quer ouvi-lo contar. Dizer que, apesar da proibição da Igreja, Frederich está num prostíbulo, talvez deitado com uma mulher neste exato instante em que eles estão aqui, frente a frente, as mãos de tocador de tambor apertando a carne com força suficiente para machucar. Um ímpeto de desejo passa por Lisbet, fazendo-a corar com o choque disso, aquela parte dela esquecida nos últimos tempos, lisa como madeira polida.

Eren a observa, um leve franzir de testa.

— Boa noite, Frau Wiler.

Ele passa por ela, indo para o quarto dela e de Henne. Lisbet o acompanha com os ouvidos, conhecendo tão bem o caminho, o rangido de cada tábua do assoalho, a porta raspando nas tábuas desniveladas. O passo dele, no entanto, não é familiar, mais leve do que a batida firme dos pés de Henne. Mas ele não arrasta o pé, do jeito que ela faz. Apenas pisa mais leve.

Eren deixou o instrumento em cima da mesa. Ela se esqueceu de perguntar o que era. Ela toca uma corda e o instrumento emite um zumbido dissonante. Lisbet o silencia, como ele fez, a madeira surrada e morna nos dedos. Novamente, pensa na plataforma e em Nethe, que a havia acordado. Estaria na floresta? Na cidade?

Lisbet suspira e arqueia as costas. O hidromel acalmou a ela e ao bebê, e ela se levanta para ir para a cama. Antes de sair, embrulha o pão no pano e deixa a porta entreaberta com a vassoura, para que Nethe tenha um caminho fácil até a cama.

9

Nethe quase não consegue se levantar na manhã seguinte, o rosto marcado pelo cansaço. Ela voltou para casa pouco antes do amanhecer.

Lisbet traz uma caneca de hidromel para ela e uma compressa de ervas que Nethe pressiona na cabeça, afastando a bebida.

— O que é tudo isso? — pergunta Nethe. O cabelo dela agora parece uma escova de cerdas, crescendo em espetos retos e grossos, de forma a quase cobrir as cicatrizes.

— Piedade, apenas — responde Lisbet, mas, quando Nethe arqueia a sobrancelha, ela se senta na cama ao seu lado. — Onde esteve ontem à noite?

Os lábios de Nethe se contraem.

— Fui fazer uma caminhada.

— Por onde?

— Onde se pode caminhar aqui?

— Sozinha?

— Você é igual à minha mãe — comenta Nethe, afastando os lençóis. — Faz perguntas sem se importar com as respostas, só para satisfazer uma curiosidade.

Ela começa a tirar os lençóis, e Lisbet a ajuda.

— Isso não é verdade — diz Lisbet, mas é um pouquinho. — Como estava a cidade?

— Como eu iria saber?

— Por causa da sua visita com Ida — rebate Lisbet com cara feia.

— Sim. — Os lábios de Nethe tremem novamente, e desta vez Lisbet tem quase certeza de que é um sorriso. — Sim, claro.

— E então?

— Nunca vi nada igual. As mulheres dançam com tanta leveza e os palcos são tão altos que é como se flutuassem. A música transforma tudo em uma igreja. — Lisbet arfa descrente, e Nethe se vira para ela. — Se uma árvore pode ser uma igreja, por que não uma guilda?

— Não se atreva — adverte Lisbet. Ela embola os lençóis e pisa firme, saindo para pegar o balde que a espera com lixívia. Como se atreve? As ferroadas nos dedos de Lisbet latejam quando ela mergulha os lençóis na substância química, deixando-os de molho antes de jogá-los no espremedor de roupa.

Lisbet trabalha o rolo, salpicando água na saia, batendo os lençóis repetidas vezes, até ficarem totalmente torcidos. Mesmo assim, ela repete o processo de torcer, apreciando a dor na lombar, o peso aumentando nos braços, o suor descendo quente atrás das orelhas, a manivela às vezes pegando nos quadris, às vezes na barriga.

— Você é um cão com esse espremedor.

Lisbet ofega e se apruma, temendo o retorno de Plater. Mas, dessa vez, é Frederich que está ali, encostado na lateral da casa, os braços e as pernas longos fazendo-o parecer um grilo de pé. Seu sorriso malicioso está de volta, emprestando ao rosto uma assimetria que não é totalmente desagradável.

Descuidada, ela seca as mãos no vestido, sabendo que a lixívia vai manchar o tecido.

— Bom dia, Herr... — Ela percebe que não sabe o sobrenome dele, espera que ele complemente. — Frederich. De volta tão cedo?

Ele se apruma, afastando-se da parede e se aproxima.

— Tão cedo? Quase não fico aqui, Frau Wiler. — O rosto de Lisbet cora, e ainda assim ele se aproxima, insistindo. — A cidade faz muita intriga. E sua fazenda não fica de fora, claro.

Frederich boceja sem cobrir a boca, e Lisbet se lembra da mãe batendo a mão nos seus lábios de criança. *O Diabo entra por aí e tem de ficar do lado de fora*. Uma boca, Lisbet concluiu quando jovem, é inerentemente enganosa. Não ajuda que ela tenha uma boca grande e que seus lábios fiquem separados quando ela pensa ou dorme. Tenta corrigir isso, mantém a língua presa no fundo da boca, mas sempre acaba aberta por algum impulso irreprimível.

Frederich não tem tais escrúpulos — ela conta cada buraco na gengiva do rapaz. Lisbet estremece, muda de assunto.

— Perdeu o tambor? — Aponta para a cintura dele.

— Ã-hã, e minha dignidade. Uma das perdas é mais facilmente substituída.

— Precisa comer? — pergunta ela. — Tem pão, mel...

Ele dispensa a oferta com um aceno de mão.

— Só quero dormir. A única coisa que a cidade não pode me oferecer.

A rispidez a choca e a encanta. Ela endireita a coluna, estirando a barriga, para criar alguma distância entre os dois.

— Você já sabe onde fica a cama.

O sorriso de Frederich se acentua.

— Sei. É a sua cama, não é?

— E do meu marido — acrescenta ela, reunindo os lençóis torcidos. Tem de deixá-los ao ar livre para que não fiquem duros, e ela clama, pela centésima vez nesse verão, pelo sopro de uma brisa. — Bons sonhos, Herr Frederich

Vai em direção ao varal, sabendo que ele a observa, e não se vira até ouvir a porta da cozinha se fechar. O calor arde no peito. Ela é tola, falar dessa forma com um tocador de tambor. Mas sua barriga a protege. Lisbet a acaricia, maravilhada com o tamanho, com sua proporção precisa, feito um planeta ou um pedaço de fruta. Juntas e separadas.

Alguém bufa dentro de casa. Nethe se recuperou, então. Seu riso retorna, e Lisbet vai à porta, encosta a orelha na madeira. Consegue escutar o sotaque de Frederich, o eco da voz de Nethe. Seria essa a razão para o cansaço de Nethe, para a ausência de Frederich? Seu rosto cora diante da possibilidade. Estavam juntos na noite anterior?

O pensamento é sedutor, perigoso. Converge com a teoria de Lisbet sobre um bebê ilícito e que esse tipo de comportamento foi a razão para Nethe ter sido mandada embora. É tola em arriscar um novo castigo.

Lisbet suspira, junta os lençóis. Ainda deseja Henne, o quer agora, neste instante, embora ele esteja a quilômetros dali, em Heidelberg. Mas ele não a tocaria mesmo que estivesse ao seu lado, ambos juntos na cama. Não com o bebê dentro dela. Ela pensa em ir ao galpão de prensagem, deslizar os dedos dentro de si mesma. Tinha praticamente esquecido que essa parte sua existia, mas agora, de repente, é tudo o que ela é, ansiando tanto que chegava a doer.

Ulf corre para ela, enfia o focinho na sua mão, e isso a traz de volta ao presente. Ela limpa as mãos, coça as orelhas do animal.

— Cachorro bobo.

•

— Você conhece um homem chamado Plater?

Lisbet está exausta, o poço na escuridão da cozinha é bem-vindo. As mãos doloridas estão grudentas de mel e tem cera debaixo das unhas, que ela raspa com uma faca. Nethe e Sophey foram se deitar horas antes, mas Lisbet se viu inventando desculpas para ficar na cozinha, apesar do cansaço. Eren voltou com uma terrina de barro, que envolveu o ar com o cheiro de erva-doce e carne. Ela se afunda na cadeira diante dele, de repente faminta, quando o rapaz faz a pergunta com preocupação na voz.

— Infelizmente.

— Imaginei que não tivessem uma relação amistosa — comenta Eren. — Ele mandou lembranças.

— E o que mais? — pergunta Lisbet, com os nervos dando nós no estômago.

— Nada — responde Eren delicadamente —, mas pediu desculpas pelo tipo de hóspede que enviou para vocês.

Eren fala com leveza, mas Lisbet sabe o que quer dizer.

— Ele é um bruto — declara Lisbet. — Ignore tudo que disser.

— Mas ele nos colocou aqui com vocês? — questiona Eren, levantando a tampa do jarro de barro. Sai com dificuldade, grudada com a massa que selava a borda.

— *Baeckeoffe?* — diz, curiosa, debruçando-se para a frente até onde a barriga permitia. — Sophey lhe deu restos?

— Isso vem de Mathias Metz — avisa Eren, empurrando a terrina para perto dela. É espesso e marrom como lama, e ela vê ossos brancos saindo limpos da carne. — Ele parece gostar muito de todos vocês.

— É o pai da minha melhor amiga — explica Lisbet, mergulhando seu pedaço de pão dentro. — Ela é casada com Plater.

O ensopado ainda guarda o calor do forno, e ela sente o suor brotar de novo nos lábios, protege a boca para limpá-lo. Empurra a terrina de barro de volta para Eren.

— Você precisa comer um pouco.

— Não é para mim — retruca o rapaz.

— Faça-me companhia — pede Lisbet. — Não posso comer sozinha.

Ele abaixa a cabeça e mergulha a ponta do pão no ensopado. Come com cuidado. Ela já havia notado isso antes, mas agora fica mais claro com uma refeição tão bagunçada diante deles. Não ficam migalhas na barba, nem gotas do ensopado pingam ou mancham a camisa. Ele se inclina para a frente e mergulha o pão de novo, e ela o imita, encantada com o silêncio confortável entre os dois. Seu pulso é coberto de veias.

Ele percebe que ela está olhando e coloca as mãos no colo.

— Desculpe-me, não sou muito jeitoso.

Ela franze o cenho.

— Eu não...

Eren levanta o braço, mostrando o pequeno rasgo acima do punho, com cerca de um centímetro. Está cerzido com um barbante torcido e desgrenhado, grosso demais para o tecido, abrindo buracos maiores.

— Quando eu toco, as cordas às vezes agarram — explica ele.

— O que é? — Ela aponta para o instrumento de cordas.

— Um alaúde. Foi do meu pai. É um pouco largo para a largura da minha mão, daí a manga rasgada. Mas, se eu não abaixo a manga, é a minha pele que a corda pega.

Ele levanta o punho da camisa ainda mais e ela vê cicatrizes, pálidas em contraponto com os pontos escuros da roupa, um eco de cores opostas. Pelos escuros deixam seu braço listrado. As batidas do seu coração se tornam nítidas nos ouvidos e ela força uma risada.

— Preciso dar um jeito nisso para você, ou o tecido vai rasgar.

— Eu não me atreveria a pedir...

— Por favor — diz ela. — Não dá trabalho.

— Agora? — pergunta ele e, apesar de não ter pensado nisso, ela faz que sim.

Ele se levanta para trocar de camisa, e ela escuta a casa adormecida, a floresta muda com mais uma noite sem vento, e limpa migalhas da saia. O cheiro do ensopado é forte e ela tem vontade de levantar a terrina até os lábios e lamber como se fosse um gato.

— Aqui. — Ele aparece com uma camisa mais escura, mais surrada até do que a que segura, fina como pele. Ela pega a camisa, ainda morna com o calor do corpo, e vai até a prateleira onde guardam a caixa com agulhas, linhas e remendos. Escolhe a linha mais clara, que ela própria havia fiado para a camisa de casamento de Henne, e uma agulha de osso, fina como um fio de cabelo.

Quando volta à mesa, Eren havia afastado a terrina, lacrado com a massa e colocado junto ao fogo, para que continuasse a acentuar o sabor. Lisbet se pergunta quem o teria ensinado essas coisas, quem o teria ensinado a costurar. Henne jamais contemplaria aprender esse tipo de tarefa.

Quando se acomoda para costurar, primeiro desfazendo os pontos que ele havia cosido, ela o observa com o canto do olho. Está com o alaúde no colo e move os dedos acima das cordas como se fosse tocar, as mãos pairando logo acima da superfície. A constante distância, dolorida. Será que ele tem uma esposa que lhe mostrou como cerzir?

Ela pega a camisa e dobra o tecido sobre o rasgo, então passa um ponto com delicadeza para juntar as pontas, escondendo o estrago. Os lábios de Eren se movem, os olhos entreabertos, distantes dela e deste cômodo, a música e a canção em algum lugar onde ela não pode alcançar. Começa a fazer as emendas com um tipo de ponto que sua mãe a ensinou, delicado como um sussurro. Para cima, para baixo, para dentro e para fora, imitando a trama do pano. Seus dedos lembram e agem por conta própria, assim como os dele, ambos tocando ritmos muito conhecidos. Ela dá um nó reverso e dobrado, para que a costura feche bem junto à pele e não o incomode.

— Que rápido — comenta ele quando ela lhe entrega a camisa remendada. — A senhora é habilidosa, Frau Wiler.

— Lisbet — diz ela.

— Obrigado. — Ele pega a camisa e observa o trabalho sob a luz da vela, de forma que os pontos mais parecem veias. — Ficou melhor do que se fosse nova.

Ela faz uma reverência com a cabeça diante do elogio, enrolando a linha de volta no retrós, pensando que Sophey vai perceber e provavelmente perguntar pela linha. O que Lisbet vai dizer? Que se sentou com o turco, comeu o presente de Mathias e que ele lhe deu a camisa ainda morna com o calor de suas costas?

— Ele ameaça você? — Eren a observa de perto. — Plater.

— Ele ameaça todo mundo. — O rapaz franze o cenho e ela gesticula ao redor deles, para a casa, para o quintal. — A fazenda, as abelhas. Tomamos empréstimo da Igreja nos anos difíceis, como a maioria dos alsacianos. Pagamos, mas eles querem dez vezes o valor, além das colmeias.

Ele faz que sim com a cabeça, lentamente.

— Foi assim conosco.

— Com a sua família?

— Eu e a minha mulher, sim.

Ela espera, mas ele não diz mais nada.

— Se Plater dificultar a vida de vocês, acho que posso assustá-lo, se quiser.

— Você? — Lisbet não consegue conter o riso.

— Isso. — Eren assume um tom mais sério. — Você não sabe que nós, turcos, somos demônios, de coração tão escuro quanto a nossa pele?

Ela ri de novo, tensa, a agulha quente na mão. Eren baixou a sobrancelha para mais perto do olho, apertou os lábios num risco, a luz da vela encontrando novos funis de escuridão em seu rosto. Então ele relaxa, passa os dedos finos pelos olhos como se suavizando a expressão do rosto.

— Você não acredita? — pergunta ele, voltando a si.

Lisbet faz que não com a cabeça, coloca a agulha na caixa e se levanta para guardá-la.

— Você é a única em Estrasburgo — comenta Eren. Ele levanta o cabelo volumoso onde os cachos encontram as orelhas. A pele ali está vermelha e arranhada.

— Alguém bateu em você?

Ele dispensa a pergunta com um aceno de mão.

— De leve. Mas você não tem medo de mim?

— Meu pai tinha empregados.

— Gente escravizada? — pergunta Eren.

— Empregados. Eram como você.

— Músicos? — Há algo tenso em sua voz.

— Não, turcos.

Ele toma um gole de cerveja. O silêncio se torna mais cortante, mas então ele descansa a caneca devagar.

— Você terá de dar a Plater o que ele exige?

— Isso não é nada.

A porta foi aberta e ela não havia notado. Frederich está na soleira, bocejando, o tambor recuperado no quadril, a lua atrás dele brilha grande e branca como uma cebola descascada. Estava tão entretida com Eren que também não percebeu a hora.

— Sinto um cheiro bom — comenta Frederich, cambaleando levemente em direção à terrina mais uma vez lacrada.

— Você está bêbado — diz Eren baixinho. — Vá para a cama.

— Às minhas custas, caro amigo — declara Frederich um pouco alto demais, e Lisbet faz "xiu" para ele.

— Ele está se fazendo de bobo — diz Eren e, com cuidado, levanta uma cadeira, colocando-a atrás das panturrilhas de Frederich. O tocador de tambor senta-se com um gemido, e a cadeira range como ossos velhos.

Frederich leva o dedo aos lábios, os ombros ossudos erguidos, o que o deixa com jeito de criança levada. Estende a mão para a terrina e Eren lhe dá um tapinha de brincadeira na mão, então coloca nela um pedaço de pão. Frederich mastiga obedientemente, leva a mão ao bolso, puxando uma carta amassada e lacrada para Lisbet.

— Para você — anuncia ele, espalhando migalhas. A carta a lembra do decreto que Herr Plater anunciou, e ela reluta em pegá-la, até que reconhece a letra bruta e espremida de Henne.

O marido segura a pena como uma criança aprendendo a escrever, a língua rosada entre os dentes, uma ruga franzindo as linhas marcadas pelo sol na testa. Essa mania que ele tem quando se concentra a incomoda. Mesmo quando estão na cama, ele escuro e imenso sobre ela, há sempre o brilho da boca molhada, a língua para fora como uma minhoca enrugada saindo da terra recém-revirada de uma cova.

— É do seu marido — avisa Frederich, a voz mais uma vez muito alta. — O moleiro me entregou.

Eren descansa a mão no braço do amigo, dedos escuros e finos envolvendo o ombro do outro. Frederich resmunga e repete seu anúncio num sussurro debochado.

Frederich estende o braço, mas, antes que ela possa pegar a carta, antes que possa fazer qualquer coisa além de sentir o pergaminho frágil e amarelado, ele levanta o braço. Está tentando fazer uma brincadeira e Lisbet sente o rosto corar.

Eren toma a carta da mão do amigo e a entrega a ela. O pergaminho guarda o calor da túnica de Frederich e ela passa os dedos na dobra. A qualidade é ruim, guardando ainda as marcas de seu desgaste. Ela olha fixamente para as formas que sabe serem palavras, mas não consegue ler muito mais do que seu nome. Reconhece apenas o de Henne.

— Quer ficar sozinha para ler, Frau Wiler? — Eren a observa. Os olhos escuros dele são grandes à luz da vela e o sorriso desapareceu da barba. Ela retribui o olhar e deseja que pudesse estar a sós com ele novamente. Balança a cabeça.

Frederich arrota.

— Peço mil desculpas.

Ele se levanta com esforço e, com a destreza de um bêbado experiente, se apoia com cuidado na mesa, passando curvado pela porta.

— Espero que sejam boas notícias — diz Eren.

— Não sei ler. Sophey sabe um pouco.

— Eu sei, se quiser. — Ela levanta os olhos para ele, surpresa. Algo em seu rosto se contrai. — Lá de onde venho, sabemos ler.

— Perdoe-me, é claro que sabe. — Seu rosto esquenta de novo, e ela aperta as faces com a ponta grudenta dos dedos.

— Nada a ser perdoado.

— É comum? Entre músicos, quero dizer.

Eren balança a cabeça uma vez, lentamente, e diz com naturalidade:

— Frederich tem o dom do ritmo e de nada mais.

— Então por que Herr Metz deu a carta a ele?

— Ele não queria me dar — explica Eren. Nada em sua voz é um convite à piedade. — Tem confiança em mim para um *baeckeoffe*, não para confidências. Se quiser que eu leia, não direi a Frederich nem a mais ninguém o que está escrito.

Ela baixa os olhos para o pergaminho outra vez e o coloca sobre a mesa entre eles.

— Talvez seja muito íntima.

Lisbet morde a parte interna das bochechas para evitar o riso. A ideia de Henne ter escrito uma carta de amor para ela não havia passado pela sua cabeça.

— Tenho certeza de que não é íntima. Minha sogra teria de ler para mim.

Eren rompe o lacre escuro de cera. Há uma marca do anel que Henne herdou do pai e que ele usa no dedo mínimo. Eren coloca as duas metades do selo na mesa para que pareça inteiro. Ela nunca conheceu um homem tão cuidadoso.

Ele desenrola o pergaminho com um estalo e, de onde está sentada, Lisbet consegue sentir o cheiro, um odor de animal no ar, espalhando-se pelo cômodo. Ela cobre o pão enquanto Eren começa a ler.

— Lisbet... — Ela fixa o olhar no pão coberto, apoia as mãos na barriga. A voz de Eren fica mais grave enquanto ele lê, um som áspero que ela sente tanto quanto escuta. — Espero que minha carta encontre o bebê bem. Espero que *Mutter* e Agnethe estejam bem também.

"Minha viagem a Heidelberg ocorreu sem incidentes, a estrada foi reparada recentemente e há casas espalhadas por todo o caminho. Muita coisa para aprender aqui, e eu não era o único viajante indo para o norte. Tinha a companhia de comerciantes e padres, homens de Deus. Também muitos mouros, mas não houve problema.

"Heidelberg é uma cidade maior do que Estrasburgo. Mas aqui nossa cidade anda com bastante notoriedade. Falam de uma peste de dança e que a cidade inteira está enlouquecendo. Espero que você esteja conseguindo manter meu menino longe disso e que nunca vá à floresta.

"Heidelberg tem cinco igrejas e uma universidade. Encontrei hospedarias no norte, ao lado do mercado de cavalos, e diariamente vou à administração religiosa com minha petição. Ficarei aqui mais uma semana, pelo menos.

"Esta provavelmente será minha única carta, mas pode ter certeza de que voltarei para casa são e salvo, antes de meu menino nascer. Henne."

Lisbet ergue os olhos.

— Só isso?

— Só isso. — Eren põe o pergaminho na mesa.

— Com licença, preciso...

Ela se levanta, passa pela porta e vai para o quintal, seguida por Ulf. Ouve Eren chamar seu nome às suas costas em voz baixa, mas ela o ignora. Tem alguma coisa quente e dilacerante no peito e debaixo das pálpebras.

O que esperava? O que desejava? Em grande parte, segurança para as abelhas. No mínimo, afeto por ela. Tudo o que tem nos ouvidos, enquanto passa pelo inquieto silêncio das galinhas e pelo incessante zumbido das colmeias de palha trançada, é *meu menino, meu menino, meu menino*.

Será que ele sempre disse isso? Meu menino? Não, não para os outros. Ele não poderia amá-los, só oferece tal tratamento a essa criança porque ela ficou mais tempo que as outras. Lisbet, no entanto, amava todas elas, eram todas dela e ainda são. Sozinha, rezava constantemente pela sobrevivência de cada uma, chorava cada perda, implorava a Henne a semente dele até se sentir uma reles prostituta, nem um pouco desejada. *Meu menino*. Não, o menino é dela, assim como os outros meninos e meninas, filhos dela. Ela não sangrou e se degradou tantas vezes para Henne afirmar sua propriedade, não quando sua devoção chegou tão minguada, tão tarde.

Ela entra na floresta, porque Henne proibiu de entrar. O luar é claro como o sol e está fresco nas sombras. O alívio é delicioso, como água fresca descendo pela garganta.

Lisbet faz uma curva acentuada, longe de qualquer caminho conhecido. Ulf hesita — ele estava um pouco adiante e agora escuta o movimento —, mas é claro que a segue e, batendo em sua saia, ultrapassa-a. *Meu menino, meu menino, meu menino.* Ramos engancham em sua roupa, galhos se partem sob seus pés e se prendem nos tamancos, mas ela prossegue até as batidas do coração estarem mais altas do que a frase e ela estar ofegante. Está correndo, percebe agora, e para, sentindo o bebê se acomodar dentro dela.

Abraça a si mesma e se curva para sussurrar um pedido de desculpa. Mas, no repentino silêncio, compreende que algo mudou. Ulf está rosnando. E adiante há vozes. Um homem, outro homem, duas mulheres. Agora, à luz do luar, consegue vê-los — são quatro, os cabelos volumosos como palha e tão unidos que mais pareciam uma só pessoa.

Ela cambaleia para trás e a floresta a engole rapidamente, escondendo-a como uma moeda num bolso, mas o barulho de sua pressa faz com que eles se virem.

Sente cheiro de fumaça, uma tentativa de fogueira, não para se aquecer, mas para cozinhar, o cheiro de alguma coisa caçada e espetada. Ela vê a cena através do matagal, uma lebre ou uma pequena raposa ou um esquilo grande, as vísceras escurecidas, vermelhas, cruas e queimadas. E então um novo terror: Ulf, ainda de pé, colocando o corpo magro e comprido entre eles e ela, rosnando o tempo todo.

Sussurram, e um deles se aproxima, o braço estendido para o cachorro, como se fosse acariciá-lo. Mas do cinto está tirando uma lâmina enferrujada, sem ponta e manchada. Ulf late uma vez, duas, e Lisbet se encolhe. O homem se aproxima e ela precisa sair dali, mas seus pés estão afundados no solo da floresta, nas coisas secas e mortas depositadas ali como um tapete, e ela vai assistir a esses homens e mulheres matarem Ulf e não fará nada. Precisa sair dali com seu coração traidor no peito, precisa gritar, precisa se jogar berrando entre o cachorro precioso e estúpido e essa gente desesperada e faminta...

— Lisbet!

Como sabem seu nome? O medo sufoca sua voz, e ela ofega. O homem avança para Ulf, mas o cachorro, de repente, fica alerta e rápido, passando em disparada por Lisbet, o rosnado ainda potente na garganta.

— *Scheiße* — pragueja o homem, e sua atenção se volta para Lisbet, tremendo no esconderijo. — Você aí...

Ele gesticula com a faca para que ela saia do esconderijo e se aproxime. Assim que ouve passos atrás dela, Lisbet perde totalmente a cabeça. Eles a cercaram, e logo estarão ambos, ela e o cachorro, no espeto, o ventre aberto e o bebê arrancado.

Mas então ela reconhece a voz de Eren chamando seu nome. O homem pragueja novamente e recua para junto dos companheiros. Eles cobrem a fogueira com o corpo, dão meia-volta e, enquanto começam a conversar, Lisbet segue o cachorro, o cheiro de carne e fumaça obscurecido, mais uma vez, pela floresta murcha.

— Lisbet!

Eren emerge das sombras, Ulf correndo empolgado em círculos ao redor dele.

Ao seu lado, Frederich parece estar dormindo em pé.

— Graças a Deus — murmura, esfregando o braço e ajustando a alça de couro do tambor no ombro fraco, um anel cintilando no dedo mínimo. — Frau Wiler, pensei que hoje eu teria uma noite de descanso das caminhadas ao luar. Vou para a cama. De novo.

Eren olha diretamente para ela, o ondulado do cabelo preto-azulado à luz da lua, a mão cerrada relaxando aos poucos, como se ele resistisse a um chamado para bater em algo.

— Qual é a sua intenção vindo para a floresta?

Ele fala baixo, e ela chega mais perto, contornando as árvores entre eles, para ouvir melhor.

— Queria caminhar. O bebê estava agitado. — O silêncio dele se alastra, adquire olhos e brilho. Ela faz biquinho. — Posso caminhar se assim desejar.

— A senhora não sabe o que acontece nesta floresta?

De repente, ela sente medo de novo.

— Frau Wiler...

— Lisbet.

— Lisbet, por favor. Não sou seu senhor, mas, por favor, não venha aqui, não saia do caminho depois que escurece. Já vi gente por aqui, quando volto tarde da cidade. Preciso carregar uma faca. — Ele mostra o cabo de osso no quadril. — E contam histórias. O que leva alguns a dançar leva outros a se tornar perigosos. Os empíricos falam de sangue quente, cérebros inchados. Tudo isso desequilibra as pessoas. Não é gente que se queira encontrar tão tarde e à noite. Mesmo à luz do sol, são tipos das trevas.

— Eu precisava... — Ela engole em seco. — Eu precisava andar.

— Não sozinha, então. Se me permitir, posso caminhar com você. Posso andar à sua frente, ou atrás, distante o bastante para que não perceba minha presença. Não precisamos conversar. Se precisa caminhar à noite, irei com você.

Ela oferece o braço. A noite tornou sua capacidade de avaliação tão traiçoeira quanto a de Frederich, e ela escova o tecido grosso da camisa dele com a mão. Com a poeira, sai também um cheiro de cogumelos recém-tirados da terra.

— Se não estiver muito cansado, talvez.

A barba dele treme, e ela sorri em resposta. É impróprio, impossível, e, ainda assim, o farão.

Voltam para casa sem dizer palavra, e, quando Lisbet se arrasta em silêncio e com pés inchados para a cama de Nethe, encontra-a vazia.

Cento e sessenta e três dançam

A primeira dança da qual Edith Bucer fez parte foi por causa de um rapaz. Jan Drescher. Ele tinha cílios longos e claros, panturrilhas fortes e um sorriso leve e largo. Era a primeira vez que ela usava o cabelo solto desde que sangrou, violetas enfiadas atrás das orelhas, outras em volta dos pulsos. Os irmãos caçoaram dela chamando-a de *Hure*, prostituta, mas sua *Mutti* aprovava.

O som dos tambores e das gaitas de fole era alto e vivo como se tocassem num salão, não nos campos abertos. O fogo estava mais alto que os ombros de Jan, cortando um tapete de terra sob a geada. Edith andou pelo amplo círculo dos dançarinos e foi se sentar junto ao grupo de Jan. Jan Drescher lhe entregou uma caneca de cerveja, mais forte do que qualquer outra que ela já tivesse experimentado. A bebida aqueceu-a mais do que o fogo, e Jan a envolveu com o braço musculoso e a puxou para perto, girando-a rápido demais. Ela gritou de deleite e de medo, o branco dos olhos de Jan brilhando à luz do fogo. O mesmo aconteceu na dança seguinte, e na seguinte. Ele dançava como um homem possuído e sempre voltava para ela.

Antes que pudessem se casar, ele foi atrás de uma fortuna prometida na cidade. Ela estava grávida, apaixonada e feliz em acompanhá-lo. Ele a instalou junto com o bebê em um quarto de uma casa numa rua estreita perto da cadeia. Ela não gostava do cheiro que vinha do rio, dos sons do matadouro de ovelhas, da ausência de janelas, de que o bebê ofegava sem ar toda manhã, mas Jan queria ficar. Saía para dançar sem ela, voltava com cheiro de fumaça e suor, mas não a deixava sair, nem a rodopiava, nem beijava a criança.

Certa manhã, os lábios do bebê ficam azuis e Jan diz que é tarde demais para chamar o empírico. Ela sabe que é verdade, mas ainda implora que ele lhe dê a última de suas moedas. Acabaram todas. Foram bebidas nas danças. Ela grita, chora e leva o bebê aos degraus da catedral, reza por sua alminha, uma pena branca flutuando para longe. O coração de Edith se parte sob o peso de todo o seu amor e a dor é demasiadamente grande para ser contida.

Quando ela ouve a música, pensa que são os anjos que vieram buscar seu filho para o Céu. Ela os acompanha e vê mulheres, todas juntas em um tumulto cacofônico, e sabe que são todas iguais, são como ela. Conheceram um rapaz numa dança e tinham violetas nos cabelos. Amavam seus filhos, e seus filhos morreram, e agora começam do começo. Ela se mistura às mulheres, carregando a criança no peito, e começa a dançar de volta ao passado.

10

No dia seguinte, sob o calor da transgressão, Lisbet espera até que Sophey e Nethe estejam na cama e sai com uma tocha para suar no quintal até ouvir o ressoar das cordas do alaúde de Eren. À luz do fogo, ele parece cinza sob a barba preta, a pele tão fosca de suor e poeira que, caso ele se deitasse no chão, iria se confundir com a terra.

— Perdoe-me — diz ele quando a alcança, e o coração de Lisbet afunda.

Ele não fará isso, é claro. É absurdo. Ela já está dando de ombros, como se fosse algo inconsequente, quando ele tira o instrumento do ombro e passa para ela. É mais leve do que parece, oco.

— Pode me dar água e uma bacia?

Ele quer apenas se lavar antes de saírem para andar, e o coração dela se sente aliviado.

— Vou ao poço — avisa ela.

— Podemos passar por ele?

— Claro.

— Hoje, o dia foi... Mas o poço será bem-vindo.

Ela se pergunta sobre o dia dele, o que viu, as cenas da cidade. Deve ser como andar pelo inferno diariamente.

— Ou o rio, mais adiante. Lá, a água é mais fresca.

— Vocês deveriam fazer poços mais profundos, se os rios são mais refrescantes. — Ele sorri. — Incomoda-se de levar isso para dentro? Não quero sujar o chão.

— Claro. — Ela leva o instrumento com cuidado. A porta do quarto dela e de Henne está entreaberta, e ela hesita na soleira.

As janelas estão fechadas e, claramente, assim estão há dias, talvez desde que os músicos chegaram, uma semana antes. O ar fica preso na garganta: um suor estranho, doce e agudo. A cama está desfeita. A palha do colchão suja e ela sabe que é de Frederich, menos cuidadoso com as botas.

Então é ali no chão que Eren se deita. Há um colete enrolado no travesseiro fino, um lençol aberto para arejar. Ela descansa o alaúde sobre o lençol, depois muda de ideia e o coloca sobre o banco, onde as roupas estão empilhadas, caso Frederich volte para casa cambaleando.

Ela se detém por um instante, no meio do quarto, espera que algum sentimento tome conta dela. Culpa pela excitação do momento a sós com Eren. Medo de que sejam descobertos. Saudades de Henne. Esse é o quarto que compartilham desde que se casaram, onde ele colocou os bebês dentro dela. Nada. Ela fecha a porta ao sair.

Eren pega a tocha, embora quase não precisem dela. O luar é claro, assim como na noite anterior, e ela tenta afastá-la de sua mente, de como iluminou os dentes reluzentes do grupo de famintos, da lâmina, das unhas sujas quando tentaram pegar Ulf. Ela chama o cachorro, cutuca-o com o joelho, contente com o peso sólido ao lado. Eren está tão silencioso que Lisbet poderia estar sozinha com Ulf, e ela se acomoda na segurança do silêncio deles.

Não olha para trás, embora queira, deseja ver o rosto dele sob a lua brilhante. Poderia guiá-los ao rio de olhos fechados, mas, na bifurcação onde o caminho os levaria à árvore da dança, ela hesita.

— Você está bem? — Ele para bem perto dela, e Lisbet sente sua respiração roçar na nuca, uma pincelada leve como a asa de uma abelha, antes que ele recupere o equilíbrio e retome a caminhada.

Não há mais ninguém no rio, embora pela primeira vez Lisbet perceba sinais de que possa ter havido — um trecho de terra recém-revirado e talos quebrados brancos como ossos, onde cogumelos foram arrancados, cinzas no meio da clareira. Ela diminui o passo e Eren a ultrapassa, vai com Ulf até a madeira queimada e coloca a mão nela.

— Fria — avisa ele, e as mãos de Lisbet relaxam.

Ele avança agachado e mergulha a cabeça no rio, tirando a sujeira com um suspiro audível, os ombros visivelmente relaxando. Passa as mãos no cabelo, que corre costas abaixo em longas mechas. Ele se vira e observa a floresta, enquanto Ulf se deita arfando aos pés de Lisbet.

— Melhor — diz Eren sentando-se de pernas cruzadas. Sua cor costumeira está restaurada, a pele brilhando e a barba pingando. — O rio na cidade está entupido. A gente sente o cheiro a quilômetros de distância. Às vezes... — Ele interrompe o que estava falando e ela imagina a razão da hesitação.

— Não me importo — diz ela. — Quero saber.

Ele faz que sim.

— Às vezes, os pais ou os filhos das atormentadas tentam afogar as dançarinas nele, mas isso só faz com que se debatam ainda mais para se libertar.

Lisbet perde o prumo. O cheiro do rio fica mais forte e o passado vem ao seu encontro: ela sente a pele macia sob os dedos da criança, úmida e fresca.

— Conte-me mais.

Eren acaricia o dorso estreito de Ulf, pingando água na cabeça do cachorro. Ulf apoia a cabeça nas patas e suas pálpebras tremem para ele em total devoção.

— Mais?

Ela se sente tola quase de imediato, mas Eren não revira os olhos nem se cala, como Henne faria. Em vez disso, para de acariciar Ulf e se apoia nas mãos.

— Por que você não me conta alguma coisa?

— Não tenho nada para contar além do que os outros me contam.

— Isso não é verdade — retruca ele. — Conte-me sobre sua vida aqui, sua vida antes.

Campos, pensa ela, *irmãos e uma mãe doente. Desassossego. Desejo.*

— A vida aqui mudou muito ultimamente — comenta ela. — Durante anos, era sempre a mesma coisa, Heinrich, Sophey, eu e as abelhas. Agnethe só voltou recentemente.

— De onde?

— Das montanhas.

— Notei o cabelo dela, óbvio. Mas isso é algo dela. E você?

Lisbet se sente como uma criança corrigida numa simples operação de soma. Um mais um, e a resposta é um vazio. O que ela tem para contar?

— E as abelhas? — Ele dá a dica. — São criaturas fascinantes. Como você cuida delas?

Ela acata a sugestão agradecida. Ele ouve com a mesma expressão de quando ela cerzia a camisa, os olhos semicerrados. Mas, desta vez, não é uma música silenciosa que escuta, mas a voz dela, e Lisbet derrama seu conhecimento sobre as abelhas nele. Como elas lideram as outras até as flores com a dança, como a rainha nunca deixa a colmeia a não ser que esteja danificada, como o sabor do mel varia de uma colmeia para outra e de um favo para outro, como um enxame pode ser espesso como névoa e matar um homem. Como ela não precisa mais de luvas para cuidar delas, como a picada a incomoda só um pouco. Como hoje em dia ela sabe como respirar, como fazer o coração desacelerar e tornar seus movimentos mais leves, como se estivesse na água, e assim acalmá-las com o ritmo do corpo.

— Você fala como se as amasse — comenta ele, mas sua voz é séria, nenhum sinal de gracejo, e ela suspira *sim*, sim, é exatamente isso. — Também sou assim com o meu alaúde, mesmo ele não sendo um ser vivo. Ele ganha vida quando o seguro, e então também me torno completamente vivo. Não existem palavras mais claras para descrever do que essas.

Lisbet se recosta numa pedra, acariciando a barriga.

— Como aprendeu a tocar?

— Meu pai — responde ele, recolhendo os joelhos até o peito como um menino. — Foi assim que ele pagou nosso caminho, no começo. Viemos de Constantinopla quando eu era menino. Quase não me lembro de nada, exceto da música. Isso o meu pai trouxe conosco.

— Você tem irmãos?

— Irmãs. Cinco ainda vivas. Todas casadas e vivendo em outros lugares. Uma voltou, mas as outras estão aqui.

— Em Estrasburgo?

— Não somos bem-vindos em Estrasburgo. Em outros lugares não é tão ruim.

— E a sua esposa?

Ele olha para as mãos, abre as duas, os dedos esguios como galhos de videiras. Em um suspiro, fecha os dedos e diz:

— Morta.

— Sinto muito. — Ela espera, achando que ele fosse elaborar, mas o silêncio se transforma em algo pesado e ela o quebra. — Você toca para as dançarinas? A música do seu pai.

— Nunca. Não é o tipo de música que querem. A cultura árabe é crime em Estrasburgo.

— Por que você continua aqui?

— Por que não deveria? — Há raiva ali, clara como se estivesse em chamas, então desaparece de novo.

— Não quis...

Ele dá de ombros.

— Para onde eu iria? Moro na Alsácia desde que aprendi a falar. Não é fácil aqui, mas não seria fácil lá. Só conheço algumas palavras.

— *Elinize saglik* — diz ela, insegura.

— Você se lembra disso?

— Um pouco.

— Não — diz ele. — Embora eu provavelmente o diga errado. Quando chegamos aqui, meus pais me ensinaram a falar o dialeto de vocês, me puseram na escola. Minha *Mutter* dizia que era um desperdício para um músico. O pai dela era empírico.

— Por que vieram para cá?

— Em busca de uma vida melhor — responde ele. — Não é por isso que as pessoas vão para qualquer lugar? Não foi por isso que o seu marido foi a Heidelberg?

— Eu não — rebate ela. — Vim para cá por causa de Henne.

Ela se dá conta, tarde demais, de que parece que ela quer dizer que seu casamento não foi para o melhor, mas o pensamento traidor já saiu da sua boca e ela o deixa ali, no ar. Ela nunca foi a lugar nenhum sem ser mandada por alguém.

— De onde?

— Do sul. O meu pai era fazendeiro.

— E a sua mãe?

— Morta — responde ela e se sente uma desertora.

Eren a surpreende com as perguntas, seu aparente interesse genuíno nas respostas. Ela se desvencilha da atenção dele e a desvia.

— Você já viajou para fora da Alsácia?

— Já — diz ele. — Frederich e eu estivemos na França, antes desta convocação. — Ela torce o nariz ao ouvir a menção ao tocador de tambor, e Eren dá uma risadinha. — Você o entendeu mal.

— Ele parece... — ela olha para as árvores em volta, buscando a palavra — ... bruto.

— Ele é doce como uma fruta por dentro. Viveu tempos bem difíceis. Cuidamos um do outro. Somos tudo o que temos, no momento.

— Ele não é casado?

Eren ri baixinho.

— Não.

— Ele é bem bonito.

— Não tem o temperamento.

— Há muitos tipos de mulheres — diz ela. — Tenho certeza de que alguma seria do agrado dele.

— Se está pensando em juntá-lo com sua irmã...

Agora é a vez de Lisbet rir.

— Seria o par perfeito.

— Você é?

— Já sou casada. — Ela dá um tapinha na barriga, sorrindo.

— Um par perfeito com o seu Heinrich.

Lisbet morde a parte interna da bochecha. Não sabe como responder, nunca falou dessas coisas, nem mesmo com Ida.

Eren balança a cabeça discretamente.

— Peço desculpas por trazer Frederich para a conversa. Em geral não sou tão direto, mas...

Ele passa o dedo pela lâmina de água, e Lisbet compreende. Também sente a segurança do diálogo entre os dois. Era assim com Ida, quando se conheceram na igreja, ambas com o rosto pálido do enjoo matinal da primeira gravidez: o reconhecimento do igual. Isso a torna ousada.

— Você era? Com a sua esposa.

Ele inclina a cabeça, um movimento fluido que Lisbet não conseguiria imitar com seu pescoço duro sem estalar.

— Éramos, sim. Jovens, casados antes do consentimento dos nossos pais. Mas já nos conhecíamos, desde que nos vimos pela primeira vez. Era simples amá-la. Morreu no nascimento do nosso primeiro filho.

Lisbet protege a barriga com a palma da mão e o bebê se mexe, chutando, e percebe que ele não mencionou sua condição em nenhum momento, embora isso seja tudo o que as pessoas parecem ver nela ultimamente. Mas ele nunca olha para a barriga dela, ou pergunta sobre o bebê. Fala com ela sobre ela e sobre ele, e é desconcertante.

— Chateei você?

— Não. Tudo bem. Qual era o nome dela?

— Aysel.

— Que lindo.

— Significa feixe de luar, a luz que vem da lua.

Um bolo cresce na garganta de Lisbet. Uma esposa morta, um bebê morto, uma história bastante comum. Era por isso que ele era tão gentil com ela? É claro. Não tem nada a ver com você, Lisbet. Poderia ser qualquer mulher grávida.

Ela mergulha as mãos no rio. A água lava seus pulsos, acalmando o sangue quente.

Então, risos. Não dela, não de Eren, mas familiar o bastante para fazê-la prender a respiração. Ela se ajeita, verificando se Eren está à vista, e percebe que ele apagou a tocha e que a mão dele já está no cabo da faca. Ulf se levanta, latindo, mas não rosna como um cão de guarda. Está de pé e sai correndo antes que Lisbet assobie.

Os risos param e o grito surpreso de Nethe chega até eles.

— Ulf? Senta.

Não é porque é Nethe que Lisbet gesticula para que Eren se esconda. Não é isso que a faz se agachar na folhagem, agradecendo pelo lenço escuro. É a pessoa que sai de trás das árvores, seguindo Nethe, com Ulf trotando obedientemente em seus calcanhares. É porque é Ida.

Lisbet se sente como uma criança brincando de esconde-esconde. Tem o mesmo gosto amargo na boca, o mesmo medo de ser descoberta, enquanto Ida e Nethe chegam à margem do rio com suas saias longas, Ulf farejando o ar ao redor delas.

— Olá? — chama Ida hesitante. Elas olham em volta, mas o esconderijo é bom. Lisbet não consegue ver Eren de jeito nenhum, apenas escuridão entre as árvores.

— Devem ter ido embora. — Nethe dá de ombros. — Para casa, Ulf.

Ela assobia baixinho depois da ordem, como Lisbet ensinou, e Ulf sai correndo para a fazenda, a promessa de um osso para roer em seu salto esperançoso.

— Depressa — diz Nethe, puxando a mão de Ida. — Assim é mais rápido.

Nethe prende a saia nas roupas de baixo e, para sua surpresa, Lisbet vê Ida fazer a mesma coisa, seguindo Nethe pelo rio, escalando a margem oposta, e desaparece.

Eren emerge de trás das árvores como uma aparição. A faca ainda na mão, e seu brilho atrai o olhar de Lisbet. Ela fica piscando na direção da amiga e da cunhada, mal ouvindo Eren.

— Quem era aquela com a sua irmã?

Mas Lisbet já está levantando a própria saia, sem se importar com a presença de Eren, com as pernas nuas sujas de terra e suor, com as pedras escorregadias do rio, enquanto cambaleia atravessando a água atrás de Ida e Nethe.

— Frau Wiler? — murmura ele, mas Lisbet está concentrada como um cachorro, farejando as mulheres. Elas seguem para oeste, paralelas à igreja, rumo à estrada principal que leva à cidade. É bobagem cambalear atrás delas pela mata perigosa com um músico a reboque, mas ela precisa ver, precisa ter certeza de que realmente testemunhou as duas juntas, rindo, de mãos dadas como as velhas amigas que um dia foram.

Eren a alcança.

— Frau Wiler — repete ele. — Aonde está indo?

— Para a cidade.

— Agora? A pé?

Ela não vê razão para responder às perguntas dele, deixando o ritmo dos seus passos servir como resposta. A cabeça gira como se estivesse bêbada, mas isso a deixa leve e veloz, e ela avança com facilidade. As árvores começam a rarear e os ruídos da estrada alcançam seus ouvidos, tambores, gaitas de fole e gritos. A noite está viva, como num dia de festa, ou de danças nos campos do pai dela.

Lisbet chega de olhos arregalados ao caos de fogo e pessoas, tanta gente andando, rindo, fumando e cantando, a parte esparsa onde a mata encontra a cidade está cheia como se fosse um porto ou algum outro lugar de chegada, e ela sai do mar calmo da floresta para esta nova multidão de humanidade.

Ela não se vira para verificar se Eren ainda está ali: sabe que ele estará por perto, e esse pensamento a anima apesar da estranheza da visão, do cheiro de carne assada e da poeira levantada pelas pessoas por toda parte da estrada queimada pelo sol, do povo ao seu redor.

Perscruta seus rostos enquanto adentra a cidade, mas nada de Ida ou Nethe, Mathias ou Plater — ninguém que ela conheça. É tão estranha ali quanto qualquer um. Ninguém a observa, ninguém sequer a nota, e ela fica empolgada com o anonimato que a atravessa. Ela não é nada para esses viajantes, atraídos pelas dançarinas.

— Frau Wiler — chama Eren, afastando seus pensamentos. — Está muito barulhento, já é bem tarde...

Ela é empurrada até estar ao alcance da voz de um pregador, que ameaça todos eles com a condenação eterna.

— ... e Ele virá para o acerto de contas e o sangue ferverá em suas veias, e lançará Sua vingança para mandar sua alma diretamente ao inferno...

A multidão que ele reuniu zomba dos seus alertas, e, embora sejam verdadeiros, embora estejam todos condenados e Deus não vá poupar ninguém, menos ainda a ela, Lisbet descobre que, neste exato instante, não se importa. Precisa encontrar Nethe e Ida, precisa arrastá-las dessa aglomeração, desse carnaval sombrio e macabro. Eren se aproxima outra vez, e, como se o tempo tivesse se estreitado a um só ponto, ela vê seus dedos finos e seu rosto suplicante, e então uma cusparada espessa e amarela como uma abelha pousa brilhando no rosto barbado dele. Um instante depois vem um soco, mal ponderado e torto. Ela cambaleia como se tivesse sido a pessoa golpeada, mas Eren segue tão impassível que só pode ser por causa de uma vida inteira de prática.

O assediador passa cambaleando, soltando obscenidades, e os companheiros dele riem. Lisbet abre a boca, mas Eren balança a cabeça e ela se contenta em bater no sujeito com força, fazendo-o cair esparramado no chão.

Em um instante ele está de pé, e não é Lisbet quem ele ataca, mas Eren. Empurra forte o músico, jogando-o em um de seus companheiros, que o empurra de volta. As cores se tornaram vermelhas e infernais, o corpo dela está inchado de calor e de sangue, dela e do bebê, ambos.

— Parem — diz Lisbet debilmente, e é claro que ninguém a escuta.

Eren se permite apanhar no meio dos bêbados, mantendo o equilíbrio como se o estivessem rodopiando numa dança.

— Parem — pede ela novamente, e, quando se coloca entre eles, cessam os golpes.

Os homens se afastam, e o coração de Lisbet palpita aliviado. Ela olha para Eren e ele retribui o olhar com indisfarçável raiva.

— Sinto muito — diz ela, inutilmente.

Ele balança a cabeça uma vez, um gesto brusco e cortante.

— Prefiro que me poupe de sua defesa, Frau Wiler.

— Lisbet — diz ela, fraca, mas agora ela o quebrou, o frágil relacionamento que vinham construindo. Ela cambaleia um pouco e sente Eren segurando-a sob as axilas. A vergonha toma conta do seu peito: sabe que está molhada de suor, que naquele exato instante os dedos finos dele sentirão a umidade e ele ficará enojado.

Um aviso se faz ouvir e a multidão se abre para permitir a passagem de uma carroça aberta à estrada repleta de gente. Ela se esqueceu de Ida e Nethe, esqueceu-se de si.

— Vamos voltar? — pergunta Eren.

Lisbet endireita as costas, apesar da dificuldade, e fica da altura dele. Seus cílios são tão longos quanto os de Ida e roçam a parte do rosto sem pelos acima da barba, lisa como uma maçã, como madeira antiga.

— Estou bem.

Suas axilas estão doloridas onde ele a segurou. Ela sente a pressão pulsando ali, o rubor subindo pelo pescoço. Henne costumava gostar disso, manchas como pedras do caminho subindo pelo pescoço dela quando estavam na cama. Ele beijava uma a uma, fechava a boca sobre o lóbulo da orelha dela e mordia.

Ela se vira.

— Se estiver cansado, pode ir. Preciso encontrar minha amiga.

— Sua irmã?

— Ida! — retruca ela. — Ela está com Nethe.

Está sendo tola e grosseira, mas a vergonha se misturou ao medo e ela não chegou até aqui e impôs isso a ele à toa.

Eren suspira, e Lisbet sabe que ele está cansado dela. Preferiria que ele fosse embora, que a deixasse nessa vastidão de gente e que ela capturasse parte da imprudência que sentiu poucos minutos antes. Mas ele não a deixa. Em vez disso, quando a carroça passa entulhada de gente e sacos, ele a levanta, com tanta destreza que ela poderia ser uma criança, e a acomoda, depois pula para dentro e se senta no canto, com os pés quase no colo dela.

O homem que supervisiona a carroça e a carga estende a palma da mão, e Eren procura uma moeda no bolso, mas Lisbet encontra um bloco empoeirado de favo de mel no fundo do bolso do avental. O homem aceita de bom grado. Lisbet cobre a barriga e se permite ser ninada pelo balanço da carroça na estrada esburacada. Inclina a cabeça para trás, observa a imensidão do céu estrelado acima e se vê mais próxima do queixo de Eren, da parte inferior do pescoço, as veias pulsando como uma estranha corrente na barba escura. Ela fixa os olhos até se fundirem, Eren e a noite, e ela não conseguir definir onde um começa e o outro termina.

Desvia o olhar apenas quando as muralhas da cidade surgem e ela escuta os tambores.

Um silêncio parece se abater sobre o mundo, de forma que tudo o que resta é aquele som estranho, rítmico e, de alguma forma, indecente. Percebe instintivamente que não se trata do som produzido pela mão de um tocador de tambor. Mesmo que houvesse mil Frederichs, o som não seria esse.

— Você tem certeza? — pergunta Eren, e, quando ela hesita, ele balança a cabeça mais uma vez. — Podemos voltar.

Mas ela chegou até aqui, colocou-o em perigo, seguiu Ida e Nethe até esse espetáculo e agora precisa encontrá-las. Ela escorrega para fora da carroça, pousando desajeitadamente no chão, e se vira para o som.

— Quero ver.

A carroça os levou até a frente do mercado de cavalos, e os muros altos parecem vibrar. Lisbet consegue sentir o tremor através dos pés, na pélvis. A entrada é tomada por uma multidão, mas ela sabe que, se quiser encontrar Ida e Nethe, é aqui que elas estarão. A noite inteira, o mundo inteiro parece se juntar rumo à entrada da guilda, em direção àquele som terreno e sobrenatural.

Dessa vez, Eren assume a dianteira, abrindo caminho, e Lisbet vem atrás, a palha seca estalando sob seus pés. O palco é alto e largo, deixando apenas um espaço estreito para os espectadores assistirem de pé, zombarem, gritarem e rezarem. Em cima, estão as dançarinas.

Pelo menos cem mulheres, apinhadas sobre a madeira forrada com lona, os pés batendo em um ritmo firme tão alto e incessante quanto uma tempestade que se anuncia. Elas giram, rodopiam e saltam, e todas estão suando e brilhando, radiantes.

Eren faz um gesto para que Lisbet fique onde está, escondida nas baias onde as éguas reprodutoras costumam ficar em quarentena, e indica que ele procurará no meio da multidão. Ela faz que sim, quase sem conseguir desviar os olhos das dançarinas. Está diferente da última vez, de quando viu a idosa rodopiada pelos homens fortes. Não há homens no palco, nem mesmo músicos, senão onde haveria espaço para tantas mulheres dançarem? Lisbet se dá conta de que tudo que escuta são vozes femininas, numa gritaria, como se tivesse chegado a uma multidão de fadas ou bruxas. Nunca tinha visto ou ouvido tantas mulheres juntas, em tão grande quantidade. Suas roupas escorregam dos ombros, mas não há lascívia como da última vez. Aqui, na escuridão, iluminadas por tochas e com o ar tomado pelo cheiro de cavalo e suor, parecem celestiais, divinas, lambidas pela língua dourada do fogo.

Duas dançarinas se destacam e, no centro do palco, Lisbet vislumbra uma mulher girando outra, as mãos envolvendo a cintura uma da outra. Sua respiração acelera.

São Nethe e Ida. Lisbet agarra a madeira da baia, cravando as unhas ali até quebrá-las. As dançarinas se fecham num surto, engolindo as mulheres mais uma vez, e Lisbet escala a porta da baia, a barriga sobre o portão. Dali, consegue ver apenas o cabelo curto de Nethe, a cabeça jogada para trás num grito de alegria, cabeça e ombros mais altos que os das outras.

— Nem sinal... — começa Eren, aparecendo ao lado dela, mas Lisbet o aquieta com um gesto e aponta. Mais uma vez, as dançarinas se separam e, mais uma vez, sua amiga e sua cunhada se materializam, destacadas pela conexão entre as duas. Está claro que elas não estão sob efeito de nenhuma mania, nenhum domínio de abandono divino. Parecem ser o que são, duas mulheres rodopiando ensandecidamente, presas num abraço mútuo.

Há uma comoção na entrada. Homens se aglomeram no espaço já abafado da guilda, brandindo longos ancinhos. Os homens fortes dos Vinte e Um. E ali, à frente deles, inevitável como um pesadelo, está Plater, de cabelo cor de cobre, o ancinho balançando na mão áspera. Um bolo cresce na garganta de Lisbet e a sufoca. Se ele avistar Ida...

Lisbet abaixa a cabeça e se lança em direção ao palco. Não existe encanto dourado pairando sobre o lugar agora, apenas o fedor de estrume e de suor das mulheres exaustas, e sua cunhada e sua melhor amiga loucas, ou estúpidas, ou ambas as coisas, zombando de todo o espetáculo deplorável. Eren é lento demais em acompanhar Lisbet, que ouve seu grito como se ela estivesse debaixo da água. Ela abre caminho na onda de homens e sobe os degraus de madeira. Eles rangem e balançam com o movimento das dançarinas, como se ela tivesse saído de um porto seguro e pisado no convés de um barco.

Encontrando o equilíbrio, ela tropeça, avançando para o centro das dançarinas. Ali, os sons ao redor delas diminuem e o silêncio da respiração se transforma em ritmo, como se ela estivesse de volta ao ventre materno, escutando as batidas do coração que podia muito bem ser de um deus, até onde ela sabe ou se importa. Como seu bebê deve se sentir nesse momento, sem necessidade de consciência além do próprio corpo. Isso é reconfortante e, de certa forma, deslumbrante, e, enquanto ela passa pelas mulheres, compreende de repente que não se trata de mania. Há algo que se eleva com força e esperança: um abandono. Talvez seja transcendência.

Vem um grito dos degraus e, através dos corpos pulsantes, Lisbet vê os homens subindo ao palco, os ancinhos já golpeando e espetando. Plater está inclinado, sua força total por trás de um golpe e, quando ele se curva, Lisbet vê um menino ao seu lado, na altura da cintura, o ancinho mais alto que ele. É Daniel, o menino dos Lehmann, e o rosto dele exibe uma luminosidade que a apavora.

Ela se esforça para seguir adiante, até que chega ao lado de Nethe e Ida. As mulheres estão tão concentradas uma na outra que não notaram os homens, ou os gritos crescentes, ou mesmo a própria Lisbet, até que ela agarra o ombro de Nethe e puxa com força.

Nethe se desvencilha e pisca para Lisbet, como se tivesse acordado de um sonho. O rosto dela está corado e lustroso, os olhos pesados e, através do tecido do vestido, Lisbet vê seus ombros adquirindo rigidez, a respiração mudando de arfadas para suspiros.

Sua boca forma o nome "Lisbet" e, ao lado, Ida, recobrando o equilíbrio de um giro malsucedido do abraço de Nethe, combina sua surpresa, seu crescente alarme. Lisbet sente uma raiva justificada explodir dentro de si e sacode Ida.

— Olhe! — grita Lisbet, gesticulando. — O seu marido.

Nethe pragueja, o medo fazendo seus olhos ficarem vazios, enquanto os de Ida acendem em pânico. Nethe segura o punho de Lisbet em uma das mãos suadas, agarra Ida com a outra e arrasta ambas para os fundos do mercado.

Não há degraus nesse lado, mas Nethe junta a saia e pula na multidão com a destreza de uma gata. A plateia se afasta como se a mulher estivesse contaminada, zombando quando ela levanta os braços e pega Ida pela cintura, como fez pouco antes enquanto rodopiavam, e segura como se fosse uma menina. As duas se entreolham e o desconforto agita o estômago de Lisbet.

— Lisbet! — É Eren, ao lado de Nethe, estendendo a mão para ela e, sem pensar, ela se joga para a frente, a barriga roçando no peito dele quando ele a apara e baixa ao chão com cuidado. Os quatro formam uma corrente de mãos, como se tivessem planejado, como se fossem crianças brincando e a qualquer momento fossem explodir numa canção.

A mão de Eren na dela é cheia de calos e seca; a de Nethe, masculina e forte; ambas escorregando pelos dedos suados de Lisbet, de maneira que ela precisa redobrar a força. É imaginação sua ou Eren está apertando também?

Quando se afastam do mercado, Lisbet se vira para onde Plater, seus homens, o menino e os ancinhos ziguezagueiam, reluzindo como agulhas, espetando as dançarinas. Daniel gira e ri como se o ancinho fosse um parceiro, e, enquanto o faz, seus olhos parecem se fixar nos de Lisbet. Ela abaixa a cabeça e estremece, respirando ofegante o ar impassível da noite, enquanto Eren as arrasta do mercado, para longe, muito longe, até que o tamborilar de uma centena de pés seja engolido pelo carnaval das ruas.

11

Quando enfim chegam à estrada principal, Eren solta a mão de Lisbet. Ela tenta agarrar o ar vazio por um instante antes de soltar a mão de Nethe e se virar para as mulheres.

— Que diabos vocês estavam fazendo? — sussurra ela. Uma fisgada lhe subiu pela lateral, afetando o compasso da sua respiração. Nethe fica de cabeça baixa, como uma criança repreendida, mas Ida dá um passo adiante, as faces coradas.

— Aqui não, Bet — diz ela. — A venda do meu pai está aberta. Temos de ir para mais longe.

— Então, vocês são ainda mais tolas...

— Aqui não — repete Ida. — Por favor.

— Venha — chama Eren, delicado, e é por causa dele que Lisbet se deixa levar mais adiante na estrada, todo o seu corpo dolorido, até finalmente conseguirem pisar nas sombras das árvores, onde uma hora antes haviam se lançado no caos dos notívagos. Num acordo tácito, a estranha comitiva segue em frente até a floresta a ter engolido e os sons da estrada terem desaparecido por completo.

Lisbet desaba num tronco caído com uma rachadura que vai até o centro apodrecido por uma tempestade já antiga. É áspero e macio, e ela raspa as unhas nos cogumelos que crescem ao longo dele, o cheiro de terra invadindo suas narinas, subjugando o suor, as velas e o bafo azedo.

— Você está bem, Bet?

O tronco se curva e afunda sob o peso de Ida. Lisbet sabe a expressão no rosto de Ida pelo tom de voz dela: hesitante, o lábio carnudo preso entre os dentes frontais tortos. Percebe também que Ida andou bebendo alguma coisa forte e penetrante.

Lisbet não consegue olhar para a amiga — vai atacá-la, ou então explodir em lágrimas, e não quer fazer nenhuma das duas coisas. Sente a atenção combinada de ambas sobre ela e se pergunta como deve parecer diante dos seus olhos, curvada sobre a barriga, o corpo inteiro arfando.

Concentra-se na própria respiração, desacelerando o ritmo, indo cada vez mais fundo de forma a estendê-la até o bebê e o próprio coração, acalmando ambos. Quando seu pulso por fim volta ao normal e o bebê pressiona visivelmente sua saia, ela se recompõe o suficiente para olhar para cima.

Os olhos de Ida estão desfocados pela bebida. Lisbet busca o rosto da amiga. A mulher que achava conhecer tão bem e que agora é para ela uma estranha. Todo esse tempo, Ida escondeu de Lisbet esses perigosos passeios noturnos e muito mais. A traição aperta sua garganta. Ida a observa receosa, com tristeza, e isso faz Lisbet se sentir poderosa. Ela encara também.

— E então?

— Éramos amigas, você sabe disso.

— Mas não mais — diz Lisbet, buscando a mentira que sabe que brotará no rosto de Ida. — Você me disse que não se importava com ela.

— Quem me dera isso fosse verdade.

— Rezamos para que fosse — intervém Nethe, um pouco alto demais, e o rosto de Ida se deforma ainda mais.

— Por quê? — pergunta Lisbet. — O que aconteceu entre vocês?

— Temos de falar disso na frente do turco? — questiona Nethe, e Lisbet a encara. Nethe retribui o olhar e, embora disfarce melhor do que Ida, Lisbet também nota certo embaraço em seus olhos. Estão ambas bêbadas, então.

— Ele talvez seja uma testemunha mais generosa do que eu neste momento — declara Lisbet com frieza.

Risos irrompem das árvores: um homem e uma mulher, procurando um lugar para transar. Com grande esforço, Lisbet se levanta do tronco, tentando manter alguma dignidade já que a barriga a desequilibra, e a risada se transforma em gemidos rítmicos, a batida de pele contra pele.

Eren sugere que se afastem mais, em direção ao rio. Para surpresa de Lisbet, enquanto partem, Ida deixa escapar uma risadinha baixa, que abafa com a palma da mão. Nethe a ecoa à medida que os gemidos aumentam pouco a pouco vindos das sombras.

— Ida — repreende Lisbet. — Agnethe. Parem com isso.

Mas as duas mulheres estão rindo abertamente agora, segurando-se uma na cintura da outra e, embora não possam ser ouvidas pelo casal, Lisbet fica furiosa, o constrangimento tomando conta do seu corpo.

— Vocês são infantis — resmunga ela.

— Está tudo bem, Lisbet — diz Eren, mas nem o tom baixo de sua voz consegue acalmá-la. Assim, acelera o passo, o pescoço queimando, segurando a saia para atravessar o rio e mesmo assim ela afunda. Quer se distanciar e se livrar das duas, de suas perguntas e de sua companhia.

Lisbet ouve as risadas das mulheres e os chamados de Eren. Sabe que está preocupando-o com seu ritmo, mas não se importa. Quase corre pelo terreno pantanoso, escutando os gritinhos de Ida quando a lama engole seus pés, ouvindo a voz de Nethe se juntar à de Eren, chamando seu nome. Mas ela não para, não desacelera o suficiente para que a alcancem, escorregando entre as árvores silenciosas até chegar aos seus espinheiros e puxá-los para o lado, deixando-os para trás.

Ela desaba ao pé da árvore da dança, apertando tão forte os olhos com a palma das mãos que chega a ver estrelas. O corpo e a mente são um rebuliço de cores e calor, e entre suas pernas há um latejar que se iguala aos gritos do casal, à batida dos pés das mulheres na madeira.

— Lisbet?

É a voz de Nethe, agora sóbria e próxima. Lisbet abre os olhos. Esqueceu-se, em sua fúria, de que Nethe conhece esse lugar, sabe como transpor os espinheiros, e agora sua cunhada está olhando para ela, Ida cambaleando ao lado, observando as fitas, boquiaberta. Atrás está Eren, vasculhando o chão repleto de oferendas.

— Saiam daqui — pede Lisbet, mas sua voz é fraca e serve apenas para que Nethe se aproxime.

— Você não deveria correr — avisa Nethe. — Não agora que está chegando a hora.

— Você não deveria me dar motivos para correr — dispara Lisbet. — Comportando-se como uma prostituta, uma imbecil. Você e Ida, as duas.

— E você? — rebate Nethe, esquentada. — No meio da noite, sozinha com um turco? Que razão tem para fazer isso?

— Sou eu que faço as perguntas! — grita Lisbet. Soa petulante, mas não consegue se controlar. Por que os trouxe aqui, para o único lugar onde ela e os filhos podem ficar em segurança e sozinhos?

Ida cai de joelhos e se arrasta para a frente, de modo que Lisbet consegue, mais uma vez, sentir o cheiro da bebida.

— Onde estamos, Bet?

Lisbet sente as lágrimas chegando. Está tão cansada, com tanto calor, tão pesada. Quer que Ida a abrace.

— É a árvore dela — explica Nethe, e sua voz perdeu parte da maldade. — Para as...

— Não — adverte Lisbet. — Não se atreva.

— Foi você quem nos trouxe aqui — argumenta Nethe, obstinada.

— Eu pedi que vocês me seguissem?

— Para quê? — pergunta Ida. — Sua árvore? O que é aquilo?

Ela aponta para a plataforma, e Lisbet alfineta:

— Acho que o seu marido não gostaria que você soubesse.

— Desde quando você se importa com o que o meu marido pensa? — questiona Ida, parecendo subitamente solene. — Desde quando você acha que me importo?

Lisbet respira fundo. O ar passa por suas costelas e chega ao pescoço.

— É uma árvore da dança. Um lugar pagão.

— E que coisas são essas?

— Fitas. Eu coloquei aí. Para as... Para as minhas perdas.

— Para os seus bebês?

Lisbet ergue os olhos para as fitas de pano, para o céu retalhado e cheio de estrelas entre os galhos, e faz que sim. A mão de Ida desliza para a sua. Não tem nada de seu costumeiro frescor. É grudenta como a de uma criança febril.

— Perdão, Lisbet — pede Ida. — Não fique com raiva.

Lisbet não tem energia para conter a fúria. Solta o ar num grande ímpeto e aperta a mão da amiga.

— Por que você estava lá? — pergunta Lisbet. — Com ela. Por que dançaram?

Ida abaixa o queixo pontudo.

— Para desaparecer.

Lisbet resmunga:

— Acham que aquilo foi desaparecer? Fazer um espetáculo?

— Éramos apenas duas mulheres no meio de muitas — argumenta Ida.

— Você é a esposa do conselheiro. Ela é a penitente. Acham que são anônimas?

— Era para o meu marido estar em outro lugar — explica Ida. — Pensei que soubesse dos compromissos dele, dos movimentos dele.

— Tão bem quanto ele sabe dos seus. Vou ser clara com vocês — diz Lisbet. — Ficou óbvio para todo mundo que vocês estavam fingindo. Eu pude ver isso, assim como Eren, e Plater também acharia óbvio se tivesse visto vocês. Até onde sei, ele pode ter visto. Qualquer um poderia. Eram duas mulheres bêbadas, rodopiando como se fosse uma dança, não uma peste. Foi no mínimo idiotice, mas, mais que isso, foi blasfêmia.

— Não precisamos do seu julgamento — diz Nethe.

— Parece que o seu próprio está em falta — comenta Lisbet. — E por que juntas? Achei que tivessem rompido a amizade. Vi vocês brigando depois de distribuírem as esmolas.

— Já passou, faz muito tempo — diz Nethe, com cuidado. — E as dançarinas... eram uma oportunidade.

— Oportunidade para quê?

— Um recomeço, uma espécie de salvação.

Lisbet joga a cabeça para trás, descansando-a no tronco, de forma que Nethe não consegue ler seus olhos.

— Mas vocês estavam brincando. E aquilo não é brincadeira.

— É verdade — admite Eren, e todas as mulheres viram a cabeça para ele, ainda no limite da clareira, entre os espinheiros. Lisbet quase havia se esquecido de que ele estava ali. — Algumas mulheres dançam até morrer, ou até os pés ficarem inchados de sangue, ou...

Ele olha para Lisbet, que treme e aperta mais a mão de Ida. Ela tenta se ancorar ao presente.

— Peço desculpas — diz Eren. — Quis apenas dar uma ideia do perigo do que estão fazendo, Fräulein Wiler.

Nethe funga ao ouvir as palavras.

— Não preciso do conselho de um turco.

— Talvez — retruca Eren. — Mas aceite o conselho de um músico, que viu a verdade dessa mania. Que viu impostoras sendo expulsas, os pés queimados no carvão como castigo. Fala-se em afogar essas mulheres se seus números aumentarem.

— De castigo entendo bem — comenta Nethe.

— Plater estava lá — acrescenta Lisbet, o nome do homem tão amargo quanto bile na garganta. — E, se ele visse vocês, o que teria acontecido? A viagem de Henne a Heidelberg teria sido em vão. Marcariam você com ferro e tomariam as abelhas. Você sabe que eles estão esperando a menor desculpa.

Nethe murcha. É uma mudança perceptível, seus ombros baixando.

— Só queríamos um lugar seguro, um lugar onde pudéssemos nos perder.

— Aquela multidão não é bem esse lugar — avisa Eren, mais gentil do que ela merece.

— Mas por que vocês precisam se esconder? — pergunta Lisbet. — Sem dúvida Henne ficaria contente com a amizade de vocês.

— Foi Henne quem proibiu — diz Nethe.

— Não acredito nisso — fala Lisbet. — Ele incentivou a nossa. — Ela aperta a mão de Ida, mas a amiga se solta e abraça as pernas com os braços finos. Seus olhos estão cheios de lágrimas.

— Eu não deveria ter deixado isso acontecer — diz ela. — Agora vejo a crueldade, Agnethe. Mas era tudo o que eu tinha, ficar perto. Você entende?

— Entende o quê? — pergunta Lisbet. — Vocês estão falando em enigmas. — Ela olha para Agnethe. — As duas. Digam-me o que existe entre vocês. Digam-me por que você foi mandada embora.

Mas Ida se silencia e Nethe começa a desaparecer outra vez, transformando-se em estátua, dura e inabalável. Lisbet sente uma raiva tão grande que fica fria. Agarra a terra, tentando se ancorar.

— Você fala de salvação, de bênçãos. Passou sete anos em silêncio e agora faz um espetáculo no meio de um episódio de mania coletiva. Você consegue se escutar, Nethe? Porque, como alguém capaz de escutar, posso lhe garantir que é uma tola.

Nethe permanece impassível e Ida emite um ruído com a garganta.

— Diga-me por que estava dançando. Conte-me por que você foi mandada embora.

Mais silêncio, diante do qual Lisbet irrompe.

— Diga-me! Por que não me diz? Por que tenho de ficar fora de tudo, sempre passando por um teste e sendo considerada insuficiente?

Lisbet pega um punhado de terra e joga em Nethe. Tarde demais, dá-se conta do peso do seixo que escolheu por causa da faixa de quartzo. Atingiu Nethe com força acima do olho. Ida se levanta às pressas, corre para estancar o filete de sangue que escorre da sobrancelha de Nethe. Ela precisa se alongar, ficar quase na ponta dos pés. Aperta a manga da blusa no corte.

Nethe mal reagiu ao golpe, mas agora pega a outra mão de Ida, a que não está pressionada em sua testa, e faz dela um copo. Descansa a face na mão aberta e ergue os olhos para encontrar os de Lisbet. É um movimento corriqueiro e simples como um beijo.

Por um instante, Lisbet não entende. Mas então vê a expressão de Ida olhando para Nethe, iluminada por um amor tão intenso que parece indecente testemunhar. É o mesmo brilho que ela exibia dançando, mas Lisbet o interpretou como loucura, delírio. E, de certa forma, é, porque o significado daquele olhar é impossível.

Lisbet sente como se estivesse caindo. Coloca as mãos firmes nas laterais do corpo, esconde a cabeça entre os joelhos.

Na escuridão da caverna de sua saia, Lisbet organiza sombras, perseguindo-as na neblina. O cacho de cabelo, macio, loiro e secreto. Um pecado tão grave punido com o banimento. Os olhares, a estranha energia entre elas, até aquele dia em que Nethe acompanhou Ida aos casebres dos miseráveis. As ausências noturnas de Nethe. Lisbet morde a língua. Naturalmente, há o choque do pecado, escuro e devorador, mas também uma grande tristeza, pois Ida nunca lhe disse nada.

Ela olha para cima.

— Vocês estão condenadas — declara Lisbet em voz baixa, apesar de querer gritar. *Você mentiu. Você mentiu.* — Que o Diabo leve vocês.

O som que sai da garganta de Ida é abafado, sufocado. Um gemido.

— Não — diz Nethe.

— Foi por isso que mantiveram vocês afastadas — prossegue Lisbet, a mão na barriga. Deixe que pensem que é devota, que é poderosa. Não uma mulher assustada, sozinha e abandonada à própria confusão. — Vocês são pecadoras da pior espécie. Sujas, asquerosas, sodomitas anormais.

Ida se encolhe, mas Nethe devolve o olhar furioso.

— Essas são palavras de *Mutti*. Palavras de Plater.

— São de Deus — retruca Lisbet, arrepiada.

— Não são suas — rebate Nethe. O sangue escorre da sobrancelha, mas ela não o enxuga. — Você não acredita nisso de verdade. Este lugar é a prova. — Ela gesticula para a árvore, para as fitas.

— Não é a mesma coisa — diz Lisbet num repentino surto de medo. — É um pecado da pior espécie.

— E você acha que não sabemos disso? — pergunta Nethe e, libertando-se da imobilidade, ri, um riso histérico, mais fúria do que júbilo. — De acordo com a Igreja, estamos todas perdidas. Ida e eu, você e seus bebês...

— Nethe! — grita Ida, mas Nethe continua.

— Por que você acha que aquelas mulheres dançam? Porque não há maneira terrena de serem salvas. Você e *Mutter* já me disseram vezes o suficiente, Estrasburgo está escorregando para o Inferno. E nós, mulheres, carregamos o fardo. Procriamos ou somos banidas, e sempre, sempre somos condenadas. Orações não podem nos ajudar, os padres não querem nos ajudar. Seus bebês nunca foram abençoados, então foram condenados. Não está certo, isso é que é anormal, não isto aqui. — Ela bate no peito, na altura do coração. — Não é por isso que você vem à sua árvore da sina? Para encontrar um lugar onde possa ser confortada, onde possa encontrar algum tipo de paz? Porque você não tem nenhuma, tem, Lisbet?

Lisbet não pode negar. Embora seu coração dispare diante da impostura, diante do que está ouvindo, ela ainda sente o efeito da árvore no sangue, refrescante, calmante, como um toque materno.

— E eu também não — continua Nethe, respirando com tanta força que cospe perdigotos. — Não encontrei paz na igreja quando criança, nem nas minhas obrigações. Não encontrei buscando no silêncio da minha alma na abadia, açoitando minhas costas até sangrar. Nem na catedral, onde minha penitência deveria ter fim. Lá, rezei com mais intensidade que nunca para encontrar isto: o sossego do meu coração. Paz. Segurança. Mas não está em lugar nenhum, exceto com esta mulher.

— Nethe — chama Ida, desesperada. — Por favor, chega.

— Ela quer saber, então deixe que saiba — diz Nethe, andando de um lado para o outro como um urso enjaulado. — A gente se ama desde criança. Não é só luxúria, nenhuma esquisitice. É um amor tão profundo e natural quanto as raízes em que pisamos. Planejamos nossa vida em torno disso, desse amor. Planejamos o casamento de Ida com Henne, para que eu me casasse com Alef Plater, e todos nós viveríamos juntos.

— Não é possível que vocês acharam que isso daria certo, viver vidas inteiras na mentira.

— Era melhor do que viver uma sem a outra — diz Ida em voz baixa. — Eu não amava Henne, Bet. Não precisa ficar com ciúmes.

Lisbet suspira, pois não está enciumada. Está apenas desorientada, espantada de que tenham pensado que tal tolice fosse algum tipo de vida.

— Mas Plater nos descobriu — prossegue Nethe. — Sete anos atrás, aqui na floresta. Ele e Henne nos encontraram.

— Henne? — Lisbet se recompõe. — Ele sabe?

— Ele sabe, e ele assistiu a Alef me espancar — diz Nethe, e agora não existe apenas paixão em sua voz. Há também espanto de que seu irmão pudesse agir assim. Tristeza. — Ele deixou Alef me bater até quase me matar. E ficou assistindo...

— Não — interrompe Ida. — Ela não precisa saber tudo.

— Precisa, sim — diz Nethe. — Precisa saber com quem se casou.

As mulheres se encaram, e Lisbet sente Nethe abrandar. No entanto, não quer ser poupada.

— Quero saber.

Nethe respira fundo.

— Henne ficou assistindo. Não fez nada para impedir Alef, nem mesmo quando caí inconsciente. Talvez ele tenha impedido Alef de fazer coisa pior, mas não vou absolvê-lo de sua inação. E então ele deixou Alef me dar uma escolha. Alef disse que eu poderia me casar com ele, ou ser enviada para as montanhas. Naquela época, ele estava começando a trabalhar para os Vinte e Um, e o poder deles já estava endurecendo seu coração.

— Ele também me ofereceu uma escolha — assume Ida, com a voz muito baixa. — O mesmo exílio, mas para um mosteiro diferente, depois que Nethe escolheu partir. Foi por isso que brigamos, Bet. Eu escolhi o caminho covarde. Escolhi ficar.

— Eu estava errada em chamá-la de covarde — diz Nethe com a voz embargada. — Você é a mais corajosa de todas nós, por aguentar um casamento tão cruel. — Ela volta a atenção para Lisbet. — Plater levou o que eu mais amava e o prendeu a ele. Sabia que machucaria mais do que qualquer golpe, qualquer exílio. E Ida ficou por causa do pai, vejo isso agora. Plater teria deixado Mathias à mercê dos Vinte e Um e seus impostos. Ida aceitou um casamento sem amor, brutal, por causa do pai.

— Não foi completamente sem amor — corrige Ida. — Não com as crianças que nasceram com saúde. Não, tendo você como amiga, Bet.

Lisbet se sente afundando mais e mais para fora da realidade, nas sombras, no abismo do que descobriu. Ida se casou como castigo. Cada criança, uma penitência. E Lisbet a achava tão abençoada.

O rosto de Nethe reluz em desafio. Parece ter esquecido que Eren está de pé no limite da clareira, parece ter esquecido que cada palavra dita aprofunda sua desgraça.

— E cada instante desses anos eu passei tentando esfolar Ida da minha pele, me desfazer de mim mesma para poder esquecer tudo o que ela me ajudou a construir. Sangrei para me livrar dela, como uma doença. Acreditei que era pecado amar essa mulher. Achei que tivesse conseguido. Mas, assim que voltei, senti a bondade dela em tudo, desde o pão da minha primeira refeição até suas atenções na igreja. Não pude esquecê-la mais do que pude esquecer a mim mesma, Lisbet. E então parei de tentar.

Ela parece mais alta do que nunca, espalhada pela clareira como se fosse outra árvore, enraizada e firme.

— Se isso nos faz pecadoras, que assim seja. Mas acho que você sabe que existe mais neste mundo do que o mero pecado. Foi por isso que você veio para cá, para este local pagão, um lugar que a Igreja condenaria, e o tornou sagrado. Acho que é por isso que você anda com um turco, um sinal e um sintoma do maior inimigo da cristandade.

Nesse ponto, Lisbet olha de relance para Eren, agachado nas sombras. Cabisbaixo, está tão imóvel que poderia ter se transformado em pedra.

Nethe para de andar de um lado para o outro. Seu peito sobe e desce.

— Acho que você entende.

— É impossível — resmunga Lisbet. — Vocês não podem fazer isso.

— Somos castas — comenta Ida em voz baixa. Lisbet suspira, desconsolada. — Acredite em mim. Sei do risco que corremos até mesmo se formos vistas juntas, mas nosso amor é casto, Bet. É o melhor que podemos fazer. Não consigo viver sem ela.

Ela começa a chorar, e a determinação de Lisbet, já enfraquecida, evapora.

— Não chore — diz ela. — Ai, Ida, por que você não me contou?

— Por todas as razões que você teme. Se Alef descobrisse... — Ela estremece. — Não queria que você se juntasse a nós na mentira.

— Mas, se vocês são realmente castas, então é amizade. Não podem condená-las por isso.

— Claro que podem — retruca Ida. — Alef nunca vai acreditar nisso. Quebraria o meu pescoço, e a lei permitiria. Não que ele fosse deixar alguém saber que é corno.

Agora é a vez de Lisbet estremecer. Sabe que Plater não hesitaria em cometer violência contra qualquer uma delas. Compreende a verdadeira miséria do castigo de Ida: o fato de Plater ser seu dono é uma tortura.

Condenou a mulher com quem queria se casar ao silêncio, manteve a mulher que ela amava numa espécie de purgatório.

Lisbet passa a mão no braço da amiga.

— O que pensariam seus filhos se vocês fossem expostas?

— Ela é Ida também — diz Nethe. — Não é só esposa, não é só mãe.

— Não estou dizendo... — Lisbet aperta as têmporas com as mãos. — Isso não está levando a lugar nenhum. Tudo o que estou dizendo é que não pode continuar. A dança, para todos verem.

— Eu sei — acata Ida em voz muito baixa. — Nós sabemos. Não temos outro lugar para ir.

As palavras são ditas antes que Lisbet consiga engoli-las.

— Aqui — oferece Lisbet. — Se é verdade que são castas e apenas amigas.

Piscando através de lágrimas, Ida faz que sim.

— É verdade, Lisbet. Juro.

— Então podemos nos encontrar aqui, juntas.

Um silêncio surpreso saúda suas palavras. A própria Lisbet não consegue acreditar no que disse.

— Tem certeza? — A voz de Nethe está rouca de tanta emoção.

Devagar, Lisbet faz que sim.

— É preciso que haja um lugar seguro para vocês. Não revelarei para ninguém. E é uma árvore da dança, afinal de contas.

Nethe grita de alegria, e o rosto de Ida se enche de luz.

— Mas vocês não podem tocar em nada, e precisam cobrir o caminho com os espinheiros. E não devem contar a ninguém.

Ela olha para Nethe ao dizer isso e sabe que ela entende que Lisbet se refere a Eren, assim como à árvore. Nethe faz que sim com a cabeça e estende a mão cheia de cicatrizes para ajudar Lisbet a se levantar.

Nethe lhe devolve o seixo, e Lisbet o deixa cair abaixo das fitas. Ela as observa oscilar sob uma brisa leve, as estrelas cegas à frente. A partir de agora, estão envolvidas nos segredos umas das outras, unidas com tanta firmeza quanto as raízes à terra.

Duzentas e vinte e nove dançam

Dorit é uma eterna penitente. Quando menina, a mãe e o pai incutiram a ideia de redenção nela e nos irmãos. Os que sobreviveram estão hoje enclausurados em mosteiros e em um convento, mas Dorit tem um propósito mais elevado. Não consegue se trancar atrás de muros altos, isolar-se em orações. Seu chamado é acompanhar o desastre como um sabujo, oferecendo mente e corpo na esperança de salvação.

Com esse fim, ela tomou a estrada para Estrasburgo. Os tempos são desesperadores por lá, como em muitas cidades, e piores do que na maioria. Desde que o cometa amaldiçoou o século, Estrasburgo se tornou infame, assolada por demônios. Dorit embala suas tesouras mais afiadas, coleta as cinzas de suas fogueiras noturnas. Desgasta os dentes com pequenos espetos sem gume, come apenas cogumelos crus e grama. Seu ventre incha e ela não se lava, e chega à cidade fedendo, triunfante.

Não é a primeira a ter essa ideia. A estrada está tomada por homens e mulheres, suas costas castigadas por açoites, cabeças raspadas, cinzas passadas pelo rosto, pelos seios, e todos levam rosários nas mãos e rezam. Ela terá de ir além de suas penitências usuais. Vende seus últimos dentes, que são arrancados sem um gole de álcool. Recusa-se a envolver os ferimentos com gaze e sangra abertamente, deixando que a terra sedenta sorva das feridas. Com a moeda, vai a uma taverna e paga três mulheres para saírem. Elas dão de ombros e dizem que querem mesmo é ver as dançarinas.

Dorit segue as três. São prostitutas, está claro pelo jeito como se vestem e se comportam, o jeito fácil com que jogam o corpo pelas ruas. Dorit nunca teve tanta naturalidade. Seu corpo é o lugar de castigo por todos os seus pecados terrenos e dos outros também. Orgulha-se de seu sofrimento, mas, observando essas mulheres, algo dentro dela se agita.

Elas vão ao mercado de cavalos, mas não há animais à vista. Em vez disso, existe um palco em que as mulheres sobem, ziguezagueando entre as outras e dançando. Mas está claro que, embora essas sejam impostoras, a maioria não é. Ela reconhece o olhar fixo, a verdadeira manifestação de um transe. É uma condição que ela alcançou apenas duas vezes, através de dor extrema, e o local onde arrancou a pele da panturrilha ainda coça na preciosa memória.

Dorit se força a se juntar a elas. Está claro que é a primeira vez que muitas sucumbem ao domínio da divindade. Vão se esgotar com a mesma rapidez de uma vela no caminho do vento. Mesmo enquanto ela observa, uma mulher desfalece, convulsionando uma, duas vezes, os olhos virados para trás, brancos como ovos descascados. Expira longamente, e, quando é pisoteada, repetidas vezes, não se mexe. Morta, então.

Leva um tempo até que alguém além de Dorit perceba, então a dançarina é carregada sobre a multidão, punhos flácidos como pombas estranguladas. Será levada para a cova rasa de indigentes.

Dorit sorri, as gengivas expostas e sensíveis, e começa a rodar. Há mártires a serem declarados aqui. Vai mostrar a elas como se faz. Vai ensiná-las como podem se redimir.

12

— De pé tão cedo?

Sem o lenço branco engomado na cabeça, Sophey parece encolhida e frágil, como um bebê sem fraldas. Um bebê cujos dentes estão nascendo, pensa Lisbet, não inteiramente sem bondade, enquanto observa Sophey mancar pela cozinha, com a mão no rosto. Sua mandíbula está inchada em torno de um dente inflamado, a pele vermelha. O cabelo gruda em mechas finas na testa, fofo como o de um pintinho atrás da orelha. O couro cabeludo pálido está à mostra, e Lisbet pensa no que Eren lhe contou sobre as teorias na cidade, sobre sangue quente e cérebros inchados, perguntando-se se o da sogra está apertando o crânio.

A pele ao redor dos olhos de Lisbet está esticada e fina como asas de abelha. Ela não dormiu, embora todo o seu corpo doesse de cansaço. O bebê chutou e chutou, machucando as costelas até ela não poder fazer mais nada a não ser se levantar e cuidar das abelhas, na esperança de que o zumbido delas acalmasse a criança, acalmasse a própria mente inquieta.

— O que está acontecendo com você? — Os olhos pretos de Sophey perfuram a barriga de Lisbet. — É o menino de Henne?

Lisbet balança a cabeça e joga o cabelo para trás. Sophey semicerra os olhos.

— Suas mãos estão sujas.

Lisbet cerra os punhos com força sobre o colo. Embora tenha esfregado e esfregado, as unhas ainda estão sujas de lama do chão da floresta, de quando ela tirou terra para jogar em Nethe. Olhando em retrospecto, aquelas horas têm uma aura irreal de sonho, mas ali, sob suas unhas, está a prova.

No caminho de volta para casa, Eren seguindo atrás à distância, e Nethe concentrada nos próprios pés com os passos deliberados de uma bêbada, Lisbet perguntou a Nethe se ela realmente compreendia os riscos que corria caso Plater as descobrisse.

Nethe parou abruptamente, e seu olhar foi tão parecido com o de Henne, tão sério, que Lisbet estremeceu.

— Desmembramento — disse ela. — Afogamento. — Então voltou a cabeça para o caminho adiante e continuou a andar.

Agora, Lisbet olha para a sogra do outro lado da mesa, que, depois de todos esses anos passados lado a lado, ainda está tão distante dela. Sabem tão pouco uma da outra.

— Você está um caco — comenta Sophey.

Lisbet encontra seu olhar sem piscar. Seus olhos ardem de exaustão. Sophey suga o ar entre os dentes e cospe sangue no quintal, pegando o lenço e começando a amarrá-lo com movimentos ágeis e familiares. Com o lenço no lugar, ela é a verdadeira Sophey outra vez, inatingível.

— Tem água fresca? — pergunta Sophey. — E você já olhou as abelhas?

Lisbet faz que sim, a cabeça pesando no pescoço, a língua seca.

— Para a cama, então — diz Sophey bruscamente. Lisbet pisca para ela, surpresa. — Assim como está não serve para nada. Muda e com olhos mortos ainda por cima. De volta para a cama, e acorde minha filha.

Lisbet se levanta obedientemente, os joelhos estalando.

— Vai ficar mais fácil — diz Sophey — quando Henne voltar.

Por fim, Lisbet pigarreia.

— Sim.

Sophey confundiu seu silêncio com saudade, seu semblante de enfado com melancolia. Mas, depois do que soube na noite anterior, na árvore da dança, Lisbet ficaria feliz se nunca mais visse Henne. Como ele poderia assistir à própria irmã ser espancada e banida, Ida ser casada sob coação, e não protegê-las? Lisbet observa Sophey e se pergunta se e o que ela sabe. Sua evidente antipatia por Ida, sua necessidade de mantê-la afastada da filha — será que Lisbet poderia perguntar?

Sophey faz uma imitação cruel do olhar arregalado e perscrutador de Lisbet.

— Você está indo?

Não, decide Lisbet. Não poderia.

Nethe está esparramada na cama, a boca escancarada, exatamente como Henne quando dorme.

— Nethe — chama Lisbet, e, como a cunhada não se mexe, ela coloca a mão no ombro de Nethe e aperta. — Agnethe.

Nethe sorri despreocupada e vira o rosto para descansá-lo na mão de Lisbet, que se afasta bruscamente, e Nethe abre os olhos.

— Nethe, sua mãe precisa de você.

Nethe resmunga: um bafo de cerveja azeda chega até Lisbet.

— Estou cansada.

— Não tão cansada quanto eu — rebate Lisbet. — Ela quer que você se levante.

— Ela não pode se contentar com você? Diga a ela que estou com dor de cabeça.

— Aposto que está mesmo — diz Lisbet. — Ela me mandou voltar para a cama.

— Você falou sério? — diz Nethe, sem se mexer.

— Não entendi.

— A árvore da dança — esclarece Nethe. — Nós podemos mesmo ir?

Lisbet não queria ter dito isso, não queria que nada daquilo tivesse acontecido na noite passada.

— Hoje à noite? — pergunta Nethe.

— Se eu não conseguir dormir, não vai acontecer nada.

— Posso encontrar a árvore sem você — argumenta Nethe.

— E eu posso acordar Sophey.

Nethe arregala os olhos, mas sem a intensidade habitual. O resto da cerveja ainda embaça seus olhos.

— Você não faria isso.

— Não — admite Lisbet. — Mas, se você não me deixar dormir agora, Sophey vai encontrar a filha assassinada e a nora na forca.

Nethe ri.

— Sombrio, Lisbet.

— Como breu.

•

Lisbet acorda confusa. Seu sono foi sem sonhos, exceto pelo fato de que estava no mar, num barco que subia e descia nas ondas. Suas coxas estão grudentas e, no quarto escuro e fechado, ela não consegue ver por quê. Tateia a camisola, levantando a saia e esfregando as mãos nas pernas. Leva a mão ao nariz, já sabendo que há sangue nos dedos, antecipando o cheiro de ferro na palma da mão — mas não. Lambe o dedo indicador. Sal. É apenas suor.

Volta a se deitar no estrado, o coração desacelerando aos poucos, e coloca a mão sobre a barriga. *Ainda aqui, ainda aqui. Meu menino.*

Ergue-se na cama com dificuldade. O quarto está insuportavelmente quente. O cabelo está grudado nas costas, na testa. Sem dúvida, ela fede tanto quanto Nethe. Será que Sophey sentiu o cheiro da bebida na filha? Lisbet costumava pensar que a sogra via tudo, sabia de tudo, mas agora percebe que ela é apenas uma mulher, que sofreu tantas vezes e é tão assustada quanto qualquer um deles com a maldição que seu adorado Geiler lançou sobre todos, em particular sobre Agnethe.

Ela presta atenção, mas não escuta nada. Nem os roncos dos músicos, nem os ruídos de Sophey. As pálpebras começam a se fechar. Poderia dormir mais, dormir novamente. Ela deveria, caso Nethe não insistisse tanto na visita de hoje à noite.

Lisbet está adormecendo quando ouve um grito a certa distância. Ela se levanta novamente, escutando. Outro grito, de raiva ou alarme, e então, com atraso, os cachorros começam a latir. Lisbet se esforça para se pôr de pé.

O quintal está escuro pelo crepúsculo. Ela dormiu o dia inteiro. Lisbet espanta as galinhas enquanto se apressa em direção ao rebuliço, o corpo ainda não totalmente desperto para conseguir correr. A barriga parece sempre mais pesada depois do sono, e ela está ofegante quando chega ao pátio das colmeias. O que vê é o suficiente para tirar seu fôlego.

A princípio, não faz sentido. Os cachorros correm em círculos ensandecidos ao redor da cerca do pátio das colmeias. Sophey está de pé no limite da floresta, brandindo o ancinho e gritando. Das árvores, Lisbet pode ouvir, mas não ver, Nethe, berrando como se estivesse numa caçada. E entre elas, entre Lisbet e Sophey, e Sophey e Nethe, o ar está borrado, espesso de tanta abelha.

As costelas de Lisbet se expandem, cortando cada respiração. Porque a dor é tão intensa que ela sabe que não está sonhando. Recompõe-se, segurando e apertando os braços, afastando o pânico que fervilha pelo corpo.

— Parem de gritar — pede ela com um tom de voz melódico, como se cantasse uma cantiga infantil. — Parem de gritar, Sophey, Nethe. Parem de gritar.

Sophey não escuta. Lisbet examina o céu. As abelhas voam sobre tudo, tornando o calor visível, ondulando no ar parado. Mas não são um corpo único. Ela consegue ver a profundeza do céu através delas, as nuvens, que não há lua nem estrelas ainda. Não são um enxame. Mas o que perturbou sua cunhada e sua sogra perturbou também as abelhas, e a ameaça cresce com a histeria das duas.

Primeiro, ela precisa dar conta dos cachorros. São os prováveis alvos. Assobia chamando-os. Ulf obedece, e Fluh acompanha quando vê Ulf sentado aos pés de Lisbet. Ela carrega o cachorro menor, que mordisca e late, e leva Ulf para a cozinha, onde também prende Fluh, fechando a porta.

Lisbet vê o galpão de prensagem. Poderia buscar os aventais, a máscara de palha, a rede. Mais imediatamente, entretanto, precisa dar fim ao barulho, acalmar o ar para que as abelhas comecem a se acalmar.

— Frau Wiler? — Lisbet vira a cabeça. Frederich está ali, boquiaberto, o tambor pendurado na cintura. Os olhos vermelhos de quem acabou de voltar da cidade.

— Não diga nada — murmura Lisbet. O tambor lhe deu uma ideia.
— Onde está Eren?

— Na cama, acho...

Lisbet corta a frase.

— Vá buscá-lo — diz naquela mesma voz melíflua, entusiasmada com o pensamento de que dormem separados apenas por uma parede e não há nenhuma outra alma em casa. — E o alaúde.

Frederich faz que sim ao compreender e corre para casa, o tambor batendo nos quadris. Lisbet se encolhe, mas as abelhas ainda são uma maré flutuante. Na floresta, Nethe parou de gritar, ou está longe demais para ser ouvida. Lisbet se aproxima de Sophey.

— Pare de gritar — fala repetidas vezes enquanto anda, até que, finalmente, Sophey se vira para ela, o rosto inchado e vermelho, fervilhando de raiva.

— Ladrão! — grita ela. — Olhe só!

— Pare de gritar — repete Lisbet e levanta as mãos lentamente acima da cabeça. Sophey se cala e seu rosto empalidece. Ela baixa o ancinho.

— O que fazemos? — articula com os lábios Sophey. Lisbet abaixa as mãos.

— Fique aí.

Ela anda o mais devagar que pode até em casa. Enquanto vai, vê para o que Sophey estava apontando. O cone de duas colmeias de palha trançada virados de cabeça para baixo, jogados um sobre o outro, e ao lado deles nada sequer semelhante a uma colmeia. Apenas destroços. Ela se força a desviar o olhar, a passar por esse desastre e ir em direção a Eren, que está parado com seu alaúde, Frederich ao lado dele.

Ela gesticula para ele, pedindo que toque. Ele ergue as sobrancelhas. *Tem certeza?*

Devagar, murmura ela. *Com delicadeza.*

Ele ergue o instrumento para o centro do corpo, no lugar onde ela carrega sua criança, e o abraça. Começa a tocar.

A beleza disso atinge Lisbet no peito. Não é parecido com nada que ela já tenha ouvido e, ao mesmo tempo, é totalmente familiar, como algo que alguém cantou para ela em um sonho. Observa as abelhas e, por algum milagre, elas ainda não estão enxameando, embora duas colônias tenham tido suas casas despedaçadas. Com Eren tocando para elas, Lisbet confia o suficiente na situação para se afastar.

No interior quente e apertado do galpão, ela respira mais fundo. O cheiro de cera preenche suas narinas, aconchegante e limpo. Ela pega o véu, o avental e a rede, mantendo os movimentos lentos, apesar de não ter ninguém observando, tentando fazer com que as batidas do coração acompanhem o ritmo da música de Eren, de forma que, quando se aproximar das abelhas, elas a vejam apenas como uma extensão da canção, um acalento de carne e osso.

Espalha duas faixas de mel das colmeias destruídas nos pulsos. São colmeias mais antigas, colônias cultivadas pelo pai de Henne. O mel delas é dourado-claro e tem o cheiro da floresta. Ela pega uma das tigelas rasas e a enche de sebo, deixando cair um cubo de cera de abelha para adocicar o odor. Acende o pavio com a pederneira na parede e, quando sai, arranca alecrim do arbusto do lado de fora e espalha sobre o fogo para que a coisa toda comece a exalar uma fumaça perfumada.

Sophey anda com cuidado para se juntar a ela e leva a tigela em seus dedos rígidos como se fosse uma dança que tivessem ensaiado, ambas se movendo ao ritmo da música de Eren. A mulher mais velha se apruma e, sem medo, guia Lisbet ao coração do pátio das colmeias, como se fossem uma procissão em missa solene, espalhando incenso pela catedral.

As abelhas, já embaladas pela música, estão mais baixo no céu, caindo sobre elas como uma rede, mesmo quando Lisbet ergue a própria rede e começa a trabalhar. Há uma leve hesitação na performance de Eren, os dedos se atrapalhando quando as mulheres entram na nuvem de abelhas, mas ele logo reencontra o ritmo.

Lisbet vai para o meio delas, orientando-as com delicadeza para suas seções no pátio, em direção às colmeias. Do canto do olho, vê uma figura emergir da floresta, mas Nethe tem o bom senso de permanecer onde está e de não fazer perguntas.

Leva uma eternidade, mas Lisbet está recuperada pelo sono e trabalha como se tivesse treinado para este momento a vida inteira, uma vida que, até então, havia sido cheia de ruína, maldições e sangue e que agora é apenas música, beleza e abelhas, a sogra em procissão à frente, ungindo o caminho com a fumaça. De certa forma, ela sente um pouco do poder que um padre deve sentir, colocando cada animal no seu lugar, eliminando o pânico e a desorientação que sentem. Dando-lhes paz. As abelhas desalojadas voam e pairam em uma cortina acima das colmeias destruídas.

— E agora? — murmura Sophey, quase sem mover os lábios. Lisbet sabe que não há nada a fazer por elas. Não há colmeias sobressalentes, nem colmeias prontas, e, mesmo que houvesse, as abelhas não as aceitariam tão rapidamente. Lisbet põe a rede de lado e se abaixa com cuidado, de joelhos junto às abelhas da primeira colmeia. Tateia entre os destroços, o favo de mel sangrando em suas mãos, os alvéolos e os hexágonos perfeitos despedaçados, até que finalmente a encontra. A abelha rainha, quase tão grande quanto o polegar dela, as asas quebradas e grudadas aos restos de sua cavidade. A partir dela, tudo cresceu. Sem ela, as abelhas ficam perdidas. Ela a esmaga com as unhas, o ato de misericórdia mais rápido que pode conceder.

É inútil chorar, mas ela sente as lágrimas queimando quando se vira para a outra colmeia. Esta rainha é mais difícil de encontrar, e ela corre os olhos pelas abelhas acima, procurando por ela entre suas súditas. Nenhum sinal.

— Lisbet... — começa Sophey, mas Lisbet balança a cabeça.

Levanta a colmeia para vasculhar a parte de baixo, encontra os formatos perfeitos dos favos, alisa as finas teias de papel, tão intrincadas que nenhum ser humano poderia construí-las, até que, por fim, presa atrás de uma concha de cera amassada, ela a encontra.

A rainha se ergue dos restos da colmeia, zumbindo forte. A abelha enorme oscila, esbarra na bochecha de Lisbet. Ela sente as asas roçarem de leve, como teias de aranha partidas, então ela voa para o alto e é envolta por sua colônia. As abelhas sobem com ela, como se a rainha fosse uma âncora feita de ar, como se suas amarras fossem cortadas de repente, e a seguem floresta adentro.

13

Os cinco se sentam ao redor da mesa escovada num silêncio atordoado. Frederich olha para Lisbet com uma expressão quase de reverência, Nethe respira alto, e Eren mantém os dedos esguios esticados sobre a madeira. Sophey deu a Lisbet a melhor cadeira, aquela que fica firme nas quatro pernas, respeito que reserva apenas para o filho.

Lisbet mal consegue ficar em silêncio, muito menos imóvel. Sua perna balança, a pele formiga. Sente-se inundada de sangue e ar, triunfante.

— Supreendente — diz Frederich por fim. — Extraordinário. A senhora é bruxa, Frau Wiler?

— Fred — alerta Eren. — Não seja bobo.

Lisbet olha para ele, sentado entre Nethe e o tocador de tambor. Acha que sente a mesma energia irradiando dele, a mesma glória. O alaúde descansa mudo sobre a mesa, entre as canecas de cerveja preta que Sophey serviu para todos. Ela chegou a sorrir quando entregou a de Eren, não recuou quando suas mãos se tocaram. Apenas a caneca de Nethe está intocada, o rosto empalidecendo com o cheiro.

— O que aconteceu? — indaga Lisbet por fim. — Quem fez isso?

— Um menino — responde Sophey. — Nethe viu.

Nethe concorda.

— Estava roubando os favos.

— Roubando feio — acrescenta Sophey. — Deixou tanto quanto levou e causou um tremendo estrago.

— Um menino? — Um estalo estremeceu a voz de Lisbet. — Como ele era?

Nethe dá de ombros.

— Um menino. Cabelo escuro, magrinho. São todos iguais nessa idade.

— Cabelo escuro — repete Lisbet. — Que altura? Assim?

— Por aí.

— Olhos azuis? Afastados? Pele amarelada?

— Já te falei — diz Nethe, impaciente. — Poderia ser qualquer criança. Ele tinha a língua afiada, só para constar. Parecia pensar que tinha o direito de estar ali.

Lisbet recosta na cadeira. Um medo corroendo-a, uma suspeita.

— O que foi? — pergunta Sophey, com o olho penetrante sobre ela. — O que você sabe?

— Nada — responde Lisbet, um pouco rápido demais. É verdade, mas ela suspeita.

— Um dos pestinhas para quem você dá esmola? — insiste Sophey, e Lisbet se encolhe, pois a sogra acertou muito perto do alvo.

Ela se lembra do menino ao lado de Plater, empunhando um ancinho, o menino que a viu no mercado com Eren. Que talvez tenha visto Ida e Nethe dançando.

Daniel Lehmann.

A família dele com certeza está bastante desesperada. E o que Nethe diz sobre acreditar que ele tivesse o direito de pegar os favos... Será que ele pensou em usar o que viu como chantagem em troca de silêncio? Ela espera que não, pois Nethe já rompeu qualquer acordo desse tipo antes mesmo do início.

— Tem muita gente necessitada — diz ela com toda a autoridade que consegue reunir. — Os Vinte e Um forçaram metade da cidade a ir para as ruas desde que a peste da dança começou.

— É verdade — diz Eren, mas Sophey não olha para ele. Sua recém-adquirida tolerância ao turco claramente não chega a tanto. — Todas as tavernas e pensões fecharam.

— Quase todas. — Frederich sorri com malícia, e Eren faz um gesto convulsivo, sem dúvida reflexo de um chute debaixo da mesa dirigido à canela do companheiro.

Sophey passa a mão pelo rosto. Parece cada vez mais inchado.

— Vamos precisar de proteção — diz ela depois de alguns instantes.

— Mais do que esses cachorros inúteis. Eles só começaram a latir quando você gritou, Nethe.

— Proteção? — questiona Nethe. — De que tipo?

— Homens — responde ela, e Frederich estufa o peito. — Homens fortes. — Frederich murcha.

— Você sabe que isso significa homens de Plater? — pergunta Lisbet, sem conseguir esconder a repulsa. — Ele controla todos os brutamontes da cidade.

— O que for preciso. — Sophey dá de ombros. — Não podemos sofrer outro roubo.

— O que Plater quer é justamente ajudar nesse tipo de roubo — diz Lisbet com fervor. — Não foi esse o motivo da carta? O que Henne iria achar...

— Ele iria achar bom você demonstrar respeito pela mãe dele — interrompe Sophey, esquecendo a ternura anterior. — Vou ao empírico amanhã desse jeito para arrancar o dente. Converso com Plater então.

Com esforço, ela se levanta e sai batendo o pé.

Frederich solta o ar com bastante barulho.

— Tocadores de tambor são fortes, sabe?

— Não é hora de brincadeira, Frederich — vocifera Eren.

— Não. — Frederich boceja. — Mas é hora de ir para a cama. Tive um dia e tanto.

— Nenhum de nós precisa ouvir isso — rebate Eren. Ele está observando Lisbet, que sente sua atenção como ferro em brasa.

— Encantador — comenta Frederich baixinho. — Boa noite, belas damas, senhora das abelhas. — Encena para Lisbet uma reverência antes de se voltar para Eren. — Tenha cuidado, amigo. A cidade ainda é um espetáculo lamentável. Não invejo seus serões.

Ele sai assobiando pela casa e fecha a porta com um pouco de força demais. Lisbet sempre se encantou com esse hábito dos homens, dos irmãos a Henne. Como se movem pelo mundo de forma tão barulhenta, tão descuidada, sem pensar em quem os ouve ou se incomodam os outros. Mas Eren não. Ele parece compartilhar sua qualidade, a qualidade que a maioria das mulheres tem, de se sentar tão quieto a ponto de ser esquecido ali.

Lisbet desvia o olhar dele para Nethe e vê que a cunhada tem os olhos fixos nela.

— Agora?

Lisbet suspira. Seu encontro ilícito. As abelhas tinham afastado isso da sua mente.

— Tão cedo?

— Combinei com Ida depois do pôr do sol, para nos encontrarmos no rio. Ela estará esperando.

Lisbet balança a cabeça. É tão diferente a imagem que tem de Ida, pensar na amiga deixando as crianças dormindo para sair pela floresta escura encontrar uma mulher que Lisbet achava que ela desprezava. Mas então ela aprendeu muitas coisas que antes não sabia sobre Ida.

— É seguro. *Mutti* está tomando ópio para o dente — comenta Nethe, levantando-se e passando a mão pelo cabelo curto. — Já, já estará dormindo.

— Está cansada, Frau Wiler? — pergunta Eren, gentil.

Ela entende que ele quer protegê-la, mas a verdade é que a pergunta a irrita. Será que ele não viu o que ela fez, o que ela é capaz de fazer? Talvez Frederich esteja certo — talvez seja uma espécie de bruxaria, um dom, o bem que ela tem para oferecer ao mundo. *Senhora das abelhas.*

E uma parte dela quer ir até a árvore, ver as fitas dos seus bebês e contar a eles o que sua mãe conseguiu fazer, como conjurou as abelhas, fez com que entrassem em harmonia com seu ritmo com a mesma facilidade com que Eren tocava o alaúde. Quantas vezes ela já foi até lá chorando? Não seria bom levar sua vitória para eles?

— Não — responde ela. — Eu vou, Nethe.

Nethe solta um gritinho baixo e junta o restante da cerveja e do pão, embrulhando tudo em um saco, como fizeram para Henne antes da viagem a Heidelberg.

— Será que Sophey não vai sentir falta?

— A gente pode jogar a culpa no tocador de tambor — sugere Nethe.

— É o mínimo que ele merece — diz Eren, divertindo-se. Lisbet retribui o sorriso.

— Devo acompanhar vocês? — pergunta ele. — Não vão precisar de mim na cidade por algumas horas. Posso não ser um homem forte, mas tenho minha faca.

— Sua faca não me interessa — diz Nethe, em crescente bom humor. — Mas traga seu alaúde, e pode tocar algo mais adequado para mulheres do que abelhas.

— Nethe — diz Lisbet, advertindo a cunhada. — Você está se deixando levar.

— Esse — responde Nethe, os olhos ardentes — é justamente o objetivo.

•

Lisbet não esqueceu a primeira vez que atravessou a escuridão rumo à árvore da dança com um bebê no ventre. Como sentiu os cordões mais frouxos, sua delicada unidade se espalhando, mas ela permite a si mesma não se deter nisso, não traçar uma linha entre isso e aquilo. Esta noite, decide, vai esquecer todas as suas tristezas, todos os seus pecados, mesmo enquanto se aventura pela floresta como errante pecadora. A alegria de Nethe é contagiante, ela sente que toma conta do seu sangue.

As cordas do alaúde de Eren ressoam enquanto ele anda, levando-o nas costas como um arco. Sente-o atrás dela, próximo, mas não tão perto a ponto de ouvir qualquer coisa além da badalada discordante. Vão sem luz, levando uma pederneira e um pacote de velas que Nethe insistiu que Sophey não sentiria falta, farejando o caminho pela floresta silenciosa. Deveriam ter medo, e talvez isso seja a fronteira do que ela sente sob sua alegria, sua euforia, mas isso torna tudo ainda mais delicioso.

Ida já está à beira do rio, uma figura pequena e frágil envolta na luz da tocha. Embora Nethe corra para abraçá-la, é Lisbet quem Ida abraça primeiro, um abraço apertado e mais longo do que de costume, e Lisbet compreende e aceita o gesto como um pedido de desculpas.

Lisbet lidera o caminho através das árvores. Consegue ouvir Nethe contando a Ida sobre o roubo, sobre a maestria de Lisbet com as abelhas, e se regozija diante das exclamações de Ida.

Ela se sente intocável, forjada pela sensação das abelhas ao redor, a rainha estalando entre seus dedos. Suas preocupações com Daniel Lehmann e Plater foram esquecidas. Os espinheiros se separam, a luz da tocha de Ida ilumina toda a clareira, e ali estão a árvore da dança e as fitas de seus bebês, e ela se sente em paz.

Nethe grita e se afasta de Ida, girando com os braços esticados, como se estivesse bêbada de novo.

— A gente pode subir? — pergunta Nethe, apontando para a plataforma. Lisbet faz que sim, observando os pés da cunhada, que chegam perigosamente perto de desarrumar as lembranças assentadas com tanto cuidado.

— Está bem firme — diz ela.

— Você dá conta de subir? — pergunta Eren junto ao seu ombro. Ela imagina conseguir sentir o calor do corpo dele. Em resposta, Lisbet vai até a escada, improvisada, porém segura, e começa a subir. Na verdade, ela nunca tentou subir quando estava tão grande e jamais numa escuridão como esta. Mas é movida pelo deleite, e, respirando com esforço, escala a plataforma e acena lá de cima para ele, rindo do seu espanto.

Nethe e Ida seguem logo atrás, e Eren vem depois, com cuidado, até que eles se sentam de pernas cruzadas frente a frente, como haviam feito com Sophey e Frederich à mesa, num silêncio incrédulo. Ida, então, começa a rir; Nethe a acompanha e tira a garrafa de cerveja do saco, a náusea aparentemente esquecida.

— É verdade que você fez isto aqui? — pergunta Nethe, limpando a boca e passando a garrafa para Ida.

Lisbet faz que sim.

— As tábuas, a corda e todo o resto são de uma casa que fica mais escondida por aqui. — Eren franze a testa, e Lisbet elabora. — Tem por aí muito lugar abandonado, casas de pagãos, rebeldes e outros mais.

— Esses bosques guardam muitos segredos — comenta Nethe, colocando as velas sobre a plataforma.

Ele balança a cabeça.

— Mal consigo acreditar que foi você quem construiu isso.

— Só fiz consertar — declara Lisbet e aceita a cerveja, pois não há mais nada para fazer com as mãos. — Árvores da dança eram comuns desde que meus pais eram crianças. Essa aqui estava abandonada, mas os apoios eram firmes. Era simples, apenas cinco tábuas apoiadas nos galhos, alguns pregos. — Ela ri com o espanto pouco lisonjeiro em seu rosto. — Já fui jovem, sem barriga e forte.

— Ela sempre foi forte — confirma Ida, estendendo a garrafa de novo. Lisbet passa adiante sem beber. — Quando Henne a trouxe, achei que fosse um erro, um feixe de cevada facilmente chacoalhado, facilmente quebrável. Mas ela não envergava tão fácil, mesmo depois de tudo que teve de enfrentar.

Para sua surpresa, Lisbet sente um aperto na garganta. Mas Ida está errada. Ela envergou, quebrou, muitas vezes. Desvia o olhar para as fitas frouxas penduradas na árvore.

Ida escorrega a mão magra entre as dela.

— Você é um encanto, Bet. Agnethe me contou como você deu conta das abelhas.

— E sobre o ladrão?

— Claro — diz Ida, franzindo a testa. — É triste ver tanta gente passando necessidade, tantos miseráveis.

Lisbet respira fundo. Quer contar para Ida sua suspeita, seu medo de que tenha sido Daniel, que pode agora mesmo estar levando sua mensagem para Plater, arruinando-os todos. Mas Ida vira o rosto e pega a cerveja mais uma vez.

— Fico surpresa por você ter vindo — comenta Nethe, olhando para Eren. — É comum turcos se associarem a sodomitas?

— Nethe — diz Lisbet em tom de advertência.

— Talvez, não — responde Eren com calma. — Mas, de certa forma, é comum para um músico.

Lisbet sorri a contragosto. Jamais conheceu um homem com tanto senso de humor. Henne não vê graça em nada, herdou da mãe a inclinação para olhares de censura em vez de alegria. E sua crueldade em trair Nethe... De onde veio isso?

— Eu sabia — diz Nethe. — O tocador de tambor?

Eren abaixa a cabeça, acariciando as cordas do alaúde. Lisbet sente o estômago revirar.

— Frederich? Ele é... — Ela se sente tão ingênua quanto um bebê. Tudo ao seu redor, vidas diferentes daquilo que conhecia, uma linguagem secreta.

— Ele gosta de um guarda — responde Eren. — Da prisão.

O rosto de Lisbet cora e ela odeia isso, odeia sua ingenuidade.

— Rá! — diz Nethe. — Está vendo, estamos por toda parte, basta procurar. E os Vinte e Um não escapam. Até no convento eu me perguntava sobre algumas das irmãs. Mas, é claro — complementa, estendendo os braços, como se fosse acalmar Ida —, eu não tinha interesse.

— Nethe — diz Ida baixinho. — Por favor.

— Tão educada a nossa Ida. Acho que estamos prontas para uma dança — anuncia Nethe, batendo palmas. — Toque alguma coisa para nós.

— Nethe — repreende Lisbet.

— Peço desculpas — diz Nethe, levantando-se e fazendo uma reverência como se fosse um homem. Ida ri, e Lisbet olha para ela, impressionada. O que existe dentro dessas mulheres? Elas enlouqueceram na companhia uma da outra. — Por gentileza, meu caro turco, toque para nós.

Com o olhar, Lisbet se desculpa para Eren, mas ele se limita a levantar o alaúde. Desta vez, toca algo rápido, revigorante e jovial, uma dança sem a complexidade anterior. Nethe puxa Ida, que se levanta, e logo as duas mulheres gritam e batem os pés, testando a confiança de Lisbet em seu trabalho à medida que a plataforma treme e balança. Elas não pararam para acender as velas, e seus olhos e dentes cintilam.

Sentindo-se deslocada, Lisbet se afasta para dar mais espaço a elas, apoiando-se no tronco. Mais uma vez, Nethe assume a atitude de um homem, girando Ida desenfreadamente sob a copa da árvore. Para Lisbet, este sempre havia sido um lugar sossegado, semelhante à igreja que Nethe reconheceu de início. Mas a música preenche até as vigas, agarrando-se aos galhos, fazendo brilhar as folhas, e agora faz todo sentido para ela por que os pagãos escolheram ter suas festas ali.

Eren toca outra melodia, e as mulheres dançam e dançam, levantando a saia, mostrando as panturrilhas nuas e os pés descalços, até que Ida implora a Eren algo mais lento. Ele começa a tocar uma canção ritmada, com melodia mais familiar e calma, e Ida estende a mão para Lisbet, ofegante.

— Venha, você não está tão velha.

Lisbet revira os olhos e aceita a mão, mas Nethe também precisa estender a dela para que consigam levantá-la. As três mulheres rodopiam sob a árvore da dança, de mãos dadas, um círculo fora do qual Eren se senta, antecipando e orquestrando seu ritmo. Lisbet fecha os olhos e deixa que Ida e Nethe a conduzam, a cabeça girando até ela perceber que vai cair, cair e se machucar, machucar a si e ao bebê, cair da árvore se não parar de girar, se não abrir os olhos. Mas, ainda assim, ela se deixa ser conduzida, girando e girando, até a música cessar.

As mulheres não se separam, mas se entreolham até que Ida as puxa para perto. Lisbet sente que braços a envolvem, a barriga presa entre eles, dura feito pedra. Lisbet sente a bochecha macia de Ida na sua enquanto envolve as duas com os braços, as três cambaleando, os corações batendo uns contra os outros. Lisbet sente que poderia ficar ali para sempre, respirando com essas mulheres, presa no momento em que compreende tudo e nada que existe entre elas.

Mas então Ida as solta e Lisbet esbarra em Nethe, sólida e forte como o irmão, que ri e a ajuda a se sentar de volta na plataforma.

— Com um movimento desses, quem precisa de bebida? — pergunta Nethe, enquanto Ida cai de joelhos, ofegante.

— Preciso de água — diz ela. — Está quente demais.

— Está quente dia e noite — comenta Nethe, bebendo mais um gole da garrafa. — Água não resolve.

— Ainda assim — diz Ida —, preciso ir até o rio.

Nethe revira os olhos e, mais uma vez, ajuda Ida a se levantar.

— Você sempre foi uma criança.

— Leve a garrafa — pede Lisbet. — Eu também ficaria muito satisfeita com um pouco de água.

— Você não vem? — pergunta Ida, olhando para Eren. Lisbet sente o rosto corar.

— Vou me sentar mais longe — avisa Eren — e não me mexer até vocês voltarem.

Ainda assim, Ida hesita, e Lisbet entende. Eren não só é um homem: é um turco, um estranho, um músico itinerante. Representa tudo de ruim em todas as histórias ruins que já lhe foram contadas. Mas a sede é maior, e Ida se permite ser conduzida por Nethe, a garrafa na mão.

Lisbet já ficou sozinha com Eren antes, mas esta noite é diferente, neste lugar que ela nunca imaginou compartilhar com ninguém. Sua ousadia desaparece, e ela fixa os olhos no céu, sustentado pelos galhos cruzados. Eren parece contente com o silêncio deles e, mais uma vez, pega o alaúde.

Desta vez, ele toca algo lindo e lento, mais triste do que aquilo com que embalou as abelhas. Combina com as arestas suaves, um lamento inconfundível. Lisbet fecha os olhos novamente e se recosta no tronco.

Deixa-se levar, deixa seus pensamentos vagarem, e isso lhe traz lembranças. Lembra-se da primeira criança que carregou e da segunda. Chega a ela cada uma de suas crianças, desenrolando-se da música como espíritos: corpos de luz, almas de ouro. Ela sempre achou que não era verdade o que *Pater* Hansen pregava na igreja, que qualquer criança não ungida por sua mão antes da morte estaria condenada. Mas aqui, ela também sente, sabe que não pode ser assim. Cada uma daquelas crianças é lembrada, cada uma contava. Estão todas salvas.

Quando Eren para de tocar, ela se força a olhar para ele, e ele está olhando para ela. Ele sabe o que ela sente, e é uma sensação de tamanho poder que ela perde o fôlego. Ela se inclina para junto dele como o bambu para a água, os olhos já se fechando, os lábios entreabertos.

— Lisbet...

Em vez dos lábios dele nos seus, uma das mãos em seu ombro. Em vez de um abraço, um delicado aperto afastando-a. O calor domina seu rosto. Ela não consegue olhar nos olhos dele.

Ela se levanta aos tropeços.

— Tenho de... Preciso...

Ignora o delicado chamado dele e desce a escada, a barriga batendo nos degraus, e, quando o escuta tocar novamente, sabe que ele não está vindo atrás. Ela se xinga de todos os nomes ruins que consegue pensar, constrangimento e vergonha pulsando dentro da cabeça como um tambor.

Diz para si mesma que foi um momento de loucura, embora saiba que é mentira. Se ele tivesse retribuído o beijo... Ela balança a cabeça para se livrar do pensamento. É claro que ele não faria isso. Ela é casada, velha e está carregando a criança de outro homem.

A boca de Lisbet está seca, o corpo dolorido. Vai encontrar Nethe e Ida no rio, afastar-se de seu estranhamento, do sentimento que inunda seus ossos. Se ele é capaz de fingir que não aconteceu, ela também é.

Atravessa a floresta, acostumando a vista à escuridão, reunindo os pensamentos errantes, o coração, embrulhando-os com firmeza dentro dela mais uma vez, contendo-os. Eles afloram sem controle como peixes reluzentes numa rede, e ela os comprime de novo.

À medida que se aproxima do rio, vê pequeninos círculos de luz, escuta murmúrios, risadas curtas. Há gente agrupada esparsamente entre as árvores, e ela tenta passar despercebida, lembrando-se do homem faminto com a faca enferrujada. Reduz o passo: toma mais cuidado com o lugar onde pisa, o coração acelerando. Mas os grupos parecem ser de um tipo diferente. Os decretos dos Vinte e Um levaram famílias ao bosque, e todos são tão cautelosos quanto ela: vê rostos de crianças iluminados pela luz das fogueiras, pilhas de roupas sobre as quais dormem bebês fazendo beicinho.

Ela abraça as sombras, escolhendo a vegetação mais densa, por onde as famílias ainda não se aventuraram. Aqui, o solo é mais uma vez pantanoso e a margem está repleta de galhos arrastados pela água. Está tão determinada na tarefa de se tornar invisível que não reconhece os ruídos, pensando se tratarem de uma coruja, de uma raposa uivando ao longe. Mas, quando chega à margem que costumava usar para se banhar, cercada por samambaias, protegida e perfeita para passar sem ser notada, o que vê é impossível, inconfundível.

Ida está sentada num grande tronco apodrecido, onde Lisbet às vezes seca as roupas. Um dia, ela encontrou um cervo afogado e trazido para cá pela água, o corpinho marrom macio e inchado. A visão do cervo lhe ocorre agora, no brilho obsceno da língua de Ida entre os dentes, na forma como sua cabeça se recosta no ombro. Seus membros pálidos estão afastados, e ela está aberta dos braços à boca, o rosto lavado numa expressão de tal abandono que Lisbet sente vergonha por testemunhar a cena mesmo antes de ver Nethe de joelhos diante dela, a cabeça dourada entre as pernas de Ida.

Se Lisbet tivesse alguma dúvida do que vê, um instante depois Ida geme de novo, um som agudo e animalesco, e se debruça sobre Nethe, agarrando-a pela nuca, puxando-a para cima, curvando-se para encontrar a boca da amiga, e então se beijam, os joelhos de Nethe na lama, as pernas de Ida abraçando a cintura de Nethe, os braços mergulhados em suas costas.

Lisbet deveria dizer a elas que está ali. Deveria gritar ou berrar, espancá-las pelo pecado que cometem, pela tolice. Mas não consegue falar, não consegue fazer nada além de tropeçar desajeitada de volta à sombra, o coração batendo forte. De repente, então, ela vê alguém se mexer atrás das mulheres.

Alguém mais as observa. Uma figura agachada, o rosto inchado e monstruoso, os dedos entrelaçados e segurando um ancinho. Ao lado, uma silhueta maior emerge das trevas. Poderiam ter saído diretamente dos muros da catedral. O Diabo e seu cúmplice, vindo buscar a alma delas.

— Ida! — grita ela. — Agnethe!

Mas é tarde demais. Mesmo enquanto as mulheres se separam, as silhuetas correm para dentro da lama. Não o Diabo e um demônio, mas igualmente perigosos. Lisbet os reconhece assim que alcançam Ida e Nethe. Daniel, as faces vermelhas e purulentas por causa das picadas das abelhas, os dedos magros inchados pelo veneno. E atrás dele, incólume, mas ainda mais grotesco, está Plater. Seu rosto reluz, triunfante, enquanto agarra Ida pelo cabelo, arrancando-a do tronco.

— *Hure* — grita ele. — Sodomita. Herege.

Nethe ruge e ergue o punho para atacar Plater, mas Ida grita.

— Corra, Nethe, por favor!

— Puta — rosna Plater, cara a cara com Agnethe. O ódio toma conta do seu rosto deformado. — Eu devia ter arrebentado você.

— Foi o mais perto que conseguiu chegar de mim, Alef. — Nethe se iguala em altura e fúria. — Solte-a. Ela não quer você, não mais do que eu quero.

— Agnethe — geme Ida. — Vá embora.

— Rápido, menino — ordena Plater, a mão embolada no cabelo de Ida. — Arranque as tripas dela.

Daniel está segurando o ancinho, o mesmo que usou para dispersar as dançarinas no palco do mercado. Os olhos reviram no rosto sofrido e inchado, e Lisbet percebe a hesitação. Ele não fará isso, não é? Não se tornou um monstro tão rapidamente — isso demanda virilidade. A pausa, por fim, provoca uma reação da parte dela. Lisbet se apressa e se interpõe entre Nethe e Daniel.

— Vá em frente! — vocifera Plater.

— Daniel — diz ela. — Não faça isso. Você não vai poder voltar atrás.

O menino respira com dificuldade — deve ter engolido uma abelha, o ferrão alojado na garganta. Ela escuta o arfar e quer abraçá-lo.

— Agora, garoto! — ordena Plater. Mas o chiado da respiração de Daniel se torna mais pronunciado. Suas pálpebras inchadas baixam, e Lisbet se aproxima dele, afastando o ancinho.

— Está tudo bem, Daniel — diz ela, no mesmo tom que usou para acalmar as abelhas depois que ele destruiu as colmeias. Por alguns instantes, pensa que ele vai deixar que ela o segure, mas Plater urra e dá um passo à frente. Ida grita quando ele a arrasta, e isso faz com que Daniel levante o ancinho como se fosse uma marionete. Lisbet se vira e empurra Nethe com toda a sua força.

— Vá embora! — sibila, o peito arfando. — Vá!

O rosto de Nethe se distorce num grito silencioso. Parece mais raivosa, mais desesperada do que qualquer ser que Lisbet já tenha visto.

— Deixe que eu cuido dela — diz Lisbet. — Vá embora, ou tudo terá sido em vão.

Então uma força, um sopro de vento quando o ombro de Plater passa por Lisbet, e ela perde o equilíbrio e cai em cima do tronco. Ele toma o ancinho de Daniel, e Ida grita para que Nethe corra.

Arfando, uma expressão miserável no rosto, Nethe levanta a saia. Sem olhar para trás, ela foge floresta adentro.

Ida ainda está presa, as mãos agarrando o punho do marido, mostrando com o corpo uma rendição que revela que essa não é a primeira vez que é tratada com tamanha brutalidade. Lisbet se ajoelha sobre a amiga, tentando libertá-la. Ida está choramingando.

— Ela acha tão fácil deixar você — provoca Plater, mas sua voz estremece. — Sua cachorra. Sua vagabunda.

— Por favor, solte-a!

— Isso não é da sua conta, Frau Wiler — cospe Plater. — Qual é a sensação, Ida? Ver que ela abandona você mais uma vez ao seu destino?

— Solte-a! — grita Lisbet, tentando verter parte da raiva que viu no rosto de Nethe.

— Bet — diz Ida baixinho. — O bebê.

— Sim — acrescenta Plater. — Não queremos outro fracasso, queremos?

Ela o odeia, com um calor tão intenso e avassalador que poderia estar amarrada a uma estaca e sentir as chamas lambendo seu rosto. Desatinada, pensa em arrancar o ancinho de Daniel das mãos de Plater, enfiá-lo fundo na barriga dele e torcer e torcer.

Um murmúrio vem das árvores ao redor, e Lisbet ergue os olhos. Das sombras, surgem pessoas: mulheres e crianças, homens mais velhos apoiados em pedaços de pau encontrados no chão. As famílias expulsas da cidade. Sua forma é indefinida na escuridão, os rostos esculpidos pela mesma fome, olhos imensos e desconhecidos. Exceto... ali.

Eren. Lisbet seria capaz de chorar de alívio ao vê-lo. Ele se move no meio das pessoas como se tentasse se aproximar dela, mas Lisbet balança a cabeça discretamente. *Não*.

A presença deles surte novo efeito em Plater. Ele arrasta Ida para que fique de pé e transfere a força do seu domínio para o braço da mulher.

— Para onde a está levando? — pergunta Lisbet, encorajada pelos observadores.

— Isso não é da sua conta — responde ele.

— Se pretende matá-la — diz ela, aumentando a voz —, somos todos testemunhas.

— Sou membro do conselho. Isto é assunto para o nosso tribunal.

— O que foi que ela fez? — reclama um observador.

— Estava dançando falsamente — responde Plater. — Vai ser castigada junto com as outras blasfemas.

— Ele está mentindo! — grita Lisbet. — Ela não fez nada de errado.

— Se pretende cometer perjúrio — declara Plater, mas Lisbet não se importa. Diria qualquer coisa, faria qualquer coisa para consertar isso.

— Posso jurar pela vida do meu filho...

— E para que serve isso? — desdenha Plater.

Ela perde o fôlego.

— Frau Wiler? — A voz de Daniel é fina como agulha. Ele estende a mão em súplica. — Posso levar a senhora para casa?

— Não chegue perto de mim — dispara ela. — Lamento cada momento de generosidade que lhe dediquei. Que o Diabo o carregue.

Plater está arrastando Ida para longe, não na direção do moinho, mas para a cidade. Lisbet começa a segui-los, mas Ida olha por cima do ombro.

— Para casa, Bet — diz ela. — Por favor.

Dentro dela, o bebê está imóvel. Depois de um tempo incontável, quando os observadores dispersaram e ela se sente só, Lisbet ouve a voz de Eren, sente seu toque hesitante no ombro, a mesma pressão que usou para afastá-la.

Mas agora ela se vira para ele e desaba em seus braços, e ele permite. Ela se embrenha por dentro da túnica de Eren, berrando até ficar sem voz. Está tão escuro, seus olhos fechados, é como estar junto ao rio novamente, quando ela tirou *Mutti* da água, os bolsos cheios de pedras. Segurando *Mutti*, amada, louca e afogada nos braços. Ela sente tudo se desfazendo da mesma forma, tudo ruindo da mesma forma.

Foi tão ingênua ao pensar que poderiam ter paz, ao pensar que qualquer uma delas poderia ser salva. O mundo está acabando, pensa, e ela não pode fazer nada além de assistir ao seu desmoronamento.

Trezentas e quinze dançam

Ela veio apenas para observar. Trude se lembra disso, ali junto ao palco, mas, desde que viu a mulher de cabelo preto solto, sua determinação esmoreceu.

Já tinha visto episódios de mania antes, é claro. O padre, *Mutti*, os irmãos — usavam nomes diferentes para o que seu pai era, mas todos deixavam claro que não se tratava de algo que ele tinha. Não era como varíola, ou uma fratura no crânio. Era o que ele era.

Maníaco era uma palavra, a pior delas. Trude conhecia a história de Greiger, que preso à fogueira de santo Antônio sentiu ferros queimando sua pele até tentar arrancá-los, e nas cidades sempre havia um grande número de maníacos acometidos por tristezas ou fúrias tão devastadoras que pareciam mais animais do que humanos.

A mania de *Papa* não era assim. Não era alta e, na maior parte do tempo, não apavorava. Era um vazio silencioso, como um ninho abandonado, ou então ele era um pássaro caído do poleiro, deixado para morrer, debatendo-se na grama. Sentia dor, como Greiger sentiu, e tristeza e fúria como aqueles miseráveis na cidade, mas tudo isso emergia em quietude. Seus membros ficavam pesados: as pernas arrastavam e os braços eram tão fracos que Trude precisava banhá-lo. Ele e *Mutti* nunca mais se deitaram juntos depois de Trude, e ele ficava em um leito de lona junto à lareira, enquanto Trude dormia com *Mutti*.

No fim, não havia cura senão vinagre, ópio e orações. Antes, quando havia esperança de mudança, eram relíquias, aquecidas no fogo e colocadas em compressas sobre suas têmporas e seus tornozelos. Trude fez um amuleto de fezes e pele de lebre e o colocou embaixo do travesseiro de *Papa*, até que ele se desfez por causa das moscas. *Mutti* chegou a levá-los para ver o cometa, retirado do solo e colocado no altar em Eninsheim. Era do tamanho dos punhos de dois homens juntos. Do tamanho das mãos de *Papa*, unidas em oração. A jornada foi longa, e eles não puderam retornar ao local, mas, quando voltaram para casa, Trude juntou os dois punhos e os colocou nas mãos de *Papa*, para que ele pudesse se lembrar do cometa enviado por Deus.

Trude não amava ninguém tanto quanto amava *Papa*. Não contou isso para *Mutti*, ou para os irmãos, pois eles pareciam odiá-lo. Tampouco contou para *Papa* em voz alta, mas espera que ele soubesse.

Desde que ele morreu, ela se sentiu perdida. Mas ali em cima do palco há uma mulher dançando, que tem os olhos cinza de *Papa*, e Trude não consegue se afastar dela. Vai para o lado dela e tenta juntar os punhos nas mãos da moça, mas a mulher já está longe dali. Ela não é seu *Papa*, claro que não. E não há em seu rosto a mesma dor: seus olhos cinza estão em êxtase. Todas essas mulheres: elas exibem os dentes por alegria, não por tristeza. Como seria, Trude pensa, perder a tristeza e transformá-la em luz?

Trude diz a *Papa* que o ama, em alto e bom som. Ela se junta à dança.

14

Lisbet acorda com a língua pesada. Estende o braço, mas é claro que Nethe não está ao seu lado. A lembrança da noite anterior se abate sobre ela e isso é tudo o que pode fazer para não se deixar sucumbir de novo. O bebê chuta uma, duas vezes. Ela precisa beber, precisa alimentá-los com algo.

A pele de seu rosto parece esticada. Consegue ouvir duas pessoas conversando, um homem e uma mulher. É Sophey, mas não com Eren. Não com Henne. E, graças a Deus, não com Plater. Ouve crianças rindo. Lisbet se esforça para chegar à porta e abri-la, sentindo as mãos separadas do restante do corpo, apêndices amarrados a ela na altura dos punhos.

Sophey e Mathias estão sentados à mesa. De mãos dadas e rostos lavados de lágrimas. Mathias segura uma trouxa de roupas no colo.

Sophey olha para ela. Seu rosto está tão inchado em torno do dente podre que parece ter enchimento. Atrás deles, a porta está aberta. Ulf refestelado na soleira, e Lisbet vê crianças correndo atrás de Fluh. Ilse, a menina de cabelo cor de cobre, e seus irmãos. No colo de Mathias, o menino mais novo de Ida, Rolf, se mexe. Lá fora, as crianças riem e batem palma enquanto Fluh corre sob a luz do dia, perseguindo uma mosca ou uma abelha. Ela só pode ter dormido algumas poucas horas. *Bom.* Precisa do tempo a seu favor.

— Lisbet — chama Sophey. Sua voz é abafada pelo inchaço do dente ruim, espessa como a língua de Lisbet no momento. — Será que é verdade?

Lisbet se serve de uma pequena caneca de cerveja. Precisa se concentrar no que faz para não derrubá-la, para não apertá-la com força demais ou soltá-la sem querer. Bebe com vontade, o líquido morno soltando sua língua das gengivas.

— Mathias está contando que Ida está presa. Agnethe fugiu, está escondida na floresta como uma rebelde. — Sophey solta uma risada seca e o sangue espirra de sua boca na mesa imaculada. Ela não faz qualquer movimento para limpá-la e os olhos de Mathias estão tão vazios e distantes que Lisbet suspeita que ele não tenha nem percebido o sangue salpicado nas mãos unidas de ambos. — O turco disse que encontrou você andando como que encantada na floresta.

— Eren? — pergunta Lisbet, e Sophey olha firme para ela.

— O turco, como eu disse.

— Onde ele está?

— Ele e o tocador de tambor estão na cidade. Ele disse que viu Ida sendo presa. Isso é verdade?

— É — responde Lisbet. — Plater a levou.

— Você viu as duas juntas? Agnethe e Ida?

Lisbet hesita, a mente aturdida demais para construir alguma coisa sobre o alicerce cuidadoso deixado por Eren. Mathias solta as mãos de Sophey e se joga de bruços no chão. O bebê começa a chorar imediatamente e Lisbet se adianta para resgatá-lo, tirando-o do espaço entre o corpo estremecido de Mathias e a quina dura da mesa.

— *Mein Gott, mein Gott* — grita Mathias. — Elas estão condenadas. Elas estão amaldiçoadas.

As pálpebras rosadas de Rolf abrem e ela o acalma, balançando-o de um lado para o outro, como já viu Ida fazer. O rostinho é gordo e ele exala um ar doce pela boca, antes que suas pálpebras se fechem de novo. Seus seios doem. Ela sente o corpo do bebê relaxar e o seu enrijecer em resposta.

— Não — diz ela. — Podemos ir à prisão. Deve estar lotada de dançarinas impostoras, ladrõezinhos e outros. Vão ficar felizes de se livrar dela. Não sabem que ela é...

Não tem palavras para o que Ida é. Não quer usar as palavras que Plater atirou ao ar na clareira. Mãe, amante de Nethe, a melhor amiga que Lisbet poderia ter.

— Porque ela de fato está lá — conclui Lisbet. — Podemos dar dinheiro a eles. Você pode pagar. Precisamos trazê-la de volta para casa.

Ela olha para baixo e vê Rolf dormindo em seus braços. Não o verá sem mãe.

— Você acha que pode libertar Ida? — questiona Sophey, a voz dividida entre desdém e choro. — Não vão ouvir você, não com a palavra de Plater acima da sua. Ele testemunha contra a própria mulher. Você acha que sua voz vai contar para quê?

— Então a gente fica aqui sentado, chorando, é isso? — rosna Lisbet, assustando Rolf. Imediatamente, ele começa a chorar. — Vamos deixar que ele impute seu castigo sobre elas, como da última vez?

— Você sabe? — diz Sophey.

— Não graças a você — dispara Lisbet.

— Então sabe que são pecadoras — diz ela. Mathias geme, a cabeça ainda afundada nos braços. — Precisamos deixar os tribunais decidirem...

— Os tribunais pertencem a homens como Plater — argumenta Lisbet, acima do barulho de Rolf. Ilse chega timidamente à porta. O rosto é exatamente igual ao de Ida e isso faz os dentes de Lisbet doerem. Ela passa o bebê para a irmã, e a menina pega a criança nos braços rechonchudos e acostumados.

— Tem leite — avisa Lisbet. — E mel. Vá ali para dar de comer a ele.

Ilse sai apressada, a cabeça cor de cobre inclinada obedientemente, Rolf quase do seu tamanho.

— Ele vai fazer isso — diz ela. — Vai deixar as crianças sem mãe, porque ela desobedeceu a ele. Não a Deus. A ele. Plater age como se ele e Deus fossem um só.

— Blasfêmia — reage Sophey, fazendo o sinal da cruz.

— Blasfêmia, sim! — grita Lisbet. — Mas ele não é um servo de Deus. Ele só serve a si mesmo.

— Mais uma razão para a ida à prisão não servir de nada.

— Então, tentemos, pelo menos. Se você não quiser, vou sozinha.

Lisbet dá as costas e passa por Ulf. O cachorro se levanta para segui-la e ela o impede. Os meninos não param de brincar para olhar para ela. Estão em seu próprio mundo, Fluh correndo entre eles. Ela ignora a visão das crianças, enfim levantando poeira em seu quintal.

O cavalo da carroça de Mathias está amarrado ao lado do galpão de prensagem. É mais elegante do que a deles, mais bem conservada, e na carroceria estão sacos e mais sacos de farinha recém-moída. Um plano está se formando na mente de Lisbet. Ela vai até a prisão, oferecerá toda a farinha de Mathias, toda a cera deles. Oferecerá qualquer coisa, em troca de Ida.

Um puxão na sua manga. Vinagre e podridão.

— Não vai dar certo. — A voz de Sophey é pura tristeza. A irritação de Lisbet se desfaz quando ela encara a mulher idosa. O pano envolvendo o dente inflamado circunda a cabeça dela de um jeito bizarro.

— Preciso tentar.

Sophey suspira e sobe na carroça, pegando as rédeas.

— Mathias vai tomar conta das crianças. Você desatrela a mula. Meus dedos não dão conta dos nós.

•

A chegada à cidade é um pesadelo, mesmo em plena luz do dia. Elas alcançam um bloqueio, um lugar onde carroças e pessoas se acumulam e param. Lisbet, com cuidado, debruça-se para fora e vê Hilde Lehmann se destacando no meio do tumulto, o rosto sujo de cinzas e a mão estendida. Hilde avista Lisbet e se aproxima dela.

— Uma moeda?

— Nenhuma — diz Sophey, mas Lisbet revira os bolsos.

— Onde está Daniel? — pergunta ela.

— Não aparece em casa desde ontem à noite — responde Hilde, apontando para o burburinho adiante. — A minha mãe está dançando.

Lisbet se levanta na carroça parada e vê uma mulher suja de poeira dançando. É Frau Lehmann, e o marido está ao lado dela, chorando de soluçar, embora, sob a luz do sol inclemente, Lisbet não veja lágrimas no rosto dele enquanto estende as mãos para os pedestres curiosos.

Hilde a ignora.

— Os músicos ainda estão na sua casa? Se estiverem, a gente pode incluir eles no lucro, se puderem tocar enquanto ela dança.

Lisbet a dispensa com um aceno.

— Diga a sua mãe que pare. Se a Igreja descobrir que ela está fingindo...

— Daniel agora trabalha para a Igreja — explica Hilde com ar de superioridade. — Espeta as dançarinas.

— Eu... — Lisbet se detém antes de dizer "Eu sei".

— Tem uma moeda?

— Só uma. — Lisbet dá uma pequenina moeda e Hilde a agarra antes de correr para a próxima carroça. Elas avançam lentamente, passam por Frau Lehmann, que agora simula um rebolado obsceno, provocando o escárnio dos transeuntes. Lisbet afasta o olhar, enjoada.

Aproximam-se do mercado de cavalos, Sophey chicoteando as rédeas e afastando a mula das pessoas, levando-as por um longo desvio até a prisão. Quando atravessam as portas abertas, Lisbet vê as mulheres dando voltas. Não sente a mesma calma da outra noite: à luz do dia, elas parecem magras e abatidas, levantando os pés como mulas a caminho do abatedouro.

As bochechas de Sophey foram sugadas entre os dentes: pela fresta aberta entre as mandíbulas sob o pano que a envolve, Lisbet sabe que ela está mordiscando o canto da boca, parando apenas para cuspir sangue no chão. Lisbet acha que interpretou mal a sogra. Ela não era indiferente, apenas tinha medo. Ainda está apavorada, e mesmo assim aqui está, ao lado de Lisbet, passando por esse tumulto.

A prisão fica nos arredores da cidade, ladeando o rio, de forma que elas seguem pela estrada que acompanha os muros. A cada curva, ouve-se o som de músicos tocando, ocasionalmente interrompido pelos sinos que badalam para as bênçãos. Lisbet se pergunta como alguém consegue dormir. O bebê se mexe e ela o imagina levantando os braços em resposta, conhecendo música do jeito que todos parecem conhecer desde antes do nascimento. Elas chegam à guilda dos curtumes, igualmente lotada. Há um palco na entrada, e Lisbet vê Frederich, os pés abertos fincados nas tábuas, batendo o tambor. A comoção é extraordinária: ela martela seus ouvidos e sacode o bebê com seu ritmo. É a primeira vez que ela o encontra desde que soube o que ele é, mas não sente nada além de alegria ao vê-lo. Com um suspiro, puxa o braço de Sophey para que pare.

— Espere. Só um instante.

Lisbet desce da carroça antes que esteja totalmente parada. Se Sophey chamar por ela, não vai ouvir, pois ergue os cotovelos para proteger a barriga e abre caminho em direção ao palco. Carregada pela maré de gente, ela precisa desviar para se desvencilhar, agachando-se debaixo do palco.

O cheiro é de madeira nova e urina. Ela olha para cima, e a lama que se solta dos pés que dançam despenca no seu rosto. Ela vai para a frente do palco, agarrando-se à barra de madeira como se estivesse numa jangada.

O rosto de Frederich é grave e ele mantém os olhos fixos no céu enquanto bate a palma da mão no couro esticado do tambor.

— Frederich — grita Lisbet. — Frederich!

Suas próprias batidas o ensurdecem. Ela se estica para tocar nas botas do rapaz e bate no tornozelo dele com toda a força. Ele dá um passo atrás e olha para baixo, arregalando os olhos quando a vê.

— Frau Wiler! — Ele se abaixa, de modo que seus rostos ficam na mesma altura. — O que você está fazendo aqui?

— Você precisa vir conosco — chama ela — até a prisão.

Ele franze a testa.

— Por quê?

— Sei que você tem um amante — comenta ela.

O rosto de Frederich se fecha. Ele faz menção de se levantar.

— Não! — grita Lisbet, puxando-o com tanta força que ele cai de joelhos e o tambor ressoa. — Não me importo. Só quero ver a minha amiga.

— Frau Plater — diz ele com seriedade, um tom que revela que Eren já o informou de toda a história. Ela fica contente: acredita que não conseguiria recontar sem chorar. — Ele não vai poder ajudar — prossegue. — É só um guarda.

— Por favor — pede Lisbet. — Por favor, venha comigo. Se fosse você...

Frederich lança um olhar de advertência.

— Não é uma ameaça — apressa-se em acrescentar Lisbet. — Só quero dizer que você pelo menos não gostaria que alguém tentasse?

A mandíbula de Frederich se move. Ele olha para os outros músicos, batendo os pés e tocando como antes, enquanto, diante deles, na guilda dos curtumes, mulheres dançam até morrer.

— Não vai fazer diferença.

— Por favor.

Ele suspira e solta o tambor, passando-o para um dos violinistas. O homem coloca seu instrumento no chão e passa a cabeça pela alça do tambor. Sem perguntar, sem hesitar, ele começa a tocar. Frederich torce o nariz.

— Preocupação zero com o ritmo — diz enquanto desce do palco, acompanhando Lisbet até Sophey, sentada na carroça.

Uma fila se formou atrás dela, outros carroceiros lançam impropérios e xingamentos, mas ela permanece sentada, impassível, a multidão se movimentando ao redor dela como um rio faz ao encontrar uma rocha.

— Belo chapéu, Frau Wiler — comenta Frederich, olhando a faixa enquanto escala os sacos de farinha.

Lisbet se arrasta para o lado de Sophey, que se inclina e sussurra:

— O tocador de tambor?

— Rápido — diz Lisbet. Sophey estala a língua para a mula e para Lisbet.

A rocha da prisão se ergue abruptamente, emergindo do Reno, apenas a margem pantanosa ao lado, conduzindo a uma plataforma de madeira onde barcos atracam e pessoas são afogadas nas águas escuras. Rio acima, o matadouro de carneiros despeja vísceras e sangue no rio, as margens descoloridas. Ao atravessarem a ponte, Lisbet vê mãos brancas tremulando nas janelinhas gradeadas, abertas na rocha, como bandeiras de rendição.

Há uma fila em frente ao portão principal de pessoas nos mais diversos estados de angústia. Uma mulher, de cabeça descoberta debaixo do sol, grita e rasga as roupas. Ao lado dela, duas crianças magras tremem, andando descalças, agarradas às saias da mulher. Os paralelepípedos aqui são bem cuidados, mas retêm calor como brasas. Depois que desce da carroça, Lisbet revira os bolsos, mas eles estão vazios, a última moeda entregue a Hilde. Frederich se aproxima dela.

— Aquele é Peter — diz ele, indicando o primeiro da fila. Lisbet estica o pescoço e vê um guarda parado lá, bloqueando as portas principais.

— Ele não gosta de mim, mas vai deixar a gente entrar se dermos algo para ele. O que você tem?

— Farinha — responde Lisbet, apontando para a carroça. — E muito mel na fazenda.

— Ele prefere cerveja — diz Frederich —, mas deixe-me ver o que posso fazer. Qual é o nome completo dela?

— Ida Ilse Plater — responde Lisbet, tentando abafar o som do lamento da mulher, a visão de seus filhos claramente famintos. — Ela foi presa...

— Hoje de manhã, sim.

Frederich se aproxima do guarda, abrindo caminho pela multidão com aquela facilidade que ele tem, como se tivesse todo o direito do mundo de estar ali, embora seja claro que os outros estão esperando há horas sob o sol inclemente. Sophey cutuca Lisbet com força nas costelas.

— Ele conhece o guarda?

— Conhece.

— Já passou por aqui, não foi?

— Não é o que está pensando — diz ela. *É pior*, pensa.

Sophey funga e passa os olhos pela mulher com as duas crianças trêmulas. Dá um passo adiante, desenrolando o pano do rosto. Lisbet a vê se contorcendo quando a pressão reconfortante é removida, mas Sophey rasga o pano em quatro faixas.

Atônita, Lisbet observa Sophey Wiler se ajoelhar nos paralelepípedos escaldantes diante das duas crianças — meninas ou meninos, impossível dizer. Faz sinal para que descansem as mãos imundas em seus ombros, para que ela possa levantar seus pezinhos, um por um, para enfaixá-los. A mãe não percebe, mas o rosto das crianças passa da angústia para o alívio à medida que o pano forma um escudo entre seus pés e os paralelepípedos escaldantes. Sophey se levanta e volta para o lado de Lisbet.

Lisbet tenta não encará-la, focando a atenção no guarda e em Frederich, que agora gesticula para a carroça.

— Muito gentil — diz ela para o ar.

Sophey resmunga.

— Sei que você pensa que sou de gelo, Lisbet. Mas sou de carne e osso igual a você. E amo minha filha. E amo a mulher que ela ama. Não me olhe assim, como se esperasse que eu fosse um monstro. Odeio o pecado delas, odeio estar aqui. Mas por Ida, por Nethe... Nunca senti nada diferente de amor e dói saber que não bastou, que elas foram tolas em continuar.

Lisbet é salva de ter de responder por Frederich, que sinaliza para que avancem. Sophey endireita os ombros e puxa Lisbet através da multidão que fica para trás.

— Dois sacos de farinha — diz ele. — Lisbet vai poder entrar, e depois você terá de encontrar Karl por conta própria.

— Karl? — pergunta Lisbet ao mesmo tempo que Sophey diz:

— Dois? Se são dois sacos — prossegue Sophey, dirigindo-se ao guarda, o rosto inchado brilha, marcado por cicatrizes de varíola —, então serão duas de nós entrando.

Peter suspira. Ele é baixo e largo, como Eren, mas seu rosto está vermelho como beterraba por causa do calor.

— Esse não foi o acordo.

— Existe algum acordo oficial para esse combinado? — questiona Sophey, fixando no rapaz sua conhecida cara feia.

Peter muda o pé de apoio. Sente calor e está enfadado, e Lisbet sabe que ele cederá mesmo antes de dizer:

— Está bem.

— Bom — diz Sophey. Volta-se para Frederich, que, apesar da seriedade de sua missão, não perdeu o ar de certa brincadeira. — Quem é Karl?

— Ele é loiro e tem barba — responde Frederich. — É da minha altura e tem olhos castanhos. Dê isso a ele. — Tira seu anel com sinete do dedo médio. — Ele vai saber que é meu. Vai ajudar vocês do melhor jeito que puder.

— Obrigada — agradece Lisbet, pegando o anel e apertando as mãos do tocador de tambor, repetindo, pois não há mais nada que possa dizer: — Obrigada.

Frederich dá de ombros e tira um cachimbo do bolso.

— Não posso prometer nada. Pelo menos, vou tomar conta da carroça.

Peter bate três vezes à pesada porta de madeira. Uma janelinha se abre na altura da cabeça e ele tem uma discussão em voz baixa com o guarda lá dentro. A porta abre sem um rangido sequer para um pátio de terra. Lisbet sente o estômago revirar, mas Sophey agarra sua mão e a leva sem hesitar pela porta externa da prisão.

15

O anel de Frederich está quente na mão de Lisbet, assim como a palma de Sophey em sua outra mão. Elas nunca haviam se dado as mãos antes, e Lisbet fica surpresa diante da naturalidade do gesto, é como segurar a mão de *Mutti*. Ela corre os olhos pelos muros altos que cortam um retalho de pano azul no céu abrasador. Ida está aqui, em algum lugar. Das janelas gradeadas pendem mãos, camisas, roupas íntimas e, por um instante, a visão de Lisbet vacila e ela está de volta à árvore da dança, fitas balançando, o céu cortado por galhos. Há a mesma sensação de atravessar o umbral para um mundo inteiramente diferente. Mas este aqui tem uma sensação totalmente díspar: isolamento absoluto, completo desalento.

— É ele? — pergunta Sophey.

Lisbet acompanha o dedo de Sophey e vê que ali, numa segunda porta, está um homem que corresponde à descrição de Frederich, ao lado de outro guarda que está sentado junto a uma mesa larga com um livro grande à frente, debruçado na cadeira enquanto um homem idoso se apoia na madeira e faz gestos suplicantes.

— Acho que sim.

Sophey endireita os ombros e se aproxima.

— Karl?

O guarda de pé semicerra os olhos. Tem o rosto fino como um furão e faces rosadas. Lisbet o imagina na cama com Frederich, com a cabeça jogada para trás como a de Ida. Por que ele está aqui, diante dos portões da prisão, enquanto Ida está atrás? Mesmo no pecado, os homens levam vantagem.

Lisbet estende a mão, mostrando o anel. O guarda sentado tenta ver, mas, antes que possa, Karl coloca a mão enluvada sobre a dela, cerrando o punho. Seus olhos de repente ficam arregalados e assustados. Ele agarra o pulso de Lisbet com mais força e a afasta da mesa, puxando-a em direção ao portão gradeado.

— Quem enviou vocês?

— Frederich — sussurra ela, ciente de que o outro guarda está ignorando o homem idoso para tentar ouvir.

— Não conheço.

— É claro que conhece — retruca Sophey, e Lisbet se assusta. Não explicou o plano a Sophey e ainda assim ela parece já ter entendido a dimensão das coisas. A sogra é um poço de surpresas hoje. — E não precisa ter medo de nós. Ele nos envia com um favor.

O olhar de Karl se alterna entre elas. Ainda suspeita de uma armadilha.

— Quem são vocês?

— Frau Wiler, que hospeda Frederich. — Sophey franze os lábios. — Isto é, quando ele vai para casa.

— Estamos aqui por causa de Ida Plater — declara Lisbet. — Ela é minha amiga. Queremos vê-la.

— Plater... — O rosto de Karl é grave. — A mulher do conselheiro?

— Isso mesmo — confirma Lisbet, ávida. — Por favor, onde ela está?

— Ainda está aqui — responde ele, cauteloso, ainda segurando o punho de Lisbet, mas agora olhando para baixo e aos poucos soltando a mão.

— Sim, sabemos que ela está aqui — dispara Sophey, impaciente.

O olhar de Karl se fixa no anel.

— Mas não por muito tempo.

O estômago de Lisbet se revira.

— Ela não vai ser solta?

O guarda fica inquieto.

— Não. — Ele hesita, olhando para a barriga de Lisbet. — Não sei se...

— Ela pode ouvir qualquer coisa que você diga — interrompe Sophey. — Fale.

Então, Karl olha nos olhos de Lisbet. Os olhos dele são castanhos, como Frederich disse, gentis e tristes.

— Ela foi condenada.

— Já? — questiona Sophey com a voz trêmula. — Como?

— Hoje em dia tem muito julgamento rápido — explica Karl, sem tirar os olhos do rosto de Lisbet. — A peste da dança trouxe muitas impostoras e gente estranha à cidade. Eles distribuem sentenças aos montes, porque não tem lugar para todas na prisão.

— Para onde as levam, então? — pergunta Sophey.

Karl reflete por um instante.

— Sinto muito. A pena já foi dada. Ela vai ser afogada. Hoje.

Lisbet mal consegue se manter de pé. Deve ter empalidecido, porque Karl a segura sob os braços e Sophey a agarra pela cintura. Mas Lisbet está cansada de desmaiar, cansada de ser vista como frágil. Empurra os dois.

— Quero vê-la.

— Impossível...

Lisbet mostra o anel.

— Tudo é impossível. É impossível que Ida seja condenada ao afogamento pelo mesmo pecado que você carrega.

Karl a encara boquiaberto.

— Ela é uma dançarina impostora.

— Ela ama uma mulher.

Karl fica pálido, manda Lisbet se calar, mas ela não ficará em silêncio.

— Ela ainda está aí dentro e você tem as chaves. Então isso é possível. Você me dará essa única coisa, mesmo que esteja tudo errado e podre. E você vai me levar até a minha amiga.

Eles se entreolham por um longo tempo. Ele está com medo: Lisbet percebe isso pelas narinas dilatadas e pela cor na face. Mas ele pega o anel de Frederich e o coloca no dedo.

— Venham comigo.

Entram no corredor escuro e desviam dos degraus de madeira que levam a uma das torres, seguindo os que descem. Lisbet se escuda na coragem que assumiu à força lá fora. Precisa ser forte quando vir Ida. Não pode demonstrar seu terror.

Karl deu uma desculpa ao seu companheiro para satisfazê-lo, e o guarda respondeu de maneira lasciva, de olho em Lisbet. Com certeza ele pensa que Lisbet goza de algum poder sobre Karl, na figura de um bastardo que carrega na barriga.

Eles chegam a uma passagem subterrânea iluminada por velas de sebo. O fedor paira sobre tudo e piora quando passam pelas grades que escondem celas lotadas. Trechos de canções e gritos emergem e se tornam abafados assim que passam pelas fendas estreitas. Karl tira uma tocha de um suporte quando chegam a mais uma escada, desta vez de pedra e esculpida na rocha do próprio rio. Lisbet imagina a água correndo, contida apenas pelas paredes, imagina o fétido e escuro rio Reno entrando pelo nariz, pela garganta.

Não.

Chegam a um espaço com chão de terra batida. Ali é mais fresco e sossegado, e não há luz além do brilho da tocha de Karl. O cheiro também é diferente. Não de urina e suor, mas de água turva estagnada. Algo se move um pouco além do alcance da tocha.

— Ela é mantida separada — explica Karl — por ordem de Plater.

— Ele trata a própria esposa como um verme — cospe Sophey.

— Talvez seja melhor assim — argumenta ele. — Mais calmo e ela não precisa dividir o espaço com ninguém. Estamos superlotados, como viram. Isto aqui era um depósito. — Ele para diante de outro portão de madeira, baixo e largo, do tamanho de um barril. — Aqui.

— Abra, então — pede Sophey.

— Não posso — diz ele, apontando para a fechadura, grande e enferrujada. — Só Plater tem a chave.

— Por que você não disse isso antes?

— Vocês acham que vão tirá-la da prisão? — pergunta Karl. — Só pediram para vê-la.

— E não podemos. — Sophey gesticula junto à porta. Karl segura a tocha mais perto do piso. Há um vão ali, com cerca de um palmo, formado depois que o porão foi inundado e a água apodreceu a madeira.

Lisbet se agacha. É mais fresco do que qualquer outra sensação que tenha sentido na pele nos últimos meses. Ela encosta o rosto no chão e o cheiro do rio enche suas narinas. Não consegue ver nada, mas então Karl coloca a tocha no chão e a luz desliza por baixo da porta.

Lisbet vê palha, ratos correndo apressados em fuga. E então um pé, descalço e sujo.

— Ida?

Um suspiro saído da escuridão, e de repente ali está ela, engatinhando como se saísse da boca de uma caverna.

— Lisbet? É você mesma? — O cabelo de Ida está solto e a testa, machucada de quando o marido a arrastou. — Achei que tinha ouvido a sua voz e pensei que estivesse dormindo e sonhando. Ai, Bet! — Ela estende a mão, e Lisbet enfia a sua por debaixo da porta, a manga da blusa agarrando na madeira apodrecida.

As mãos delas se encontram num aperto, e Ida chega o mais próximo que consegue da porta, espelhando a pose de Lisbet, de forma a ficarem cara a cara. O hálito de Ida é horrível e há olheiras profundas sob seus olhos. Mas ela tem algemas e, a não ser pelo machucado, parece ilesa.

— Como conseguiu entrar? — O medo nubla seus olhos. — O meu marido sabe que você está aqui?

— Não — responde Lisbet, para acalmá-la, embora na verdade ela não tenha dedicado um único pensamento a respeito de onde estaria Plater. — Estamos seguras.

Ida solta uma gargalhada.

— Você sabe o que quero dizer — diz Lisbet. — Não seremos perturbadas.

— Ai, Bet. — Ida busca o rosto de Lisbet, chega mais perto, até seus narizes quase se encostarem. — Estou feliz que esteja aqui. Onde estão as crianças?

— Com Mathias, na nossa fazenda.

— Elas estão bem — completa Sophey com firmeza. — A sua Ilse cuida muito bem de Rolf.

— É você, Sophey?

— Claro.

— Obrigada por ter vindo.

— Claro. — A voz de Sophey está rouca.

— Ilse é uma minimãe. — Ida chora, mas está sorrindo também. — Ela vai ajudar você, quando o bebê chegar.

— Deixe disso — diz Lisbet. — Você vai me ajudar.

— Você não está sabendo? Que eu vou ser...

— Por favor. — Lágrimas fecham a garganta de Lisbet, e ela as engole. — Vamos dar um jeito nisso.

A risada de Ida é leve e tão querida que Lisbet seria capaz de berrar e arrancar as roupas como a mulher do lado de fora dos portões.

— Escute bem. Você precisa se proteger. Não pode ficar aqui, deitada no chão.

— Eu não estaria em nenhum outro lugar.

Ida aperta a mão da amiga com mais força e Lisbet fecha os olhos. Poderiam estar na plataforma da árvore da dança à noite, seguras e protegidas pelos galhos. Elas ficam em silêncio, respirando juntas. Então Ida fala:

— Certifiquem-se de que meu pai não venha me ver. — Lisbet tenta interromper, mas Ida a encara com um olhar severo. — Meu pai não, nem meus filhos. Nem você.

— Não vou a lugar nenhum — diz ela, mas Ida prossegue como se Lisbet não tivesse dito nada.

— Nethe ainda não foi encontrada?

— Não.

— Então ela está em segurança — diz Ida. — Se ela está em segurança, não é em vão.

— Eles não podem fazer isso. — Por fim, a voz de Lisbet se quebra. — Não vou deixar.

— Não estou com medo — comenta Ida.

— Tem de haver algo que a gente possa fazer.

— Você sabe que não tem. Tudo o que posso fazer é seguir com coragem. Tudo o que você pode fazer é seguir adiante. Você segue em frente, e precisa ser feliz, Bet. Se conseguir viver e ser feliz, você derrotou todos eles. — Ela dá outra risadinha curta e alta. Lisbet sabe que ela está fingindo. Está morrendo de medo. — Jamais conheci um homem mais infeliz que meu marido. Ele e eu amávamos a mesma mulher, e apenas um de nós foi amado por ela. Ele nunca foi nada para ninguém. Nunca foi nada, e isso é o que o torna tão cruel. Porque pelo menos tem a crueldade como parceira. Tive três anos de alegria, e isso é mais do que a maioria recebe. Terá de ser o suficiente. — Ida aperta sua mão com tanta força que machuca, mas a amiga não a afastaria por nada. — Você tem o resto da vida, você e seu filho. Traga-o com segurança ao mundo.

— Eu vou — afirma Lisbet, chorando de verdade agora. Pela primeira vez, ela acredita em tudo isso. Que seu filho nascerá em segurança, que Ida será afogada. Que o pior e o melhor de sua vida ainda estão por vir.

— Frau Wiler — chama Karl com gentileza. — O tempo está se esgotando. Só existe uma passagem, e seremos pegos.

— Não — diz Lisbet, o pânico palpitando no peito. — Isso não está certo, isso não é justo.

A própria voz de Karl é carregada de emoção. Ele põe a mão no bolso e tira uma pequena algibeira de pano.

— Olhe, tenho aqui ópio. Não é o bastante para... — Ele não consegue falar, mas todos entendem. Segura-o. O bastante para matar. Passa a pequena algibeira por baixo da porta, entre elas. — Tome tudo. Vai ajudar a aguentar a dor.

— Obrigada — agradece Ida baixinho. — Agora, vão embora.

— Não vou, não.

— Vai, sim — retruca Ida. Ela estende a mão pelo vão e acaricia o rosto molhado de lágrimas de Lisbet. — Você vai, sim, e vai viver, Bet. Por nós duas.

Ela se afasta então, pega a pequena algibeira de ópio e desaparece nas sombras, como se nunca tivesse estado ali.

Lisbet chama seu nome, mas Sophey e Karl a levantam. Ela se vê mais uma vez nos juncos do rio de sua infância, os irmãos tirando os dedos dela da pele fria, e agora, como então, ela não luta, sente apenas a alma sendo dilacerada, esfacelada, enquanto deixa parte de si para trás.

16

Lisbet já havia presenciado uma execução antes, o enforcamento de um rebelde. O homem havia entrado numa igreja e esfaqueado um padre, gritando o nome de Joss Fritz, condenando o imperador ao inferno. Ele repetia o sermão no cadafalso, a multidão rugindo. Lisbet fechou os olhos no momento em que ele foi enforcado, enterrando o rosto no corpo do pai.

Já tinha visto uma mulher afogada antes. Sua mãe estava na água havia um dia quando ela a encontrou, a pele verde e os olhos vazios. Lisbet não conseguiu olhar nos olhos dela, conseguiu apenas abraçar o corpo de *Mutti*. Mas ela está determinada a assistir a esta, a ser tão corajosa quanto Ida.

Fica entre Frederich e Sophey na margem do rio, de frente para a prisão. O fedor do rio envolve os três e a plataforma onde Ida será afogada, acessível a partir de um trecho da margem ao lado do prédio, abaixo da ponte, cercado por construções frágeis que esmorecem como garças em busca de comida.

Há até um palco montado atrás deles, com cerca de cinquenta mulheres dançando e rodeadas por uma cerca baixa como se fossem gado. A multidão está muda e os músicos tocam preguiçosamente, mas isso não afeta o ardor das dançarinas. A familiaridade não torna o espetáculo menos potente: Lisbet se vira e o encara boquiaberta.

O palco inteiro é feito de madeira, como no mercado de cavalos — ela consegue ver as escoras subindo e espetando a terra —, coberto com um pano qualquer, enrugado e ondulante. É tão alto que Lisbet só consegue ver cabeças e ombros, às vezes um braço levantado.

Enquanto observa, uma briga irrompe entre duas dançarinas que se enroscam, os dedos no ar, agarrando o cabelo embaraçado uma da outra. Uma das dançarinas apanhada geme: é uma mulher com uma túnica cinza manchada, saliva se acumulando nos cantos da boca. Há sangue também, nas rugas do rosto, e toda a cabeça está queimada de sol. Então um ancinho a separa da outra dançarina, e seu cabelo grisalho é arrancado da cabeça e cai em tufos, mais sangue surgindo na pele sarapintada da cabeça.

Lisbet cambaleia: o tufo de cabelo é pego por outra mão e jogado aos espectadores. Um deles o levanta como se fosse um troféu. Sophey cruza os braços com força.

— Lá vêm elas.

São nove na margem oposta, ladeadas por guardas. Nove mulheres, amarradas umas às outras pela cintura, em procissão, rostos baixos, saídas dos portões da prisão. Seus crimes são lidos por um guarda enquanto a multidão começa a se formar, os Vinte e Um ávidos por darem um exemplo. Três prostitutas, duas ladras, quatro impostoras. Estão próximas o bastante para que Lisbet veja o cabelo dourado de Ida. Ela é a terceira de trás para a frente, apenas uma entre várias. Atrás da procissão vem Plater. Lisbet fica contente em ver que ele está com uma aparência péssima, o rosto abatido. Que ele se arrependa do que começou. Que seja despedaçado pelo peso disso.

As mulheres recebem a ordem de parar e se virar. Lisbet olha para cada uma delas, determinada a se lembrar de seus rostos. Os músicos continuam a tocar, as dançarinas continuam a dançar. Tudo continua, mesmo quando as mulheres começam a ser empurradas para a frente pelos guardas.

Uma sensação de irrealidade sufoca Lisbet. Isso não pode estar acontecendo, não pode. Mas ali está ela, a amiga com quem Lisbet ria e compartilhava segredos, que lhe dava pão e generosidade graciosamente e sem limites e um amor tão puro que resplandecia. Isso não pode acabar aqui, nesse rio imundo, onde mães desesperadas afogam os bebês para conseguir alimentar os outros filhos. Sophey segura sua mão.

Por um instante, Lisbet quer confortá-la, mas então sente um puxão e vê que Sophey não está observando as mulheres amarradas, mas sim o palco atrás delas. O horror entalhado em cada ruga e cada cicatriz do rosto inchado.

Lisbet acompanha o olhar da sogra e reconhece alguém se arrastando para cima do palco.

É Nethe, o rosto arranhado, furioso e selvagem, o vestido rasgado. Está de pé à frente, as pernas abertas como se fosse se enraizar. Antes que Lisbet possa processar a cena, qualquer parte dela, Nethe abre a boca e grita.

Poderia ser "Ida". Poderia ser "não". Lisbet não consegue distinguir a palavra — tudo o que há é o enorme poder, o volume do grito, o som arrancado de algum lugar escuro e sem fundo. Ele atravessa os pés que batem e faz com que os músicos baixem seus instrumentos e olhem fixamente para a cena.

Alguém ri hesitante, então Nethe grita de novo. O berro chega às mulheres amarradas, captura Plater pelo pescoço e chama a atenção de todos. Lisbet vê Plater rosnando, o gesto para o guarda mais próximo, que se apressa em direção à ponte. Ela vê Ida, boquiaberta em choque, em desespero.

Plater ordena que os guardas empurrem as mulheres para a frente. Novamente, Nethe emite aquele som inumano e gutural. Bate os pés no palco, curvando-se com o esforço.

— *Mein Gott* — diz Frederich.

Os guardas parecem indecisos, assustados — nenhum deles se mexe. Outro grito e, desta vez, ele ecoa, e outro mais. Ao redor de Nethe, as mulheres se agrupam cada vez mais próximas, ainda rodando e batendo os pés. Os pelos dos braços de Lisbet ficam arrepiados.

O guarda que Plater enviou para pegar Nethe chega ao palco, mas ele não faz nenhuma tentativa de prendê-la. Dela irradia uma energia vívida e aguda como um relâmpago: os dentes de Lisbet chegam a doer.

Quando Nethe abre a boca de novo, é como se tivesse cem vozes presas na garganta, voando como gafanhotos. Todas as mulheres no palco gritam em uníssono, são ao mesmo tempo uma e muitas, a força física e visceral. Parecem possuídas, cheias de uma fúria justa e desenfreada.

A multidão ao redor se agita inquieta, e alguns homens começam a gritar, chamando algumas das condenadas pelo nome.

— Beatrix!

— Claire!

— Helene!

Ao seu lado, Sophey grita:

— Ida!

Há comoção na ponte, uma onda quando alguns dos espectadores se afastam da margem. Lisbet os vê: roupas escuras, rostos atentos, como se estivessem apenas esperando por um sinal. Alguns deles disparam pela multidão e atravessam o rio na direção das mulheres amarradas.

Plater também está gritando: Lisbet vê os tendões do pescoço estirados. Mas ele é engolido pelos gritos das mulheres dançarinas, gritos que clamam e respondem. Os guardas na beira da água recuam, pois a margem é tomada por uma avalanche de homens. Lisbet vê o brilho de uma faca.

— Rebeldes? — grita Frederich, mas Lisbet não tem certeza. Parecem anjos vingadores, mercenários. Os homens se aglomeram ao redor das mulheres, puxando-as para longe dali. Os guardas se dispersam, repelidos pela histeria. Lisbet segura firme Frederich e Sophey ao ser empurrada para perto do rio. Ela mantém os olhos fixos nos cabelos reluzentes de Ida enquanto ela é arrastada pela multidão, resgatada.

— Eles estão libertando as mulheres! — Os olhos de Frederich queimam com uma satisfação sombria. — Conseguiram pegar as mulheres, olhe só, Frau Wiler!

Como se Lisbet pudesse olhar para outra coisa. Observa boquiaberta quando as mulheres são erguidas, os rostos atordoados, os membros pendendo como se já tivessem sido afogadas, e carregadas para a ponte como efígies. Ela perde Ida de vista, sua cabeleira loira.

— Onde ela está? — grita Lisbet, a voz perdida na algazarra. Gira, procurando, então vê as mulheres sendo erguidas para o palco das dançarinas. A multidão solta um grito coletivo, um brado de triunfo, quando um dos homens vai para o meio delas com uma faca, cortando as cordas que as prendem juntas.

Ida é colocada ao lado de Nethe. A corda desce de sua cintura, partida ao meio. Nethe parou de gritar, mas está entre as dançarinas, batendo os pés. *Tarde demais*, pensa Lisbet. Nethe já está em outro lugar, inconsciente de que Ida está ao lado dela.

— Cuidado! — alerta Frederich, enquanto a multidão se avoluma em torno do palco, quase tirando os pés de Lisbet do chão, carregando-os até os músicos, que estão sentados, silenciosos e incertos. Alguém começa a entoar um cântico para eles, que pegam os instrumentos e começam a tocar. Ao redor, a multidão irrompe em uma dança ensandecida, animada por seu ato de desobediência. A atmosfera é febril, perigosa e estimulante. Lisbet olha para cima, para Ida e Nethe no palco.

As pupilas de Ida estão enormes e pretas, dilatadas pelo ópio. Ela olha em volta, atordoada. Mas, então, vê Nethe, dançando ao seu lado, e um sorriso sonhador surge em seus lábios. Ela pega a mão da amada e se junta a ela em seu transe.

Homens e mulheres tomam conta do palco, e Lisbet mais uma vez as perde de vista, mas então elas estão ali, como naquela noite na guilda, girando e girando como se estivessem sozinhas no mundo. O pavor toma conta de Lisbet.

Quando era criança, ela montava um cavalo. Era apenas uma égua velha e cansada, as juntas grossas de inflamação como nós de navio, a pelagem marcada e desgastada como um pedaço de pano velho. Ela a amava e montava sempre que *Mutti* dormia e a égua podia ser poupada do trabalho no campo. Sem os arreios, corria como um potro. Um dia, ela saltou uma cerca viva e Lisbet ficou para trás: quando caiu, teve exatamente essa sensação, o ar ficou frio e fugaz. A certeza da dor. Apesar do barulho, tudo o que Lisbet consegue ouvir é um zumbido, como moscas rodeando carne podre.

— Fingimento! — berra Plater. Lisbet vê que ele subiu no palco dos músicos e está brandindo seu ancinho em direção às dançarinas. A multidão vaia e cospe, e ele se abaixa para evitar um tamanco de madeira que tinha sido arremessado. Não consegue alcançá-las, não se atreve a descer do palco. — Impostoras!

Mas Lisbet sabe que Ida e Nethe não estão fingindo. Irradiam algo sobrenatural, algo divino. Elas se movem como se fossem feitas de plumas, cada um dos dedos levantando-se de leve em correntes inexistentes, os rostos tranquilos. Seus olhos estão fechados como se dormissem, as pálpebras de um rosa perolado, brilhando com suor, lágrimas ou água benta. Apenas seus pés as tornam menos que anjos, batendo enquanto giram, pulam e mergulham. Seus corpos são um murmúrio, perfeitamente sincronizados, movendo-se com singular clareza.

Lisbet chega perto do palco, a aglomeração mais densa ali, pessoas brigando para agarrar os pés das dançarinas, algumas segurando frascos para coletar seu suor e sangue. Lisbet não quer tocar em Nethe nem em Ida, que agora estão fora de alcance, não quer interromper o pêndulo perfeito que formam. Ela quer cair de joelhos e assistir até que esgotem o palco com a dança, as mentes vazias, os corpos em fuga.

Paz, dissera Nethe. *Eu só quero paz.* Ali, no meio do caos, com Ida ao lado, ela parece ter encontrado a paz.

Mas agora Sophey está empurrando com força.

— Nethe — resmunga. — Ida. Agnethe, não.

Ela sobe os degraus, empurrando as dançarinas, e dá um puxão no braço de Nethe, que estava para o alto, em direção ao céu. As pálpebras de Nethe se mexem: é como se estivesse dormindo, sendo despertada antes de estar pronta. Mas ela não para de dançar. Afasta-se da mãe, mas Sophey tem as mãos estendidas, os braços agitados, como se estivesse tocando as galinhas para dentro do galinheiro, e as duas estão se movendo muito perto, muito perto da beirada do palco e dos homens com seus pedaços de pau.

— Cuidado — grita Lisbet, inutilmente. A multidão deboca em uníssono quando Nethe escorrega do palco, Ida a seguindo de perto. Os olhos de Nethe se abrem arregalados. Seu corpo inteiro se transforma, a dança não é mais lenta e leve, mas forte e rápida, até que ela está batendo no próprio corpo, as juntas estalando como galhos. Ao lado dela,

Ida também começa a convulsionar, os olhos se revirando nas órbitas. Frederich tenta agarrá-la, e Lisbet tenta pegar suas pernas.

— Ajudem — chama Lisbet, e Sophey toma a frente, apertando os ombros de Nethe.

Lisbet chega mais perto de Ida e se lembra vagamente de algo sobre línguas, sobre como é preciso impedi-las de enrolar e sufocar a pessoa, mas ela não consegue alcançar a boca da amiga nem evitar que se contorça.

Ela deita o corpo de Ida sobre o seu, sua barriga mole demais para sustentar o peso, e se pergunta se bebês podem ser esmagados por dentro. Escuta um estalo, um rangido. Lisbet se concentra na misericórdia. Ela é uma rocha, um rochedo, pesado, antigo e imóvel.

— Ida — murmura ela quando a mão de Ida escapa e se agita. — Ida, aquiete-se.

Mas Ida está gemendo e chorando agora, o bafo rançoso e fétido de ópio. Os olhos estão arregalados e toda a calma e placidez com as quais foi enfrentar a morte desapareceram.

— Coloque-a de volta — diz uma espectadora. — Elas precisam dançar.

— Não vai dançar coisa nenhuma — grita Sophey, com a voz rouca de medo.

Os guardas estão vindo, Plater grita ordens para retomarem o controle da situação. Está procurando na multidão e não as vê.

— Elas têm de ficar no palco ou ir para o santuário — diz a mulher. — Senão, vão levar as duas.

— Ao santuário, então — anuncia Frederich, e abraça Nethe com grande esforço. Sophey e Lisbet seguem atrás com Ida, cujas pernas pulam e se arrastam alternadamente.

Alcançam a carroça e colocam as mulheres sobre os sacos de farinha restantes, enrolando-as como se fossem de cera e amarrando-as delicadamente com cordas. Ainda se movem de maneira limitada, ritmicamente, ao som inescapável dos tambores. É indecente, e as faces de Lisbet coram quando Nethe joga a cabeça para trás e geme como se estivesse em êxtase, o mesmo som que ela tirou de Ida na noite anterior.

— E a minha! — Um homem atrás delas, segurando uma menina agitada, mais jovem que Nethe, pouco mais que uma criança. Uma mulher hesita junto a ele, uma imagem espelhada da menina com rugas de preocupação profundas marcadas na testa, uma mecha de cabelo grisalho nas têmporas.

— Podemos pagar — diz ela. — Por favor.

Sophey faz que sim com a cabeça antes mesmo dessa oferta, os olhos inexpressivos e sinalizando que coloquem a menina ao lado de Nethe. Frederich e o pai da garota amarram os corpos contorcidos com cuidado, o homem chorando. Lisbet desvia o olhar.

— Tomem cuidado — recomenda Sophey, enquanto os pais sobem ao lado dela. — Avisem a Mathias.

— Ópio. — Lisbet mal consegue falar. Será que Sophey consegue compreender? Sua cabeça está tão cheia de água, vento, cheia de tudo e de nada ao mesmo tempo. Ela está dormindo? Seria apenas um sonho?

— Vou cuidar dela, Frau Wiler — diz Frederich, e Sophey não espera mais. Sacode as rédeas sem dizer mais nada e sem se despedir dos dois. Na carroceria, Nethe e Ida ainda se agitam ao lado da criança. Lisbet e Frederich ficam observando até que a cena se torne um brinquedo, um pontinho, e eles dobrem a esquina e desapareçam.

17

Enquanto os guardas abrem caminho até o palco, Frederich conduz Lisbet para longe da multidão, que a essa altura assume ares de rebelião, e a leva diretamente ao portão estreito dos muros da cidade. Estão no lado oposto da cidade agora, longe de tudo o que ela conhece, mas Frederich parece saber exatamente onde estão. Ela quase não percebe que ele some e reaparece com um jarro de cerveja e um homem com uma carroça.

Ela bebe com vontade e, em seguida, Frederich a ajuda a subir na carroça. Ela observa o céu enquanto seguem caminho, aparentemente por horas, ao redor dos limites dos muros, até enfim ver as árvores começarem a se avolumar, a floresta perto de casa.

Enquanto viajam, ela examina os fios de suas memórias, todas tingidas de descrença e desvario. Tem, novamente, aquela sensação de flutuar, de se desprender do corpo e pairar acima de tudo. Ida amarrada pela cintura, os olhos escurecidos pelo ópio. Nethe gritando com a voz de cem dançarinas. A multidão tomando conta de tudo, sobrepujando inclusive Plater e seus guardas. O rosto de Sophey quando conduzia a mula ao santuário, a filha e a amante da filha se debatendo na carroça. Tem de se prender a isto: Ida não se afogou. Ida continua viva.

A mente de Lisbet vagueia, acompanhando a carroça que leva Nethe e Ida. A viagem ao santuário de são Vito leva dois dias, passando pela floresta densa que sobe rapidamente pela encosta da montanha. A estrada estará tomada por famílias desesperadas levando suas filhas, esposas e mães para a fonte, para que sejam banhadas na água benta e libertadas de seu abandono.

Mas por que desejariam retornar? Voltar a este lugar de terra e sol causticante, este verão interminável em que todo padre prega a danação, em que os maridos as arrastam pelos cabelos e elas são forçadas a afogar os filhos para salvá-los da fome?

— Frau Wiler? A senhora está em casa.

A voz de Frederich é doce, diferente do costumeiro. A carroça parou, e ele a ajuda a descer, dispensando o condutor com uma palavra de agradecimento. Lisbet se pergunta se esse homem não seria mais um dos amantes de Frederich, se cada rosto que ela vê guarda algum segredo obscuro reprovado pela Igreja. Seu próprio coração transgrediu naquela noite com Eren na árvore da dança. Todos eles estão condenados.

— Lisbet? — Ela pisca. Mathias está ali no quintal, observando-a com olhos lacrimejantes, a neta agarrada à camisa. — O que aconteceu?

Frederich interrompe e cumprimenta o moleiro calorosamente.

— Por favor, senhor, eu explico tudo.

Mathias faz que sim e, com cuidado, empurra Ilse para a frente.

— Leve-a para dentro, *kleiner leibling*.

A mão de Ilse é macia como a da mãe e quase do mesmo tamanho. Lisbet acompanha a menina obedientemente, permitindo-se ser acomodada à mesa, servindo-se de pão e leite. Ilse a observa de olhos arregalados.

— Onde estão os seus irmãos? — pergunta Lisbet.

— Dormindo — responde Ilse.

— Você não está cansada? — A menina hesita. — Pode ir. Está tudo bem. Pode dormir agora.

— Onde está *Mutti*?

A língua de Lisbet se mexe seca dentro da boca.

— Está bem. Durma. Já é tarde.

Obediente, Ilse vai para o quarto de Nethe. Quando abre a porta, Lisbet tem um vislumbre dos meninos enrolados na cama, o bebê na tábua revestida no chão. Ilse se ajoelha junto dele, ajeitando as cobertas. Em seguida, fecha a porta.

Depois de um longo tempo, Mathias e Frederich entram. O rosto de Mathias está molhado de lágrimas e, sem dizer nada, ele segura a mão de Lisbet.

— Vai ficar tudo bem — declara ela, querendo acreditar. Mathias a acaricia, tremendo.

— Muito obrigado — agradece ele. — Por ir vê-la.

— Eu amo Ida — diz ela.

— E ela ama você. — Ele engole em seco. — Podemos ficar aqui? Não posso levá-los de volta para lá. Não se ele...

Sua voz se divide entre raiva e medo.

Lisbet não precisa perguntar a quem Mathias se refere.

— Claro.

— Ele vai atrás de Ida?

— Ele não nos viu — diz Lisbet. Isso basta para confortá-la. — Tinha tanta coisa acontecendo. Sophey levou as duas sem ninguém perceber.

Mathias respira fundo.

— Não sei o que vai acontecer quando...

— Não se preocupe com o amanhã. Não há nada a fazer, a não ser esperar.

Mathias sufoca um bocejo.

— Posso dormir no chão com o bebê.

— Não diga absurdos — rebate ela. — Fique na cama de Sophey. Ali dentro.

— Deus te abençoe. — Mathias parece esgotado, está pálido de exaustão. Levanta-se e deixa o cômodo. Frederich desmorona ao lado de Lisbet.

— Posso lhe servir alguma coisa? — pergunta ela.

Frederich dá uma risada seca e começa a chorar. Ela fica sem saber o que fazer quando o tocador de tambor enterra a cabeça nas mãos, os ombros tremendo. Lisbet se aproxima dele, dando-lhe tapinhas no braço.

— Desculpe-me — pede ele com a voz pesada. — É que é fácil esquecer. Como somos odiados, como somos mal compreendidos. — Ele ergue o olhar para ela. — Mas você entende, não é?

— Não sou... — Lisbet está confusa, dispersa. — Não sou como você.

O rosto de Frederich enrijece.

— Não foi o que eu quis dizer. — Ele respira fundo. — Quis dizer que você sabe o que é amar sem esperança de segurança. Seus bebês...

Lisbet sente um aperto na garganta, a voz sai estrangulada.

— Como você sabe?

— Não pense que ele traiu sua confiança — balbucia Frederich. — Mas Eren disse que você perdeu seus filhos. Fiz uma brincadeira sem graça, e ele só estava me colocando no meu lugar. Ele disse que você sabe o que é coragem. É preciso coragem para amar além das fronteiras que os outros estabelecem como certas. Somos iguais nesse sentido.

— É. — Lisbet aperta a mão de Frederich. — Nós somos.

— Frederich?

Ele está ali. Lisbet quase chora ao vê-lo. Eren, de pé na soleira da porta, com a luz do sol que desaparece rapidamente nas costas. Frederich se levanta e vai até o amigo. Eren o abraça como se abraça um irmão e o acalma, franzindo o cenho para Lisbet. Ela balança a cabeça em resposta. Não sabe por onde começar a explicar.

— Lá fora — diz por fim. — As crianças de Ida estão dormindo.

·

Eles se sentam sob o crepúsculo, Ulf e Fluh trotando para se acomodarem ao lado de Eren, enquanto Frederich e Lisbet contam os eventos do dia, repassando a história entre eles como uma brasa incandescente, nenhum dos dois disposto a falar mais do que poucas sentenças sobre o horror, a estranheza. Quando terminam, sentam-se em silêncio por um longo tempo. Lisbet observa a silhueta de Eren na crescente escuridão. Ela quer se encostar nele, sentir seu contorno preciso medido contra o dela, estender-se como uma tela sobre ele.

— Sinto muito — diz ele em voz baixa. — Se eu soubesse...

— O que você poderia ter feito? Fizemos o que foi possível.

— Claro — apazigua ele. — Só quis dizer que... Gostaria de ter feito alguma coisa.

Lisbet faz que sim. O céu sobre suas cabeças é do mesmo azul-escuro que o hematoma na testa de Ida, que os olhos de Nethe. Ela as quer em casa. Mas o que as aguarda? Plater, sua fúria mais obstinada que nunca. Não se surpreenderia se ele as encontrasse no santuário e as afogasse.

— E isso dá sentido às notícias que recebi hoje — diz Eren com a voz ainda mais grave.

— Por favor. — Lisbet geme. — Não nos dê mais notícias. Minha cabeça está cheia.

— Os Vinte e Um têm uma nova abordagem para a peste. — Ela o ouve engolir em seco. — Não precisam mais dos nossos serviços. Na verdade, somos acusados de agravar os delírios.

— O que você está dizendo? — pergunta Lisbet, a voz traiçoeiramente alta.

— Ouvi falar do tumulto na prisão. Não sabia das circunstâncias, é claro. Mas parece que alguns dos homens envolvidos eram rebeldes, retornando à cidade sob a fachada de músicos. Pelo menos, essa é a história que andam contando.

— Achei pobre a qualidade da música — comenta Frederich, numa tentativa fraca de humor.

— Então, o que eles vão fazer? — sussurra Lisbet.

— Fomos banidos — resume Eren. — Todo músico tem de sair da cidade e dos arredores ainda esta noite.

O estômago de Lisbet afunda.

— Não — diz ela. — Vocês não podem ir embora.

— Devemos — retruca Eren, sem conseguir olhar nos olhos de Lisbet. — Não foi um pedido.

Frederich puxa o ar pelos dentes. Baixa os olhos para os dedos, a pele clara onde o anel costumava ficar.

— Ainda esta noite?

— Não se arrisque — avisa Eren. — Os guardas já estão postados em cada portão. Vão espancar os músicos que não forem embora.

Frederich faz que sim e suspira.

— Muito bem. — Ele olha para Lisbet. — Sua sogra ficará contente, Frau Wiler. Não acho que goste de nós.

Lisbet teme deixar escapar o que pensa. *Podem ficar. Por favor, não me deixem.*

— Vamos pegar as nossas coisas — avisa Eren. — Só não quero perturbar o moleiro.

Ela balança a cabeça. O que vai fazer quando ele for embora?

— Vocês vão ficar bem — diz Eren. — O moleiro vai ficar aqui.

— E vocês? — pergunta Lisbet. Ela corre os olhos famintos pelo queixo de Eren, pelo nariz, pelos lábios, tentando gravar seus traços na memória, como se fosse desenhá-lo. — Para onde vão?

Ela quer que ele diga: "Para lugar nenhum." Quer que ele diga: "Eu não vou."

— Não precisa se preocupar, Frau Wiler.

— Lisbet.

— Lisbet.

A voz dele tem uma nuance nova, clara como água fresca. Ela espera do lado de fora enquanto ele e Frederich juntam as coisas. Não quer assistir às evidências da partida.

Frederich acaba logo e sai para abraçá-la brevemente.

— Fique bem, Frau Wiler. Espero que tudo se resolva logo.

Ele tira o cachimbo do bolso, afasta-se para enchê-lo de fumo. Eren é mais lento. Sai com o pacote com que chegou. Os ombros estão curvados e ela tem certeza de que ele não quer ir embora, do mesmo jeito que ela não quer que ele vá. Ambos estão exauridos. Poderiam se deitar à sombra das colmeias e deixar as abelhas niná-los, pensa. Poderia se levantar, sem acordá-lo, coletar o favo e ir até ele com o mel nos lábios...

— Obrigado por sua generosidade, Frau Wiler. Desejo a Fräulein Wiler e Frau Plater uma recuperação completa e rápida, que voltem a si logo.

Ele se abaixa para Ulf e Fluh, e eles vêm, esfregando o focinho na mão de Eren.

Pode ser que esta seja a última vez, pensa ela, a última vez que o vê, que fala com ele.

— Cuide-se — diz ele. — Procure ficar no seu quintal. Você sabe que a floresta não é segura.

— Vou aonde eu quiser. — Sente raiva agora, quente como o sol na nuca. Ele não é seu marido, seu dono. Se ele a deixar agora, não é sequer seu amigo. Eren a olha então, a sobrancelha preta arqueada num ângulo perfeito. Ela tem vontade de traçá-la com a ponta do dedo, desenhar uma linha até o lóbulo da orelha, sentir o pulso batendo na pele sob a barba. Quer olhar, e olhar, e olhar tão bem de forma a reconhecê-lo para sempre, para que este último olhar fosse suficiente para mantê-lo com ela pelo resto dos seus dias. Ela se vira.

— Adeus, Frau Wiler.

Lisbet entra em casa e fecha a porta antes que ele dê as costas: ao mergulhar no cômodo abafado, ela puxa o ar para dentro do corpo respirando fundo e pesado. Então, diz a si mesma que está feito. Ele se foi. Está feito.

Vai aos lençóis sujos na cama dela e de Henne e dorme pesado, como se estivesse esmagada sob a rocha em que se transformou para carregar Ida. Quando acorda, está confusa, a língua saburrosa. Está escuro e ela não sabe se é o meio da noite, antes do amanhecer ou entre esses momentos.

Fica deitada por um bom tempo, encolhida em torno da barriga e só se levanta quando o bebê pressiona sua bexiga. Se não fosse pelo bebê, ela nunca sairia da cama. *Meu menino.* Tudo que faz agora é por ele.

Há muito tempo, depois que perdeu o nono bebê, ela pensou que seria bom se consultar com o empírico em busca de alguma coisa que a mantivesse estéril. Pensou em deixar que Henne a abandonasse para que ela se juntasse a uma ordem de freiras, ou voltasse para casa para levar uma vida de solteirona entre os irmãos, ou então para que se embrenhasse na floresta para ver quanto tempo conseguiria viver entre as árvores e os rebeldes. Logo abandonou esses pensamentos, mas eles pairam como palavras que não podem ser apagadas, como uma declaração de amor ou ódio.

Mais do que qualquer coisa, ela deseja um filho de uma forma tão fundamental e animalesca que jamais tentou compreender. Passou por todas as fases do desejo. Pelo ódio que vem do enorme desejo de esmigalhar algo com os dentes, o mais próximo da verdadeira fome que já conheceu. Vezes em que arrancaria o coração do peito e encheria seus corpinhos pequeninos e flácidos com seus batimentos, uma cavidade para seu amor. Ela entende por que pelicanos bicam o próprio peito em busca de sangue, por que cucos se livram dos ovos. Cometeria violência por essa criança. Por qualquer um dos filhos. Mãe tantas vezes que não podem ser contadas nos dedos das mãos. Esta criança precisa vingar, e ela reza por isso até ferir e ralar os joelhos, assim como rezou pela mãe. E veja só como tudo acabou.

Henne acha patético, mas será que ele não plantou essa necessidade nela? Será que ela não consegue fazer germinar a semente porque foi plantada por ele? "No que você se transformou, Lisbet?", perguntou-lhe ele uma vez, quando ela estava de pernas abertas, implorando por sexo. Mas essa é a pergunta errada. Ela ainda não se transformou. E o que ela não daria?

Sente uma urgência semelhante pelas abelhas, o desejo de compreendê-las, de possuir algo que não pode ser possuído. É o mesmo — ela se permite dar toda atenção ao pensamento nesse momento turvo e indeterminado — que ela sente por Eren. E todos eles partem.

Ela vai limpar qualquer rastro dele da casa. Movimenta-se em silêncio, para não perturbar o pai de Ida, os filhos de Ida, e começa pela cozinha, esfregando a mesa com sebo, água e cera, varrendo as palhas velhas e amassadas sobre as quais os músicos ficavam de pé, cobrindo os bancos com palha nova. Tira o pó, coloca os bancos e a cadeira no lugar de sempre, arrastando a mesa do canto da parede para o centro. Não vão mais se encostar ao passar um pelo outro, não vão mais se tocar e desejar se tocar.

Varre o corredor em seguida. Do lado de fora, os cachorros ganem pedindo o café da manhã, mas ela não pode abrir a porta, porque, enquanto não o faz, ele ainda pode estar lá fora. Abrir a porta e não encontrá-lo lá seria impossível.

A esta altura, a atmosfera na casa é terrível, tomada pelo seu suor, e ela sabe que precisa arejá-la, mas primeiro precisa reaver completamente o quarto dela e do marido. Empurra a porta com o pé e fica parada no portal. Há marcas de botas a serem limpas das paredes, fios de cabelo loiro nos lençóis da cama. Ela se segura para não se abaixar e catar fios do cabelo preto de Eren. Não pode ser lasciva. *De pé*, diz a si mesma, *de pé e basta*.

Ela varre o chão e encontra uma corda do alaúde, caída junto à parede, tão bem escondida que poderia ter sido deixada por ele para que ela a encontrasse. Lisbet a enrola no dedo, observando a pele passar de vermelha para branca, para ainda mais pálida, da cor de osso.

É só quando consegue morder a ponta e não sentir mais nada que ela solta, permitindo que a dor volte. Joga a corda na lareira e, finalmente, quando o bebê de Ida começa a chorar, ela abre a porta.

18

Depois que o bebê, os cachorros e as galinhas estão alimentados, ela vai até as abelhas.

Decide fazer um ritual. Agora que Eren se foi, está determinada a fazer desaparecer também todos os pensamentos sobre ele, varrer de dentro de si toda a sujeira e se purificar à espera de Henne.

Os animais sagrados estão trabalhando. Henne lhe disse que as abelhas são os únicos animais que permaneceram imutáveis desde o Éden, e que Eva e Adão, antes de seu pecado, teriam visto tais criaturas e saboreado o mel de suas colmeias. Ela se imagina uma santa, então, combinando com eles. Os santos precisam sofrer, e não tem sido assim?

Pegando o graveto de freixo e alecrim, ela começa a fumigar o apiário, percorrendo todo o comprimento do pátio das colmeias até o mundo inteiro zumbir. Limpa as colmeias danificadas, endireita a palha de outras. Seus dedos doem. Ela trabalha devagar em cada colmeia, atendendo-as como se fossem contas de um rosário, virando os favos na mão, o balde de cera no chão aos seus pés, levando o mel de cada colmeia aos lábios, suave como uma oração. A cada expiração, ela exala pensamentos sobre Eren, descarta-os.

Seus pensamentos se voltam para Henne. O marido se transformou em sua ausência com as coisas novas e terríveis que ela descobriu. Ele tremula nos cantos, sua solidez passiva tornando-se irregular. Deve amá-lo quando ele retornar da missão em Heidelberg? Se eles perderem as abelhas e ela se tornar apenas sua esposa — ela interrompe esse pensamento. Essa não será a última vez que cuida delas. Apesar de todos os pecados e de suas crueldades, Henne também ama as abelhas. Ama a criança dentro dela. Se quer ser boa mãe, deve ser boa esposa. Se Ida conseguiu, mesmo com um homem como Plater, Lisbet pelo menos pode tentar.

Vira as costas para as árvores enquanto trabalha, murmurando desafinada para acalmar os nervos. Coleta o mel mais escuro num frasco separado. Vai fazer hidromel, ela mesma vai fermentá-lo e preparar a bebida mais saborosa que Henne já provou.

O mel é cor de âmbar, ouro de seiva, e, embora ela tente distrair a mente repetidas vezes afastando-a de Eren, pensa nele, em seus olhos de âmbar ao sol. A cera está macia e cede ao seu toque, ainda quente de onde foi coletada, do coração da colmeia, e as abelhas escovam seus punhos com delicadeza, como se fossem beijos. Sua visão embaça. Quer levantar a saia e correr, continuar correndo até alcançar Eren na estrada ou na floresta, tocar no ombro dele e então...

O quê? Ela tem bastante imaginação, especialmente depois de ver Nethe e Ida junto ao tronco da árvore. Ela se apruma, vira-se para a linha das árvores com rapidez, como se quisesse apanhar alguém que a espreitasse. Caso alguém se aproximasse, ela poderia atiçar a abelhas em um enxame, fazendo com que ferroassem o agressor até a morte. *Senhora das abelhas.*

— Frau Wiler?

Lisbet esquece todos os seus pensamentos reconfortantes e grita. Deixa cair o balde, e uma silhueta avança em sua direção, saindo das árvores, escura e alongada contra a escuridão.

— Perdão, eu...

Ela demora a se recuperar. O coração galopa, batendo forte no peito. A imagem terminou se definindo em alguém muito menor e mais fraco do que ela. Um menino.

— Frau Wiler — repete ele. — Sou eu. Daniel Lehmann.

— Eu sei que é você, Daniel — responde ela, irritada. — O que você está fazendo aqui?

Ela se abaixa desajeitada, inclinando-se para pegar o balde e impedir que o mel se desperdice no chão, depois se endireita e encara o garoto. O olho esquerdo dele está inchado, o pescoço manchado de veneno. Está com as mesmas roupas que usava quando estava ao lado de Plater: ela percebe as mangas da camisa manchadas de sangue. Seu estômago revira.

— Tenho uma mensagem.

— De quem?

— De Plater.

— O que ele quer agora?

— Seu marido foi rejeitado.

— Rejeitado. — Com um torpor, ela registra que ele está coçando o olho e agarra seu punho.

— Em Heidelberg.

Seu sangue ferve. Não. Ela se força a ficar firme, a não demonstrar fraqueza diante dessa criança, mas sob seus pés a terra parece macia e traiçoeira. *Não.*

— A dívida precisa ser paga em cera — avisa Daniel, livrando-se do aperto no punho. — Ou as colmeias serão levadas. A coleta será daqui a dois dias.

Não há como pagar a dívida em cera. Trata-se de uma falsa oferta de salvação. Ela teria de esvaziar todas as colmeias. É um trabalho para vários homens, e levaria uma semana inteira. É impossível. Mas ela não vai chorar diante daquele menino.

Friamente, pergunta:

— Algo mais?

Daniel olha para ela por um breve instante.

— Eu não queria levar ele lá no rio. — Raspa o pé na terra. — Foi ele que me forçou.

— Minha amiga ia ser afogada — diz Lisbet, deixando que o pavor se transformasse em ira sobre o menino. — Ele mandou você matar minha irmã.

— Elas não deviam ficar dançando.

Lisbet se pergunta se ele não entendeu o que viu no rio.

— Sua mãe dança.

Ele faz que sim, olhando para o chão.

— Não nos palcos. Eles são santos.

— E nossas colmeias? — Lisbet gesticula para as colmeias de palha trançada recém-arrumadas. — Não são nada para você?

— Só quis pegar um pouquinho — explica Daniel. Ele coça o pescoço: ela vê líquido vazar das picadas.

— Você tem sorte — comenta Lisbet, a raiva esmorecendo. — Podiam ter matado você. Ou Nethe podia, caso o pegasse.

— Onde elas estão agora?

Lisbet dá uma risada seca.

— Contar para você seria o mesmo que derramar a informação nos ouvidos de Plater. Não somos amigos, Daniel.

O rosto do menino se retrai e ele coça as picadas outra vez. Ela olha o menino da cabeça aos pés. Deveria odiá-lo, mas sente apenas uma enorme compaixão. Ulf fareja Daniel delicadamente, enquanto Fluh corre em círculos, rosnando e latindo até Lisbet atirar o sapato nele e o cachorro se acalmar e mastigar o calçado.

— Está com fome?

•

A cozinha está sufocante. Ela deixou a porta aberta, e o sol está batendo no umbral, deixando tudo insuportavelmente quente. Ilse e os irmãos estão sentados à mesa assustados, olhando para o último pedaço de pão.

— Dormiram?

A menina faz que sim. Alef boceja.

— Temos visita. Está muito quente aí dentro — comenta Lisbet. — Venham aqui para a sombra.

Tudo o que consegue pensar em fazer, com o mundo se desfazendo ao seu redor, é ser uma boa anfitriã. Eles se ajeitam ao redor de uma grande pilha de troncos, a mesma onde Lisbet havia se sentado com Ida, apreciando a qualidade da farinha de Mathias. Antes da viagem de Henne e do retorno de Nethe, antes de as mulheres dançarem até a morte nas ruas da cidade. Uma vida inteira atrás.

Alef e Martin perguntam o que aconteceu com o rosto de Daniel e se divertem muito contando as picadas. Lisbet traz o pão e um pouco de mel puro, leite para o bebê. Ela pega Rolf da irmã, mergulha um pano limpo na xícara e pinga as gotinhas na pequenina boca rosada. Ele suga faminto e choraminga pedindo mais. O peso cálido do bebê no colo faz seus seios doerem. Em meio a tudo o que aconteceu, seria possível que seu bebê ainda estivesse vivo, ainda crescesse dentro dela? Um milagre cotidiano, enfim concedido a ela nestes tempos malditos?

Olha em volta para as belas crianças de Ida, para Daniel, sujo, machucado e magro. Cinco crianças, como ela sempre imaginou. Crianças enchendo o quintal, brigando por migalhas e correndo atrás das galinhas, enquanto o bebê dorme em seu colo. Ela engole as lágrimas.

Alef tenta pegar o restinho do mel, e Lisbet balança a cabeça.

— Esse não é para comer. É para as picadas de Daniel — explica ela. Solta o braço que está embaixo de Rolf e mergulha o dedo no mel, fazendo sinal para que Daniel inclinasse a cabeça para ela. Ele obedece e ela aplica mel na ferida mais feia. — Não coce. Isso espalha o veneno.

O estado dele é bem mais lamentável do que ela imaginava, os ossos do punho saltando como ovos de pintarroxo sob a pele azulada, o olho inchado irradiando calor. Quando termina de cuidar do pescoço dele, ela derrama um pouco de mel na xícara e o dissolve em água antes de derramar a mistura sobre o olho do menino. Ele lambe o rosto, onde o mel escorre.

— Obrigado — agradece ele, e então, com a boca cheia de migalhas, diz: — A minha irmã agora deu para dançar.

— Sério?

Ele faz que sim com a cabeça.

— Ninguém me contou — diz ela, depois se interrompe. Ia dizer que havia espaço suficiente na carroça. Mas não pode confiar em Daniel.

— Vão levar todas elas embora da cidade logo, quando a imagem de são Vito ficar pronta.

— Que imagem?

Ele sorri, orgulhoso por ter a informação, pondo mais um pedaço de pão na boca.

— Os Vinte e Um encomendaram uma imagem feita de cera. Agora que os músicos foram embora, a peste tem de acabar. Vão levar a imagem para o santuário e a queimarão em honra ao santo.

Então é para isso que precisam da cera. Ela olha acima da cabeça de Daniel, para as colmeias alinhadas de maneira tão organizada e tranquila, as abelhas zumbindo. E ela tem de raspar todo o conteúdo delas.

— Quem é esse? — pergunta Mathias de pé à porta, piscando os olhos na claridade. Parece muito velho, cada linha do rosto realçada na sombra, o cabelo ralo desalinhado durante o sono. Ilse imediatamente se levanta e corre para o avô, puxando-o para fora e cedendo seu lugar.

Mas Daniel, com a fome satisfeita e as feridas cuidadas, levanta-se sem cumprimentar ou agradecer. Avança sobre o restante do mel e sai correndo.

— Não é ninguém — responde Lisbet. Além do sentimento de inquietação, há tristeza. Daniel parece inteiramente envolvido por Plater. Se tivesse meios para tirar o menino daquela influência, duvida que sobraria muito para salvar. — Mathias, preciso da sua ajuda.

— Do que precisar — diz ele, a mão pousada na cabeça de Ilse.

— Temos muito trabalho a fazer.

·

É como se ela tivesse atravessado a própria sombra e existisse, de repente, do outro lado de sua vida. As crianças correm entre as colmeias com pequenas máscaras improvisadas de vime, crianças na altura do cotovelo de Lisbet, aprendendo sobre as abelhas. Tantas crianças que ela precisa matar uma galinha para alimentá-las e mostrar a Ilse como desossá-la e recheá-la com temperos.

É isso o que eles têm comido nos últimos dois dias. Mathias mantém o fogo bem quente, enquanto Lisbet e às vezes Ilse cuidam das colmeias, Lisbet fazendo o trabalho mais delicado de derreter, coar e moldar a cera em cilindros grossos, tão grandes que só ela e Mathias conseguem carregar. É um trabalho para muitos homens, e ela se regozija. É isso que a mantém atenta e forte, embora passe tanto tempo de pé que seus tornozelos inchem, tão grossos quanto os joelhos, e as costas doam sem parar.

Sophey já deve ter chegado ao santuário de são Vito. Lisbet a imagina lavando os pés feridos de Nethe e Ida e se pergunta se dançaram o caminho inteiro até lá. Em breve, a imagem será feita, Henne vai voltar, os palcos serão desmontados das ruas. Ela esquecerá Eren.

O medo também será esquecido. Por ora, se ela dorme, Ulf dorme com ela, quente e pesado sobre seus tornozelos. Ela até deixa Fluh se deitar no chão da cozinha. Os cachorros cheiram mal, o pelo embaraçado de Ulf agarrando nos dedos quando ela faz carinho, mas ela não se importa mais com isso. É o único momento em que se sente segura. Sonha em cores vívidas, como uma profecia, que Daniel retorna com Plater, vindo para arrancar as colmeias de seus lugares ou para sequestrá-la aos gritos.

Mathias e as crianças não dão o menor sinal de que vão embora, mesmo quando a cera é colocada na carroça, cilindros enfileirados que suam no calor. Esvaziaram bastante as colmeias, as abelhas estão agitadas, e Lisbet, Ilse e Mathias estão exaustos, mas está feito. Ela atendeu à exigência de Plater.

Três homens chegam para coletar a carga, arremessando o resultado do trabalho cuidadoso sem delicadeza sobre uma pilha que deve ter vindo do mosteiro. Já começa a amolecer, exalando um cheiro forte de mel.

— Vocês precisam cobrir isso — recomenda ela aos homens, mas eles riem.

— Vai tudo derreter mesmo — comenta um deles.

•

Matam outra galinha naquela noite para celebrar o trabalho concluído. É um luxo pelo qual Sophey, sem dúvida, vai repreendê-los, mas precisam de comida bem como da recompensa que ela representa. A cozinha se enche com o lento aroma, e Ulf ergue a sobrancelha tão esperançoso que Lisbet cede e lhe dá uma coxa não totalmente desossada, além de uma asa para Fluh. As crianças também estão exaustas, mas radiantes. Tagarelam sobre a prensagem da cera, comparam as picadas de abelha e as cicatrizes de cera quente, e, enquanto Lisbet dá de comer a Rolf, ela sente tanto contentamento que chega a suspirar alto.

Não pode nem dura muito.

Na manhã seguinte, com os ossos da galinha limpos e reunidos na panela para fazer um caldo, ela reconhece a batida à porta assim que a escuta. Os cachorros pulam e rosnam.

As crianças e Mathias ainda dormem. Ela resiste à vontade de trancar as portas dos quartos, de pegar a faca que usou para picar as últimas cenouras para o caldo. Pensa em fingir que ainda está na cama, mas então ele fala.

— Frau Wiler, consigo ver sua sombra embaixo da porta.

Ela se aproxima da tranca.

— Já vieram buscar a cera.

— Abra a porta. — A voz de Plater é educada o bastante. Isso faz a pele de Lisbet ficar arrepiada.

— Para quê?

— Quero ver meus filhos. E não finja que eles não estão aí. O menino dos Lehmann viu todos.

Lisbet fica enfurecida.

— Para onde mais eles iriam? Sabem que não estão seguros em casa, com o homem que teria assistido à mãe deles ser afogada.

— E onde está a mãe deles? Está aí também? — Lisbet sabe que ele não acredita nisso de verdade. Teria arrombado a porta dias antes. — Você sabe que posso voltar com um guarda. Poderia prendê-la por sequestro.

— É o meu pai?

Lisbet toma um susto. Ilse chegou com passos furtivos e parou ao seu lado.

— Ilse. — A voz de Plater tem uma leveza boba. — Abra esta porta.

Ilse olha indecisa para Lisbet.

— Você decide — diz ela à criança.

— Abra a porta, menina — diz Plater.

— Você não precisa...

— Faça o que estou mandando, Ilse.

Ilse abre a tranca. Plater entra imediatamente, tirando Lisbet do caminho, e levanta a filha com um braço. Parece extenuado, o cabelo ruivo ensebado com óleo e suor.

— Cadê os meus meninos?

— Dormindo — responde Lisbet. Os dedos tremendo. A faca ao seu alcance.

— Acorde todos.

— Estão cansados...

— Alef! Martin! — Plater chuta o banco para o lado. Ainda segurando Ilse, bate nas portas. Imediatamente, Rolf começa a chorar. Lisbet passa à frente de Plater e vai ao quarto de Nethe. Alef e Martin estão despenteados, o lábio de Martin começa a tremer. Ela pega Rolf do chão enquanto Plater estala os dedos para os meninos.

— Vamos. Estamos indo para casa.

Lisbet nina Rolf.

— Eles estão bem aqui, estão bem instalados. O mínimo que você pode fazer é...

Plater larga Ilse no chão e chega bem perto de Lisbet. Até Rolf para de se mexer quando a sombra do pai se projeta sobre eles. O cravo na boca de Plater não mascara o cheiro de bebida. Ele está bêbado. Os olhos estão vermelhos, e ela se pergunta se ele andou chorando.

— Não me diga o que posso ou não fazer com os meus próprios filhos, com a minha própria mulher. Eles estão no mundo, todos eles, pela minha graça.

Ele bate no peito uma, duas vezes.

Mathias entra no cômodo que já estava cheio.

— Alef, pensei mesmo que era você fazendo toda essa algazarra.

— Cale a boca, seu velho — desdenha Plater.

— Não calo, não — desafia Mathias. — Venho segurando a língua esses anos todos, vendo você castigar minha filha, como se você vivesse sem pecado. Mas você é apenas um homem, Alef Plater. Menos do que um homem. Olhe só como seus filhos se encolhem diante de você. Tudo o que sentem por você é medo.

Mathias se posiciona entre Plater e Lisbet, forçando o homem a recuar alguns passos.

— Aprenda uma coisa: o medo é um elo de fraqueza. Não agrega. Você nunca entendeu isso. Você poderia ter oferecido compaixão a Ida, até amor, mas tudo o que deu foi dor. Você falhou com ela, e eu não vou deixar que decepcione os filhos dela também.

— Eles são meus filhos.

— Então, pergunte a eles — pede Mathias. Adianta-se, e Plater dá um passo atrás novamente. — Pergunte se querem ir com você.

— Eles virão — diz Plater olhando para trás, para as crianças que se aninham na saia de Lisbet e para Rolf gritando nos braços dela. — Ilse, Alef, Martin. Para casa, agora.

Martin se enterra ainda mais na saia de Lisbet. Não há como confundir a expressão no rosto de Plater quando o filho se afasta dele: é desespero, completo e absoluto. E então é mascarado por seu sorriso frio e familiar.

— Que necessidade tenho de tanto fracasso, de tantos malnascidos? Fiquem, se é isso que querem, mas o moinho não é mais seu, Herr Metz. Nunca mais vai pôr os pés na minha propriedade.

A mão de Mathias começa a tremer, e ele a esconde nas costas para que Plater não veja. Lisbet sabe que o moinho é a alma de Mathias, que ele cortou cada madeira da floresta, construiu tábua por tábua com a mãe de Ida.

— E eu não ficaria tão descansado aqui — continua ele. — Teremos um acerto de contas, Lisbet Wiler.

Agora, Lisbet dá um passo adiante, sentindo-se ousada pelo exemplo de Mathias, pelo olhar das crianças.

— Você me ameaça na minha própria casa? A dívida está paga. Não lhe devo nada.

Plater rosna.

— Você acha que a cera resolve tudo? A dívida e o mel roubado também?

Lisbet aperta Rolf.

— Não é roubado.

— É como eu disse ao seu marido. Vocês estão sobre areia movediça. Nada do que têm é de vocês.

— Você está mentindo. Daniel disse...

— É uma mentira se eu quiser que seja? — Plater cambaleia. — Você fez um inimigo poderoso. *Quem não está comigo está contra mim; e quem não ajunta comigo, espalha.* Você fez dos Vinte e Um e do próprio Deus seus inimigos.

— Você não fala por Ele — retruca Lisbet. — Saia da minha casa.

— Com muito prazer.

Ele deixa a porta aberta. Lisbet o observa partir, desaparecendo sem firmeza. Ela tem a sensação de um cordeiro cercado por um lobo, nina Rolf até que o coração do bebê e o seu próprio se acalmem. Rompendo o silêncio, Ilse fala:

— Obrigada, Bet.

A menina se aproxima mais uma vez. As crianças de Ida a abraçam e seguram com toda a força.

Quinhentas e oitenta e sete dançam

Agnethe se lembra da primeira vez que se beijaram. Eram tão jovens que nem mesmo parecia errado. Um toque casto dos lábios enquanto remavam no rio, mãos entrelaçadas para evitar que caíssem. O verão tinha sido generoso, ameno e agradável, e ela, Henne, Alef e Ida foram autorizados a deixar seus afazeres mais cedo toda noite para correrem pela floresta como ciganos. Foi o último verão desse tipo, pois o ano que se seguiu foi ruim: pedras de gelo do tamanho de punhos cerrados maltratando os campos e transformando a colheita em lama, abelhas morrendo congeladas em suas colmeias.

Mas nada disso importava. Porque, a partir daquele instante, tal qual o rio correndo doce e volumoso sob seus tornozelos, tal qual os lábios de Ida nos seus, Agnethe enfim sentiu que pertencia a algum lugar. Ida rezava tanto por seus pecados que seus joelhos ficaram ralados, mas ainda assim vinha se encontrar com ela toda semana, no pátio das colmeias ou na floresta, e elas se beijavam até que os lábios ficassem tão sensíveis quanto os joelhos. Agnethe nunca conseguiu se forçar a rezar. Não via o que faziam como profano, jamais estivera tão perto da felicidade, do céu, de um anjo como Ida.

Foi Ida quem a tocou primeiro, um ano inteiro após o primeiro beijo, foi Ida quem desceu a boca pelo seu corpo junto ao poço, seus dedos encontrando um lugar que Agnethe nem sabia que existia. Chegou ao seu âmago, e ela fez o mesmo por Ida, e, embora nunca tenham dado um nome ao ato, era amor.

Iriam se casar, é claro, ela com Alef e Ida com Henne. Criariam filhos juntas como se fossem delas, como irmãs e irmãos. Estava tudo arranjado, e foi apenas quando Alef e Henne as encontraram na floresta que tudo se tornou podridão e pecado. Ela viu isso no rosto de Henne, na ira de Alef e, caso restasse alguma dúvida, eles a ensinaram. Ela ansiava por uma punição, por uma solução.

As montanhas ofereciam punição em abundância, mas nenhuma solução. Não encontrava paz longe de Ida. Nem o tempo a confortou. E Deus achou por bem puni-la novamente, e pior, dando-lhes uma à outra e separando-as uma segunda vez. A visão de Ida amarrada no rio quase a fez enlouquecer. Ela dançou e sua mente era uma caverna, escura e vazia. Até aqui, até agora.

Ela acorda entre Ida e uma estranha. Nethe teria imaginado que estava morta e viajando por uma longa estrada até o purgatório não fosse a menina, que se debate e geme. Mas Ida está imóvel, tão imóvel. Nethe toma sua mão. Se fechar os olhos, consegue imaginar que estão sozinhas, deitadas como costumavam fazer sob a cobertura das árvores. Ida abre os olhos, e eles estão pretos como piche. Mas ela a vê, Nethe tem certeza, e, para confirmar uma segunda vez, beija cada um dos dedos de Ida e sussurra que a ama em cada um dos beijos. Ela faz isso até as palavras se embolarem e perderem o sentido e, para além disso, até Nethe falar apenas em pensamento.

E, embora Ida não responda, embora sua respiração esteja lenta, os olhos terrivelmente escuros, terrivelmente distantes, Nethe sabe que ela escuta e sabe que é verdade.

19

Eles passam os dias que antecedem a Festa de Santa Madalena em um clima de alegria forçada. Lisbet sente como se toda a sua vida estivesse suspensa enquanto espera: por Plater, por Henne, por Sophey, Ida e Nethe. Carrega a barriga como a coisa mais próxima que já sentiu do pragmatismo, permitindo-se agora fazer pequenos preparativos para a chegada do bebê: buscar o banquinho do galpão das abelhas para usar no parto, garantir que sempre tenham panos limpos, moedas guardadas caso seja necessário chamar o empírico. Cada ato parece um triunfo, atiçando uma pequenina chama no seu coração: esperança, clara, ardente como o cometa na propriedade do pai.

Os filhos de Ida são uma distração bem-vinda, e de repente faz uma semana inteira desde que Lisbet visitou sua árvore da dança e ainda mais tempo desde que foi dar esmolas. Sabe que Ida gostaria que ela fosse, para ajudar os necessitados, especialmente em dia de festa, quando tudo ao redor é excesso e incenso, sem consideração pelos famintos.

Ela conta a Mathias seu plano, e ele não parece feliz. O encontro com o genro o abalou profundamente, e ele entende qualquer violação dos limites da fazenda como um convite para problemas.

— Plater nunca se importou com os abrigos para miseráveis — comenta Lisbet. — Você sabe disso tanto quanto eu.

— Você não vai à cidade?

Lisbet cruza os dedos nas costas.

— Não.

Sente-se mal por mentir para Mathias, mas a preocupação seria pior. Sabe que não vai conseguir resistir a uma ida à catedral, tentando obter notícias do santuário, das dançarinas, da imagem para a qual as abelhas haviam dado tudo.

Mathias suspira.

— Vou atiçar o fogo.

Eles passam o dia assando: grandes pães rústicos que encherão barrigas famintas, adoçados com mel. Ilse tem o toque da mãe com a massa, os músculos dos pequeninos braços já fortes. Longe da influência do pai, os meninos ficaram mais brandos, enquanto a irmã se torna mais ousada. Choram chamando a mãe, ficam pendurados nas saias de Lisbet e se revezam para alimentar Rolf. É um belo equilíbrio, observá-los em todos esses novos papéis, e Lisbet espera que Ida volte logo para ver.

Na manhã da Festa de Santa Madalena, Lisbet acorda antes do nascer do sol. Arreia a mula sofrida, prendendo-a à carroça, e parte para a área pobre da cidade, levando Ulf — o cachorro se tornou seu consolo e companheiro constante.

A estrada está mais quieta do que da última vez que a percorreu, e o pouco movimento de pessoas é todo numa direção, rumo à catedral para a missa. Lisbet para nas cercanias da cidade e distribui os pães em troca de tímidos agradecimentos. Não há sinal dos Lehmann, seu casebre fechado com tábuas. Ela se lembra do que Daniel disse sobre Hilde. Pergunta-se se a imagem já deixou a cidade.

— O que você acha, Ulf?

Ela olha para os pináculos cobertos de poeira, tocados pelo sol em um amarelo venenoso. Por que ela deveria ter medo de se aproximar? Tem tanto direito de estar lá quanto qualquer um. Plater é apenas um homem entre milhares, e provavelmente estará ocupado em um dia tão importante.

Ela coloca a mão na barriga. Ultimamente, tem conversado com ele, seu menino, pedindo respostas, como fazem os que rezam. E, por acaso, ele não é também um milagre de Deus? A pele entre seu menino e seus dedos parece ser a fronteira entre vivos e mortos: tão frágil, tão carregada de desejo e medo. Ela deveria virar a carroça, voltar para a fazenda, continuar esperando, por ele, pelo pai dele, pela tia e pela avó dele e por Ida.

A impaciência cutuca as batatas da perna. Antes que pudesse pensar melhor, sacode as rédeas e segue a multidão em direção ao mercado. Os sinos tocam convocando para a missa, subindo e descendo as escalas musicais, oferecendo sua música na ausência dos músicos. Ela os acompanha como se seguisse o apito de um mestre, até que a multidão crescente bloqueia o caminho da carroça. Amarrando a mula num cocho, ela e Ulf vão andando pelo restante do percurso até a catedral.

Chegam à praça assim que os sinos silenciam. Ela ouve o eco, uma pressão nos ouvidos, enquanto inspeciona a cena impressionante. Parece que as guildas foram esvaziadas, as dançarinas vomitadas na praça, onde tudo começou com aquela mulher que rodopiava sozinha. Centenas de mulheres dançam à sombra da catedral, a exaustão se dissipando como fumaça. Na sequência dos sinos, paira um silêncio anormal, e ouve-se apenas o arrastar de pés, gemidos ocasionais das afligidas. Ela vê homens com ancinhos marcando um limite entre as dançarinas e o público, imagina-os conduzindo as mulheres em transe como ovelhas para a praça. Lisbet vasculha os rostos, mas Plater não está lá.

Em meio à calmaria que antecede a tempestade, as portas da catedral se abrem. Lá dentro, arde o fogo de cem velas, e à luz extraordinária delas entram cinco homens, usando roupas caras de burgueses. Lisbet reconhece um rosto, pois seu retrato foi exibido em todas as igrejas de Estrasburgo após a última Bundschuh, para que todos pudessem ver o homem que mandou enforcar os rebeldes: Sebastian Brant, o administrador da cidade e dirigente dos Vinte e Um. O mestre máximo de Plater. Austero, vestido em veludo preto, faixas vermelhas de seda nos punhos, ele ergue a mão branca pedindo silêncio.

— Povo de Estrasburgo, vocês não sabem o que é paz há muitas semanas.

A palavra "paz" atinge Lisbet como um soco. Pensa em Nethe, que jamais soube o que é paz a não ser quando estava com Ida, em sua própria serenidade na árvore da dança. Brant está errado. Muitos deles nunca souberam o que é paz durante toda a vida.

— Consultamos padres e médicos, doutores e empíricos. Nosso próprio imperador ouviu nossas súplicas. Trabalhamos, a cada instante, para restaurar a ordem. Banimos os músicos...

Mas não menciona que os trouxeram. Lisbet se força a não pensar na imagem de Eren.

— Punimos as impostoras. As prostitutas e os ladrões foram expulsos da cidade...

E foram parar na floresta, em meio a tanto desespero. A ira de Lisbet é novamente atiçada.

— Recuperamos as guildas. E agora chegou a hora de recuperarmos nossa cidade integralmente. Basta: todas que dançam serão levadas ao santuário. A peste acaba hoje, na Festa de Santa Madalena. Agora nos purgamos deste caos. Temos os olhos de Deus sobre nós e vamos mostrar a Ele que Estrasburgo é Sua cidade, a mais querida de todas, a mais abençoada.

Lisbet teve vontade de rir, mas o riso foi engolido por um rugido da multidão. Não apenas de júbilo, mas com medo, alívio, horror e fascínio enredados nele. Por ora, Brant se afasta e a imagem é carregada para fora da catedral, exposta à luz do dia.

Lisbet sente o cheiro antes de vê-la, cortando até mesmo o fedor de suor, bafo azedo e excremento humano. Cera de abelha, pura como a nota mais alta num coro. Duas vezes mais alta que um homem, mais alta que os palcos, com cheiro doce, é a imagem de são Vito.

A cera do santo se apoia num caldeirão pintado de piche para lhe dar o efeito do metal preto e envelhecido. Seu torso está nu, revelando mamilos lúridos e costelas salientes e, embora o rosto tivesse sido bem esculpido, a cera já está escorrendo e pingando sob o calor, como se o caldeirão estivesse fervendo, arrancando a carne de seus ossos. Ela quase espera ver o esqueleto branco do santo emergir.

Lisbet dá as costas. O conforto que costuma sentir com o cheiro da sua cera de abelha está contaminado, transformado em algo cruel por esse propósito grotesco. Náusea brota em sua garganta quando a imagem é erguida sobre uma pira de madeira empilhada. São necessários seis homens, três de cada lado, para levantá-la, e, à medida que eles descem os degraus da catedral, a cera pinga, deixando um rastro por onde passa. A multidão abre caminho ao redor da imagem como um rio se abre diante de uma rocha, correndo para raspar com as unhas a cera do chão. Lisbet é pega na confusão, Ulf late para expressar seu desespero, e ela o agarra pela nuca, enquanto tomam outra direção depois da passagem da imagem.

As dançarinas estão atingindo novos níveis de delírio, gritando histéricas e pulando enquanto a imagem se aproxima. Algumas rasgam as roupas, exibindo seios, pernas, costas. Lisbet vê guardas espetando as dançarinas com os ancinhos, então vê mais homens com pedaços de pau batendo nas dançarinas para formar uma fila atrás da imagem. Algumas caem, não se levantam e são pisoteadas, de novo e de novo.

Agora, Lisbet luta para andar no sentido contrário, puxando Ulf com ela enquanto as aflitas tropeçam como um rebanho desnorteado, chorando e rosnando.

Lisbet se liberta e olha para trás. As dançarinas são agrupadas atrás da imagem, pulando e rodopiando, pastoreadas e colocadas aleatoriamente em uma fila que se estende como uma medonha serpente, são Vito à frente. A coisa toda passa serpenteando, centenas de dançarinas seguidas por centenas de cidadãos, todos de olhos tão arregalados e empolgados que é difícil distinguir um do outro. Eles caminharão até o santuário.

Ela fica ali parada até que as ruas estejam quase vazias. Crianças vasculham o chão, onde há detritos espalhados como restos de um naufrágio. Ela vê tamancos de madeira, pedaços de pano, lenços: restos de uma imensa celebração, traços de uma imensa atrocidade. Na base dos degraus do palco, algo brilha. Ela cata o objeto em meio à poeira. Um fino bracelete de ouro que ainda guarda o calor de sua dona. Lisbet o deixa cair, luta contra a vontade repentina e tola de chorar.

•

Ela não pode ir direto para casa, não pode levar aquele fedor para os filhos de Ida. Precisa lavar a cidade impregnada na pele. A floresta guarda a mesma sensação de abandono que a praça do mercado: ela passa por restos de fogueiras e estruturas parecidas com ninhos de cobertores sujos, mas não vê sinal das pessoas que antes circundavam o rio. A cada esquina, espera se deparar com Plater ou Daniel ou algum assaltante desconhecido, mas os pelos de Ulf não eriçam, ele não late e ela não vê ninguém. Talvez estejam todos acompanhando a procissão, as dançarinas e a imagem derretida do santo.

O cheiro do rio chega antes do som, um odor muito verde, como o que se sente ao arranhar musgo. Sempre teve aversão a esse cheiro, e, depois do encontro com Ida, Nethe e Plater, o máximo que consegue é não fugir na direção oposta.

Ulf corre à frente, enquanto Lisbet se aproxima do tronco caído.

O rosto de Ida inclinado para trás. O gemido saído de sua garganta frágil. O grito fino, quando a mão de Plater agarrou seu cabelo com mais força. A boca de Eren, os dedos no alaúde. Lisbet não quer pensar nisso, em nada disso, mas o rio corre levando-a para trás, através dos anos, através de suas perdas, até ela: a primeira perda.

Não nascia colheita nenhuma nos campos em volta do rio perto da casa onde ela cresceu, eles eram cheios de grama macia. Foi ali que o cometa caiu, abrindo caminho para a água formar um novo canal. Se alguém andasse pelos campos abandonados enquanto você se lavava, não ouviria nada. *Não que o Diabo tenha passos barulhentos. Com cascos silenciosos, ele se aproxima de você.* O Diabo vivia no rio talhado pelo cometa. Isso era o que todos lhe diziam. Seu irmão mais velho, Michael, viu a criatura entre os sapos de olhos brilhantes. O rabo bifurcado se contorcendo entre as margens lisas e artificiais. O sorriso largo entre os jovens juncos murchos. Lisbet volta o olhar para as árvores desse tempo, desse rio, mas elas tremulam, desaparecem.

·

Não conseguem encontrar sua mãe. Naquela manhã, Henne tinha vindo e pedido para se casar com ela. Lisbet recusara, como havia recusado outros três, porque não podia deixar a mãe. E agora ela havia desaparecido.

Os irmãos procuram nos celeiros. O pai, na cidade. Lisbet é deixada em casa, apesar de estar claro que está vazia. Ninguém na cama em que elas dormem juntas, nariz contra pés. Ninguém sob as vigas ou, de forma absurda, escondido na maior panela. Ela sabe que há um lugar onde não olhou. Mas *Mutti* não estará lá. As duas o odeiam. São idênticas nesse sentido, conhecem a mente uma da outra.

E é porque elas conhecem a mente uma da outra que Lisbet sabe que, se a mãe não queria que ela a encontrasse, há um lugar onde ela estará.

Vai de mãos vazias, cabeça descoberta, descalça. Seus pés não fazem barulho na grama alta. O cometa rasgou um campo inteiro com seu pouso, no momento em que ela se separou da mãe. Conhece o caminho tão bem quanto conhece o rosto da mãe. Lisbet para junto à margem, na boca do inferno. Ela sabe que o inferno ferve, mas o rio é enganosamente fresco. Sente o puxão da terra, o cheiro de lugares escondidos se elevando até ela.

— *Mutti?*

Sua voz sai fina como junco, dobrando-se para a escuridão. Em algum lugar, um fino traço de luz a atrai e cintila. A boca do Diabo se abrindo. Um fragmento de quartzo tornado liso pela água. Ela sente vontade de sair correndo e gritando. Mas pisa nos juncos na beira da água.

— *Mutti?*

Estende os braços para a frente. O Diabo afasta o cabelo de sua testa. Os juncos afastam o cabelo de sua testa. Sente-se parte deles, arrumando seus corpos cortantes. O coração bloqueia a garganta. Está ofegante, o cheiro forte da água.

Lisbet geme, agarra o tronco onde Ida agarrou e beijou Nethe. Ela chegou até aqui, precisa continuar. Há outro cheiro. De alecrim e cravos. É o cheiro do unguento que esfrega nos pés da mãe. O cheiro é seu e de sua mãe, juntas. Lisbet cai de joelhos no rio.

— *Mutti?* — sussurra.

Engatinha de forma que os juncos não mais esfreguem sua cabeça. Tudo o que resta é doçura. Aumenta à medida que chega à beira do campo de juncos, lugar onde seu irmão viu o rabo do Diabo. Mas, em vez disso, ela vê um pé, inchado, esverdeado, frio.

Ela puxa o pé, mão sobre mão, tirando-o da água mais profunda. Não consegue ouvir nada além da própria respiração. Fecha os olhos para não ter de ver. Fareja o caminho até o ombro da mãe. Passa as mãos pelo corpo inteiro. Roupas encharcadas, grumosas de pedras. Ali, a cabeça raspada e lisa. Aqui, as mãos macias, tão macias que parecem não ter ossos. Aqui, o peito, assustadoramente estático. Ela beija a mãe levemente nos lábios, sente gosto de ópio.

Apesar de não haver ninguém ali para escutá-la, exceto talvez o Diabo entre os juncos, Lisbet cantarola para a mãe e a embala como se a estivesse ninando. São horas antes de seus irmãos pensarem em procurar no rio, minutos antes de encontrá-las abraçadas. Levam apenas segundos para abrirem à força os dedos de Lisbet da cintura da mãe e separá-las para sempre.

•

O bebê chuta. Lisbet está nesta margem, junto a este rio. Sente cheiro de cera de abelha, não de cravo, e seu corpo está muito quente. Precisa refrescá-lo, por seu menino. Precisa ter coragem. Desce com cautela a margem e entra na água, que está abençoadamente fresca. Ela geme alto. Seus pés afundam no lodo, que se acumula entre os dedos, e os juncos se enroscam nos tornozelos, apertando e soltando quase conscientes, deliberados.

— *Mutti?*

Mas a mãe não fala com ela e, pela primeira vez, Lisbet entende isso como uma bênção. Ela para quando chega às pedras lisas alinhadas no leito do rio. Sabe, mesmo sem a medida da altura do cachorro, que nesse ponto do canal do rio com mais três passos a água lhe chegaria à cintura. Ulf passa por ela, espirrando água para todo lado, e ela estala os dedos para que ele se afaste, mas ele lhe traz um galho, cutucando-a com o focinho, e parece tão encantado que ela cede e lança o galho rio abaixo.

Quando Ulf retorna com o pedaço de pau, ela se levanta e vai até a margem, arranca uma alga que havia se entrelaçado nos pelos escuros de sua perna. Ulf coloca o pedaço de pau diante dela e se sacode, jogando água na saia.

— *Scheiße*, cachorro burro.

Ela chuta o pedaço de pau para longe com os pés descalços. Senta-se no tronco caído e tenta tirar as meias fedorentas, que ficam presas e grudam nas pernas molhadas. Desiste. Não há ninguém ali para vê-la.

Assim que chega a essa conclusão, sente olhos sobre ela. E então um leve farfalhar, leve demais para ser Ulf. O medo aperta sua garganta. Alguém a está observando.

Como uma criança, ela quer fechar bem os olhos e contar até cem, fazer a floresta desaparecer. Ainda assim, sente um olhar, tão direto que mais parece lhe agarrar pescoço. Ela poderia fingir que não sabe que há alguém ali, assobiar para o cachorro e voltar para casa. Talvez não queira lhe fazer mal. Agarra esse pensamento como se fosse uma boneca e chama por Ulf. Ele não aparece.

Um novo medo toma conta dela agora, e ela se levanta. Ouve um estalido à esquerda. Ulf late duas vezes. Depois, outro estalido, e ele fica em silêncio. Lisbet ouve e chama pelo cachorro. Ele não responde. Aconteceu, ela pensa. Foi pego.

Ela pega o pedaço de pau que ele trouxe, descascando por fora, mas com o miolo sólido, e se arrasta na direção em que Ulf correu. Há ruído apenas suficiente para ela seguir: o farfalhar, um rastro entre as árvores secas. Interrompe os passos várias vezes para escutar, prendendo a respiração, fechando os olhos para ouvir melhor. É como uma brincadeira que costumava fazer com os irmãos, amarrando um pedaço de pano fedorento nos olhos e depois se arrastando pelos vales dos campos, batendo palmas quando ela se aproximava deles na escuridão que eles mesmos criaram.

Ela segue o ruído até uma clareira entre as árvores que conhece bem. É o caminho que leva à árvore da dança, e engole em seco, o leve amargor do rio apertando a garganta. Talvez os desesperados enfim a tenham encontrado, tenham transformado o local em acampamento. Ela imagina todas as fitas de seus bebê arrancadas, a plataforma tomada por corpos, de ponta a ponta. Anseia por ajuda, mas não há ninguém a quem recorrer. Está completamente sozinha. Mas não pode abandonar Ulf ao seu destino. Se ainda não for tarde demais, vai negociar com eles. Podem pegar todo o pão de sua mesa, todo o mel que espremeu da cera.

Ela segue o caminho, assobia o mais alto que pode e com a frequência que se atreve, na esperança de que Ulf escute e volte para ela. Os pés molhados escorregam dentro dos sapatos e todo o frescor do rio é esquecido, substituído pela descarga de calor produzida pelo medo. Agora, ela escuta uma voz, baixa, e Ulf late mais uma vez.

Lisbet anda mais rápido, agora sem se preocupar com o barulho, levantando a saia bem alto. Sente cheiro de fogueira, ainda sem ver a fumaça, mas chegando às narinas, o odor limpo de madeira seca. Ela agarra o pedaço de pau com mais força, e uma farpa afiada entra na sua mão. A dor atiça a coragem em suas veias e ela range os dentes quando chega à clareira, esgueira-se por entre as sombras de um limoeiro e espia adiante.

Uma fogueira arde, recém-acesa, fumaça tímida e cinza subindo, uma chaleira enferrujada apoiada como um sapo nas cinzas, um tronco arrastado para perto, servindo de assento. Não há sinal de Ulf nem de seus raptores.

É imprudente entrar na clareira sem saber onde estão, mas é exatamente isso que ela faz. Quando sai da cobertura, a voz baixa se faz ouvir novamente, e Ulf late duas vezes.

Eles estão na árvore. O peso se desloca acima dela, as tábuas estiradas, e ela chega mais perto do tronco, procurando uma fenda que a permita espreitar pelas frestas das ripas. Percebe movimento e ouve um tapa desajeitado e as patas de Ulf escorregarem, correndo pela plataforma.

Ela sobe lentamente os degraus da escada, prepara o pedaço de pau, segurando-o no alto. Mas, quando uma voz masculina se faz ouvir pela terceira vez, ela a reconhece. De repente, o pedaço de pau cai de suas mãos fracas.

20

— Eren?

O rangido cessa, então a cabeça de Ulf emerge do parapeito da plataforma. Ele late alegremente, recua, dispara apressadamente, quase rolando escada abaixo enquanto Eren se inclina para baixo, o rosto aberto num largo sorriso.

Lisbet retribui o sorriso, um alívio tão intenso que se espalha pelo peito e pelos dedos. Ulf a alcançou e está lambendo a ponta dos seus dedos, mas ela não consegue desviar o olhar de Eren assim como não consegue escalar o tronco da tília com as mãos inchadas.

— Peço desculpas — diz Eren, por fim. — Ele me seguiu. Tentei mandá-lo de volta.

Ela balança a cabeça e ri, um caos abrupto de som que assusta um passarinho, que sai voando das árvores atrás dela. Seu coração ainda não esqueceu o perigo e aperta sua garganta, que ela pressiona e tenta relaxar. Cores explodem diante de seus olhos, pigmentadas como o vitral nas janelas da catedral.

— Lisbet? — O inimaginável, Eren está ao seu lado. — Assustei você?

— Não. Sim. Que bom que é você. — A voz dela parece insubstancial, aguda e infantil. Ela se senta no tronco para se recuperar. Sua visão dança, banhando a pele marrom de Eren com a luz dourada e reluzente do sol. Havia esquecido que o sol podia ser uma coisa suave, que concede beleza. Semicerra os olhos e suspira de dor.

— Tem uma farpa na sua mão — comenta Eren, segurando a mão de Lisbet. As mãos dele estão frescas e secas, um alento para sua palma latejante, escorregadia e quente.

Tenta se concentrar nisso, nas mãos dele nas suas, vê a farpa como uma veia extra atravessada pela carne macia de sua mão, mais escura do que a pele dele contra a sua.

Ela não é fraca, mas a visão da farpa a deixa enjoada.

— Está funda.

Arranha o lugar com a outra mão, e ele manda parar, como se fosse uma criança.

— Vou tentar.

Ele derrama água da chaleira nas próprias mãos, depois se ajoelha diante dela no piso crepitante. Ela observa a coroa de seus cabelos, uma espiral perfeita se desfazendo em cachos pretos, os restos de folhas secas sobre as quais ele deve ter deitado na plataforma. Ela se lembra do choque que teve com seu gesto de se oferecer para caminhar com ela. E agora aqui está ele, de joelhos diante dela, as mãos magras e frescas sobre ela, os olhos atentos à sua pele.

Ele sonda as partes mais tenras em volta da farpa e ela morde a língua, quando a lasca de madeira se mexe.

— Você vai ter de rasgar a pele?

— Com uma agulha, talvez — responde ele. — Posso buscar uma, com a sua permissão?

Mas ela não quer que ele solte sua mão, não consegue suportar a ideia de voltar para casa. Ela faz que não com a cabeça, aperta a mão de Eren e faz uma careta. Ele volta a atenção para a mão de Lisbet, baixando tanto a cabeça que o cabelo dele faz cócegas na palma.

O hálito dele é cálido e está muito próximo. E então a boca de Eren está sobre sua mão, a barba gentilmente áspera, os lábios muito macios. Antes que ela possa entender por completo o que está acontecendo, ele suga a farpa. Ela sente a lasca de madeira se mexendo e, em seguida, saindo da pele. Ele cospe a madeira e ela sente a ausência de sua boca como uma ferida.

Ele não olha para ela quando lhe estende a chaleira para que lave a mão, embora haja pouquíssimo sangue, gotículas que ela mesma limpa da pele.

— Obrigada — diz por fim, e ele segue sem olhar para ela, mas se abaixa para coçar atrás das orelhas de Ulf. As mãos dele tremem, e a mão de Lisbet parece instável quando ela a leva até perto dos olhos para examinar. A palma está um pouco vermelha onde os lábios dele a apertaram, o corte que a farpa causou é pequeno. Junta-se às outras marcas em sua pele, sua nova topografia esculpida pelo trabalho. Em comparação com os dedos de Eren, os seus parecem deselegantes e desajeitados, mas ela se orgulha deles, observando a evidência de sua utilidade. Combinam com ela.

— Peço desculpas. — A voz de Eren está rouca. — Não pensei no que estava fazendo.

— Não tem problema.

Ela observa os dedos finos dele sobre o pelo embaraçado de Ulf, o jeito com que tira os carrapichos do cachorro, puxando-os como se fossem cordas do seu alaúde.

— O que você está fazendo aqui? — pergunta ela enfim. O rosto de Eren está escondido por sombras, inclinado sobre o cachorro. Ela quer atrair seu olhar claro e firme, mas ele parece determinado a não deixar isso acontecer. — Eren?

— Estou ficando aqui — responde ele, apontando para a plataforma.

— Na floresta?

— Serve bem para os outros libertinos.

— Você não é um libertino — declara ela com veemência.

— Por favor, calma. Não lhe faz bem...

— A mim? — Ela não consegue conter o grito agudo. A fúria de repente queima dentro dela: por tudo o que testemunhou, tudo o que suportou. Pela vergonha da alegria provocada ao vê-lo, pelo fato de ele nem sequer olhar para ela agora. — Não finja que se importa comigo. Você me deixou, como todos os outros. Todo o cuidado é pelo que eu carrego, e não tem ninguém, não tem mais ninguém para mim...

Ela arfa, e dentro dela o bebê se mexe como se ouvisse e entendesse. Eren está de pé também, mas a naturalidade anterior desapareceu. Ele não a toca, embora esteja com os braços estendidos, prontos para o caso de ela cair. Lisbet dá as costas, respira fundo, ofegante.

— Eu me importo, Lisbet — diz ele por fim. — Eu jamais fui embora.

Está mais próximo, tão próximo que ela poderia dar um passo para trás e encostar nele.

— Fiquei observando, depois que os Vinte e Um nos baniram — continua Eren. — Poderia ter ido com Frederich e os outros, mas fiquei para garantir que você estivesse em segurança. Até que seu marido ou sogra voltassem para casa. Vi que o pai e os filhos de Ida ainda estão com você. Juro que você não esteve só em momento algum.

Ela olha para trás, para vê-lo, perto o suficiente para contar seus cílios, ver uma pequena cicatriz quase escondida pela barba, ao lado da boca. Deixou Frederich partir sem ele, seu amigo mais querido. Ele ficou, por ela.

— Perdoe-me — diz ele. — Eu não queria alarmar você. Só queria que ficasse em segurança. De tal modo que, se estivesse em perigo, você teria ajuda por perto.

— Eu posso cuidar de mim — declara ela sem força.

— Eu sei, Lisbet.

Beije-me, pensa ela. *Ponha seus lábios sobre os meus.* Mas, em vez disso, ele dá um passo para trás, e ela seca as últimas lágrimas do rosto.

— Quer que eu a acompanhe até em casa?

— Não — responde ela de repente, intensa demais.

— Você pode ir sozinha, eu sei.

— Não — repete, mais firme. — Vou ficar mais um pouco, se puder. Ulf já está se sentindo em casa.

Eles olham para o cachorro, deitado de lado com a língua de fora, roncando baixinho. Eren suspira.

— Fique à vontade.

•

Ficar é tão simples quanto respirar. Sentam-se juntos, diante da fogueira moribunda, e conversam. Há muito para contar: mais sobre Frederich, mais sobre Nethe e Ida, mais sobre o monstruoso desfile do santo de cera que será a salvação de todos eles. Circundam a pergunta natural a ser feita, o que ele fará e para onde irá em seguida. Lisbet não quer saber. Com certeza, ele não ficará ali, onde as pessoas se afastam dele ou o atacam. Talvez ele espere o suficiente até Henne voltar e depois vá embora, e ela nunca mais o verá. Ela mantém esse pensamento como uma nuvem que se movimenta no canto de sua mente.

— Você acha que vai acabar? — pergunta ela.

— Precisa acabar — diz Eren. — Manias são como furúnculos. Precisam ser lancetadas e cuidadas com cataplasma, o veneno precisa ser extraído, para então tudo passar.

— Sei uma coisa ou outra sobre manias — diz ela em voz baixa. — E é verdade que passam. Mas, às vezes, quando se vão, levam gente junto.

— Você tem conhecimento em primeira mão?

Ela abre a boca, já pronta para falar de *Mutti*, de seus pés inchados. Como Lisbet a acalmou com as mãos quando no fundo do coração rezava para que ela morresse, para se livrar de sua agonia. Mas e se ele a rechaçar? E se ele, um homem que consegue tolerar um sodomita como melhor amigo, e que aos olhos da Igreja é ele próprio um pecado, julgar que ela é merecedora de sua repulsa, de sua condenação?

— Minha mãe... — começa ela. — Ela perdeu o juízo. Morreu pouco antes de eu me casar com Henne.

Porque ela queria fugir, e o casamento com Henne oferecia essa possibilidade. A fraqueza de caráter aperta seu coração. O fato hediondo de sua culpa. O fato hediondo de ela ser quem ela é.

— Uma perda terrível demais para suportar.

Tudo nele sugere um porto-seguro em que acreditar, e ela quer contar tudo. Mas essas são as coisas mais sombrias, os lugares mais recônditos. Ela recua, desvia.

— E sua mãe?

Ele fala da mãe, que lia em três línguas, e da irmã, que morreu de febre quando ele tinha 5 anos. Tinha uma trança grossa como uma corda, olhos parecidos com os dele. O pai andava mancando, por causa de uma guerra sobre a qual nunca falava. Mais uma vez, ela pergunta sobre ele, sobre a infância dele, e ele fala mais das irmãs que sobreviveram, mais da mãe que cantava, do pai que tocava, do filhote de urso que ensinaram a dançar para ganhar dinheiro, mas o urso morreu de saudades da mãe.

Conta que sempre viajavam, de grandes cidades a vilarejos, que ele ainda viaja, apenas com a roupa do corpo, o alaúde do pai e a chaleira da mãe. Que foi até Copenhague e Grécia, que um mês nunca é igual ao outro. Que aprendeu a tocar observando os dedos do pai. Que, como não tinham condição de pagar por outro instrumento, aos 10 anos ele praticava numa tábua de madeira na qual tinha talhado linhas e cantarolava para ouvir a música. Lisbet entrega a ele o pedaço de pau de onde saiu a farpa e ele aceita, rindo.

— Assim — diz ele e segura o pedaço de pau como se estivesse tocando o alaúde no palco diante das dançarinas. Cantarola rápida e jocosamente, e ela balança os joelhos, batendo palma.

Quando ele termina, joga o pedaço de pau e Ulf corre atrás, sob os aplausos e os incentivos de Eren e Lisbet. Ela preenche a euforia com o absurdo do dia, que rapidamente se transforma em noite.

— E você? — pergunta ele, olhando para os pés de Lisbet. — O que me conta?

— Não tem história.

— Sempre tem uma história.

Lisbet sente sua alegria se esvair, sente o peso de tudo que paira sobre ela. Quer se livrar disso, e talvez esse seja o único modo, o único lugar, ele a única pessoa com quem é possível compartilhar. Uma confissão.

— Você acha que estou me intrometendo — diz ele. — Peço desculpas.

— Não precisa pedir desculpas — diz ela.

— Você não tem de me dizer nada.

— Tenho, sim. Quero... Preciso...

Ele espera, e ela tenta organizar os pensamentos, penteá-los como lã cardada.

— Você não precisa...

— Por favor — pede ela. — Não fale.

Ela encontra o lugar, o começo de tudo. O começo dela.

— Minha infância foi um desfile de horrores. Na noite em que nasci, um cometa caiu no lado leste da propriedade de meu pai, queimou um ano de milho e deixou a terra devastada para sempre. Acho que você ouviu falar do cometa... Caiu em Eninsheim.

Ela percebe o aceno de reconhecimento dele com o canto do olho, mantém os olhos voltados para a frente, numa espiral no tronco da árvore da dança.

— Geiler pregava que era um presságio. Era Deus amaldiçoando todos nós. Parecia amaldiçoar minha família em especial. Além da terra perdida, acabamos perdendo colheitas por causa de chuvas de granizo e tempestades. Chuvas que caíam como marés, ou então que não caíam nunca. Enchentes e secas, um círculo infindável. Eu e a desgraça crescíamos juntos. Insurreições que levaram nossos melhores trabalhadores, quase levaram meus irmãos. Rebeldes enforcados, pendurados como lençóis velhos em todo muro, bandeiras fracassadas de rendição. E, quando fiz 12 anos, minha mãe começou a enlouquecer. — Ela engole em seco. Não consegue dizer o quanto as duas eram intimamente ligadas, como ela começou a sangrar e a mente de *Mutti* desintegrou.

— Você disse que mania é como um furúnculo, mas a dela estava sob a pele, no sangue dela. Os pés incharam tanto que ela mal conseguia andar, e o empírico cortou todo o cabelo dela. — Lágrimas ardem nos olhos de Lisbet diante da lembrança dessa crueldade em particular. — O cabelo dela era tão lindo — comenta, impotente.

Ela não conta dos outros remédios. O empírico que *Pater* trouxe era jovem, inexperiente, com o rosto ainda liso, exceto pelo início de barba na linha do maxilar. Praticamente não pôs a mão em *Mutti* até vender a eles uma tintura de mostarda.

— O útero flutua — disse ele a *Pater*. — Enrosca-se no pescoço, acomoda-se no coração e se aloja sob a garganta. As crianças o preenchem, o pesam, o devolvem, mas depois do parto contamos é com a mostarda forçada goela abaixo para assustá-lo, ou então doces colocados nos lábios de baixo. — Lisbet imaginava o útero como um bebê faminto engatinhando rumo à promessa do prazer. A mostarda formava bolhas no pescoço de *Mutti*. Eles não tinham dinheiro para os doces.

— Mesmo assim, a mente dela se despedaçou. Alguns dias ela me reconhecia, e havia tanto amor ali. Mas, cada vez mais, ela não reconhecia. As mãos tremiam, a boca espumava. Perto do fim, ela não conseguia mais falar.

Os pés escuros e a boca aberta, dias ruins e dias péssimos. Infindável devoção, infindável. A língua que só elas falavam, como Lisbet era seu único conforto, como ela levava ópio para *Mutti* quando ela pedia.

— Um dia, ela foi até o rio... Não. — Lisbet se ajeita. Se isto é para ser uma confissão, precisa contar toda a verdade. — Uma noite, eu fui a uma festa. Lá, conheci Henne. Heinrich, meu... — Não quer dizer marido. Não quer estar associada a outro homem na frente de Eren, não importa quão tolo isso seja, quando ela traz dentro de si o bebê de Henne, a evidência de suas tentativas tremulando sobre suas cabeças. — E ele me pediu em casamento. Mas casar significava vir para cá, deixar *Mutti*, então eu disse não.

Sua voz se quebra. Os olhos de Eren são tão gentis que ela gostaria que ele os fechasse. Não merece tanta bondade.

— Mas *Mutti* adivinhou o motivo. Tomou ópio. Foi para o rio, o rio que o cometa criou no lado leste do nosso campo. Encheu as saias de pedras.

A mão de Eren é surpreendentemente cálida na dela, além de seca. Não mais fresca nem grudenta. Viva e tenra. Ela conta como *Mutti* a amava, apesar de tudo, e foi por isso que continuou vivendo, que suportou a morte dos bebês sem reclamar, porque ela merece. Ela merece tudo o que recebeu.

Eren ergue a mão para interrompê-la. Ouviu tudo imóvel, completamente parado, como se mal respirasse. Mas agora ele olha diretamente para ela, seus finos dedos marrons a centímetros de seus lábios, os olhos fixos nos dela.

— Nós nos conhecemos há pouco tempo, Lisbet, mas sinto que a conheço bem.

O alívio de ouvir isso dito em voz alta é quase doloroso.

— Eu entendo.

— Então, você também precisa entender que, embora eu não seja seu pai, seu irmão, seu marido, nada além de um amigo, tenho certeza do que digo. Você não é a causa de tudo o que descreveu para mim.

Lisbet ri dá uma risada seca.

— Você não me conhece tão bem...

— Por favor — diz ele. — Será que posso falar agora?

Ela engole o riso.

— A Igreja acredita em séculos malditos. Acredita que manias podem ser curadas com imagens, reza para curar ossos quebrados. Acredita que bebês perdidos são castigo para os pecados. Mas existem outras formas, outras crenças. Encontrei muitas desde a minha infância, crescendo como cresci com um pé em cada mundo. Na terra de meu pai, temos um profeta diferente. A medicina lá acredita em ervas e talas. Escrevemos nossas histórias para que não sejam distorcidas e tiradas de nós, para que não sejam deturpadas.

— Isso são blasfêmias — comenta Lisbet.

— Outra palavra que é diferente de acordo com a boca que a profere. Prefiro pensar nisso como outra forma de viver a mesma vida boa. Acho que todos se enganaram com você, Lisbet, desde o seu nascimento. Dezenas de mulheres perdem a vida, ou a cabeça, diariamente. Centenas de crianças nasceram na noite do cometa. Milhares de fazendeiros perderam a colheita nas mesmas tempestades. Os rebeldes lutam porque também acreditam que há formas diferentes de viver. Talvez seus padres tenham se desviado. Até sua sogra acredita nisso. Já a ouvi elogiar Geiler.

— Não é a mesma coisa — retruca Lisbet. O calor está aumentando na base do seu pescoço. — E não tem engano nenhum nas desgraças de *Mutti*...

— Minha própria mãe teve uma febre cerebral que a deixou sem fala por um mês. Minha irmã morreu da mesma coisa. Minha esposa, minha filha... Tudo isso são desgraças, Lisbet. E não têm nada a ver com você.

Dava na mesma se ele tivesse batido nela. Lisbet coloca o punho no peito, onde sente os golpes das palavras. Ninguém jamais lhe ofereceu essa perspectiva antes. Ninguém, nem os padres, nem suas orações lhe ofereceram semelhante dádiva de colocar um véu diferente sobre toda a sua vida.

— Você acha que isso é verdade?

— De coração, acho. Mas e você? — Ele se inclina para perto dela. — Você acredita também?

Ela não tenta argumentar. Não grita que são blasfêmias. Escolhe, neste lugar que escolheu chamar de sagrado, assentir.

— Acredito.

Com essas palavras, ela sente tudo se desprender dos seus ombros e percorrer os galhos da árvore da dança, girando e se dissipando no ar abafado. Lágrimas escorrem de seus olhos.

— Você me compreende? — pergunta ele com delicadeza. — Agora você pode se libertar, Lisbet. Deixar tudo para trás.

Ela olha para Eren. Enxuga as lágrimas do rosto. Sorrindo, faz que sim.

— É o que eu vou fazer.

Os ombros de Eren relaxam, como se ele compartilhasse seu alívio.

— Bom, então. Você precisa olhar para o futuro. O que vem por aí? Quando o bebê chegar?

— "Se". — A palavra sai antes que ela possa contê-la.

— Você não deveria falar assim.

— Ai de mim, eu devo — diz ela. — Amaldiçoada ou não, é um fato. Não seria a primeira vez.

Eren joga a cabeça para trás. A barba ainda está bem aparada, a linha que margeia o maxilar bem definida como um sulco na terra, o pomo de adão subindo e descendo quando ele engole. Ela pensa em como gostaria de apertar os lábios na pele dele, ali onde ela encontra a barba, sentir o áspero e o macio.

— Você é muito forte, Lisbet.

Ela ri, surpresa.

— O oposto, com certeza, porque não consegui segurar os bebês.

— Mas marcou cada um, seguiu com eles, amou cada um. — Ele faz que sim, quebrando o encanto. — Ainda amo minha mulher e minha filha, mesmo que tenham morrido.

— No parto?

— Logo depois. Uma parte não saiu. Ela morreu, e depois o bebê. Eu também teria morrido, se não fosse por Frederich. Ele me levou com ele, e viajamos juntos desde então. Acho que ele reconheceu uma alma perdida como a dele.

— Mas você se separou dele.

— Acredito que nos encontraremos novamente. E continuaremos viajando.

Como deve ser, ser um homem e capaz de deixar o luto para trás, encolhê-lo em pedaços pequenos o bastante para carregar no bolso, e dar conta de viver uma vida diferente? Será que ela conseguiria fazer isso? Será que sequer desejaria?

Sim, é a resposta, rápida como um piscar de olhos. *Sim, claro.*

— Mas não devemos mais falar sobre isso — decreta ele. — Esse bebê viverá, Lisbet.

— E eu?

As sobrancelhas espessas dele se juntam.

— Você deve.

— Eu devo — concorda ela. — Para ser mãe. Não há mais nada, não é?

— Você ainda será Lisbet — diz ele. — Ainda andará pela floresta com Ulf, será esposa, cuidará das abelhas.

— Talvez.

— Você precisa lutar por isso. — Eren se inclina para ela, o corpo perto o suficiente para ser tocado. — Lutei contra a minha mãe para ser músico. Um músico que conhece as letras é um desperdício, mas é isso que sou.

— E eu sou uma mulher que conhece as abelhas. — Ela sorri.

— Isso mesmo. — Ele estica as pernas. — Não deveria voltar para elas?

— Você quer que eu vá?

Eren olha para ela, no fundo dos seus olhos, e Lisbet perde o fôlego.

— Devo acender o fogo?

Ela faz que sim, incapaz de falar mesmo depois que o olhar dele se afasta de seu rosto e se concentra na tarefa de soprar a chama. Ela observa os lábios de Eren, o ar dando vida ao fogo, e um formigamento de calor traça o lugar onde ele sugou a farpa de sua mão.

Como seria ser esposa de Eren? Esse é um pensamento a que ela se permite por completo, sentada na escuridão crescente, observando seu rosto à luz do fogo cada vez maior. Haveria muitas noites como esta, passadas sob as estrelas, acompanhando o movimento e o trabalho constantes, apesar das dificuldades. Haveria falta de trabalho também, e nenhuma estabilidade ou controle sobre o lugar aonde o trabalho os levaria, mas será que ela se importaria?

Deixa o pensamento ir ainda mais longe, a outro mundo, onde foi Eren quem ela conheceu naquela noite na festa, seu alaúde posicionado no centro de seu coração, os dedos de Eren nos dela, a respiração de Eren no seu pescoço, o bebê de Eren dentro dela, a promessa de Eren de outra vida possível. E seria verdadeiramente diferente. Não sem suas dificuldades, mas seria um novo tipo de existência, marginal. Uma abelha fora da colmeia. Ela pensa, observando-o, que talvez os padres estejam errados: o contrário da ordem não é o caos. Talvez seja a liberdade.

— Pronto — diz ele, agachando-se sobre os calcanhares, o fogo iluminando seus ombros. — Vou buscar mais água. Você vai ficar bem?

Ela faz que sim com a cabeça, grata por ele não mencionar mais sua volta à fazenda. Talvez ele precise disso tanto quanto ela, essa rota de fuga. É como se estivessem juntos equilibrados à beira de um precipício, adiando o momento da queda. Ela se sente segura, mesmo estando sozinha, mesmo quando Ulf, traiçoeiramente, corre atrás de Eren até o rio. Ela se levanta, com o costumeiro esforço necessário toda vez que fica sentada por muito tempo, e sobe os degraus até a plataforma.

Foi bem varrida por Eren, as velas que Nethe roubou de Sophey empilhadas, e seus pertences estão tão arrumados quanto estavam no quarto da casa. O alaúde descansando junto ao travesseiro, como um amante adormecido. Ela pensa nele assistindo ao pai, a atenção que deve ter prestado aos dedos, a mesma devoção que ela sentia quando o via tocar. Como deve ser ser homem e aprender semelhante habilidade? Nas mãos de uma mulher, seria bruxaria ter tal poder.

— Lisbet?

Ela saboreia a preocupação em seu tom de voz ao se debruçar sobre o parapeito, imitando sua primeira visão dele, e acena.

— Aqui em cima.

Eren levanta as mãos. Carrega a chaleira pendurada no braço, com as mangas arregaçadas, mostrando os braços musculosos. As mãos estão cheias de cogumelos. Ao lado dele, Ulf carrega mais um pedaço de pau, evidentemente tão orgulhoso de seus esforços quanto Eren dos dele.

— Vou preparar os cogumelos — começa ela, mas ele balança a cabeça, ajoelhando-se.

— Fique aí, vai levar tempo para cozinhar.

Ela se abaixa, deixando as pernas pendendo na plataforma, para observá-lo trabalhar, sentindo-se uma menina apesar da imensa barriga, das juntas inchadas, do leve medo de cair. Ele limpa os cogumelos com a faca, descascando as camadas externas sujas e jogando um por um na chaleira, já posicionada sobre o fogo para ferver. Torce o alho e também o coloca na chaleira, depois recoloca a tampa e limpa as mãos. Lisbet sente que ele está fazendo uma encenação para ela, assim como ela fez para ele na cozinha da fazenda, dando mais atenção do que o normal a cada passo. Quando está pronto, ele se levanta e, sem olhar para ela, circunda o tronco. Ela escuta o ranger dos degraus e o assentar das tábuas quando ele se abaixa ao lado dela, inclinando-se para a frente para descansar os braços nus sobre o parapeito pintado.

Por um tempo, eles se sentam num silêncio solidário, observando Ulf morder seu pedaço de pau, mostrando as gengivas.

— Ele vai sentir saudades de você — comenta Lisbet por fim. *Eu vou sentir saudades de você*, pensa.

— Eu vou sentir saudades dele.

— Você não se sente sozinho em suas viagens?

— Está me oferecendo Ulf?

Ela quer dizer: "Me oferecendo." Dá de ombros.

— Você nunca teve vontade de se casar outra vez?

Ela pergunta como se não se importasse com a resposta, mas ele enxerga através de seu disfarce. Ela percebe pelo olhar que ele lhe direciona.

— Isso não é vida para uma mulher.

O cheiro do alho selvagem chega até eles, e Eren desce da árvore para trazer a chaleira embrulhada em uma camisa. Juntos, eles assopram o conteúdo e ela entorna diretamente na boca. É quase picante de tão forte, os cogumelos com gosto de carne. Ela se satisfaz, quente e salgado, o contraponto perfeito para seus dias de mel.

— Está bom — elogia ela, enquanto ele bebe.

— Você parece surpresa — diz ele, limpando a boca. — Não sou só um músico.

— Que conhece as letras — brinca ela.

Ele inclina a cabeça em uma falsa reverência.

— Você vai tocar para mim?

Eles se entreolham então, e o mundo inteiro se estreita a um ponto, ao canal de energia invisível de um para o outro e de volta, o fio que ela anseia por tecer e uni-los para sempre. Não pode ser amor o que sente, ela sabe. Amor é trabalho de uma vida inteira. Mas, ainda assim, é algo que vale uma vida inteira que se passa agora entre eles, uma compreensão. Ele também sente, Lisbet sabe disso.

Ela também sabe que ele não chegará mais perto. Mas ele deixa de lado a chaleira e se deita, estendendo o braço para o alaúde, expondo a carne macia e peluda do abdômen. Ele se senta novamente e arrasta os pés, afastando-se do parapeito, cruzando as pernas e trazendo o instrumento com cuidado para o colo, como um bebê nos braços.

Desajeitada, Lisbet senta-se no lado oposto, como se estivessem prestes a brincar de bater palmas. Ainda assim, ele a observa, enquanto os dedos buscam seu lugar nas cordas do instrumento, enquanto ele as convoca ao som. Toca a melodia que tocou da última vez na árvore da dança, uma elegia, uma canção de despedida. E o tempo todo ele não desvia o olhar, não fecha os olhos para ouvir a música como fez na praça do mercado, como se, ao sorver dela, pudesse tocar melhor.

Ela sente a música se expandir e pairar sobre suas cabeças, tornando--se quase visível, dourada e cintilante no longo crepúsculo, o longo adeus ao dia, as notas se enlaçando entre os galhos, entrelaçadas nas fitas dos bebês, sacudindo as lembranças de músicas passadas e trazendo todo o peso da perda e do esquecimento sobre suas cabeças. Ele as toca na escuridão, nas estrelas surgindo brilhantes entre as folhas. Ele as toca na calma, a floresta inteira embalada por ele. Ele está chorando, sente as lágrimas correndo quentes pelo rosto, e os olhos dele também brilham.

Quando ele enfim interrompe os movimentos dos dedos, suspendendo a melodia no auge, e põe o alaúde de lado, ela lê seus pensamentos. Eren estende a mão, os dedos ainda marcados pelas cordas, e enxuga suas lágrimas do queixo, dos lábios. A ponta de seus dedos é áspera, cheia de calos, mas seu toque é suave, estranhamente suave. Ele traça o caminho até o punho e esfrega o polegar áspero na delicada pele ali, sua mão tão escura contra ela que Lisbet poderia se derreter e sumir na noite.

Ele se ajoelha no espaço entre os dois e a beija uma vez em cada face. Beija-a novamente, na testa, com firmeza e lentidão, como se apagando as rugas. E por fim ela levanta o rosto para o dele, para que ele complete o sinal da cruz, o gesto mais sagrado, quando os lábios se encontram, delicados a princípio, e depois com mais intensidade.

Não há hesitação então. O tempo para isso já passou, e, quando ela se deita nas tábuas velhas, ele acompanha seu gesto, abraçado ao seu lado, os lábios de ambos não se separam até a mão dele se colocar entre as pernas dela e ela gemer. Mesmo então não há pausa, nenhum momento de incerteza ou timidez, enquanto os dedos dele a abrem e a encontram molhada e aberta.

Ela agarra sua camisa, para sentir a pele dele na sua, e não há pensamento algum além do desejo quando ela se vira de lado e ele entra nela, as costas de Lisbet coladas no peito de Eren, o coração dele batendo junto ao dela, e o dela junto ao dele, nenhuma palavra além dos nomes um do outro, repetidos como orações, como bênçãos, como se fossem novos, os primeiros a falar um ao outro com verdade, tão puros e limpos quanto cera de abelha extraída da colmeia do primeiro jardim, no começo de tudo.

Ninguém dança

A cidade está abalada. Parece enorme e vazia, como uma capa pesada jogada sobre os ombros de Daniel Lehmann. Ele não reza tanto quanto deveria, mas reza por Hilde, com todas as suas forças, a caminho do santuário.

Ele sobe no palco vazio, a lona manchada de marrom de urina e sangue, a madeira rachada pelas centenas de pés. As dançarinas deixaram tal destruição para trás. Quinze pessoas morreram por dia, disse Herr Plater com prazer, erguendo um copo de aguardente para o céu enquanto balançava os pés, e nesse calor Daniel não fica surpreso. Foram enterradas em valas comuns, trincheiras escavadas ao longo dos muros da cidade. Ele estremece. Graças a Deus, Hilde foi levada para o santuário. As bênçãos já estão caindo sobre elas.

A peste acabou, e ele se sente feliz e triste. Mas é preciso fazer mais. Ele tem um propósito agora, como homem de Herr Plater. Um chamado. Em contrapartida, Plater prometeu unguento para os pés de Hilde, beterraba e mel para a mesa da família, leite para Gunne e cerveja para o restante. Mais do que isso, orações e um lugar no Céu para todos que o servem, pois ao servirem os Vinte e Um, servem a Deus.

Daniel está começando a compreender como o mundo funciona. Não as pequenas lutas que vê nos abrigos para miseráveis, nas tavernas e nas ruas. O verdadeiro poder no coração de tudo. Deus está acima de tudo, é claro, mas há formas de se chegar a Ele, de esculpir um lugar para si mesmo e para seus irmãos, sua irmã. Pode cuidar de todos eles, se permanecer próximo a Plater.

Há, porém, um pensamento obscuro em sua garganta. Incrustado ali como um tumor. Dúvida. Ele tenta engolir, mas é difícil ignorar. Os chutes que seu mestre dá em cachorros de rua. O prazer que demonstrou ao arrastar a esposa para a prisão. A maneira como tem se voltado para a bebida ultimamente, despachando Daniel entre o moinho e a taverna para pegar cerveja e genebra, bebida que queima de tão forte que é o cheiro. A raiva que brilha em seus olhos embaçados. Melhor não pensar nisso. Melhor confiar em Herr Plater e, portanto, em Deus. Não pode estar errado se ele disser que não está.

Como será que é ser tão ungido? Daniel sente um arrepio de anseio, de medo, de que talvez um dia possa ser como Herr Plater. Um tubarão nadando entre peixes, uma abelha rainha.

As ferroadas pararam de coçar graças às atenções de Frau Wiler. Ele não deve pensar nisso também. Herr Plater está esperando que ele chegue com mais cerveja, mais notícias da imagem. Ele diz que estão fazendo o trabalho de Deus. E Daniel Lehmann, para quem a vida tem sido um labirinto de escolhas difíceis, acredita nele.

21

Lisbet acorda com o cheiro de fumaça, tão familiar quanto as próprias mãos e tão fora de lugar quanto o braço de Eren ao seu redor. Ela levanta a cabeça, lembrando-se, daquele jeito estranho que acontece toda manhã, do corpo maior, mais pesado e mais cansado do que sentia antes de dormir na noite anterior. Uma dor aguda percorre a lateral do corpo, onde os lençóis finos que Eren estendeu não ofereceram proteção suficiente contra a madeira áspera da plataforma.

Ela se levanta com dificuldade. Espera, a mão sobre a barriga, a fina barreira entre seu bebê e o mundo, e espera pela vergonha. Mas tudo o que sente é alegria.

Vira-se para olhar para Eren. Parece uma criança dormindo, o braço que a cobria agora recolhido sob o queixo. Sua linda boca está entreaberta, e ela resiste à ação desajeitada que seria necessária para se abaixar e beijá-lo. Há decisões, não muito distantes, decisões que ela nunca considerou antes da noite passada, nem no mais louco e perigoso dos seus sonhos. Serão dele, Lisbet sabe, ela e seu bebê. Ele sussurrou isto em seu ouvido quando estava deitado atrás dela, preenchendo-a, sussurrou que a ama.

O dia acabou de raiar, atravessando os espaços entre as folhas dispersas acima deles, o céu já de um azul caótico e implacável. A floresta está barulhenta, crepitante, expandindo-se sob o calor de mais um dia deste verão interminável. Ulf late, e Lisbet é trazida de volta ao motivo pelo que foi acordada. Fumaça. Engatinha devagar até o parapeito para verificar se o fogo que com certeza Eren apagou na noite passada ainda está aceso. Ulf está lá, alerta e de frente para a floresta. O fogo virou cinza. Ele late de novo.

— Lisbet?

Ela se vira e vê os olhos de Eren, pequenos de sono, o cabelo bagunçado como o de um menino. O coração de Lisbet dispara ao vê-lo, ao se lembrar de seu corpo tão acolhedor e certo encostado no dela, seu hálito quente no ouvido.

— Você está bem?

— Está sentindo o cheiro? — pergunta ela. Eren fareja o ar como um cachorro.

— O fogo ainda está aceso?

— Não — responde Lisbet e faz menção de se levantar, as pernas rígidas e o corpo inteiro dolorido. Nunca mais vai reclamar de uma cama, não importa a má qualidade do empalhamento.

Eren salta para junto dela, ajudando-a com cuidado a se pôr de pé. Esfrega seus braços e ela, momentaneamente, se apoia nele, os lábios novamente em sua testa. Ulf late duas vezes, mais alto e mais urgente.

O corpo de Eren enrijece.

— Está ouvindo?

Lisbet presta atenção, afastando-se ligeiramente dele, para que a batida do seu coração e o desejo não afetem a audição. Para além de Ulf, ela ouve a floresta se movimentando...

— Nenhum pássaro — comenta ela.

— E isso.

Eren ergue um dedo, os ouvidos de músico detectando um som que lentamente chega até Lisbet, o crepitar que ela ouviu antes, mas que agora se transforma, tornando-se como água, o ronco baixo de uma onda que se aproxima.

— Fogo — avisa Eren. — Não muito longe. — Ele segura a mão de Lisbet e a arrasta em direção aos degraus. — Temos de ir para o rio.

— Eren — diz ela com a garganta muito seca. — Eren, está vindo da fazenda.

Ela consegue ouvir agora que seus ouvidos se adaptaram ao som e sabe que está vindo de suas terras. Quando chegam ao pé das escadas, Ulf a contorna em pânico e corre para casa.

— Ulf — chama ela.

— Vá para o rio. Vou buscar o moleiro e as crianças.

Ela começa a discutir, mas ele a empurra na direção do rio.

— Encontro você lá.

Ele sai correndo, e, embora Lisbet saiba que precisa obedecer a ele, vai atrás.

Ele já está fora do campo de visão. De repente, ela não teme mais que ele a ouça, pois todo o barulho é ensurdecedor e estridente, o fogo engolindo e se fortalecendo. Ela não consegue correr, não com a barriga e as pernas ainda doloridas, mas anda o mais rápido que pode, e logo chega aos limites da floresta.

O calor é inconfundível. Lisbet, de repente, sente medo, embora devesse ter sentido medo o tempo todo, desde que foi com Eren até a clareira. Não deveria ter acreditado nele, não deveria ter acreditado que pudesse se livrar da podridão, de tudo que é. Nem mesmo o sacrifício de sua mãe poderia salvá-la, então por que ela acreditou que as palavras dele poderiam?

E então tem fumaça em volta de sua cabeça, preenchendo com escuridão o espaço entre as árvores. Apavorada, ela segue em frente até enfim ver que não era uma parede de chamas engolindo as árvores e tornando-as intransponíveis, nem mesmo a casa da fazenda incandescente como uma pira...

As colmeias de palha trançada. As colmeias são pequenos amontoados de chamas, cada uma delas um monte ardente. A fumaça é tão doce que dá enjoo. As abelhas voam, afastando-se, pequenas faíscas, caos de luz, e o zumbido delas chega a um tom tão alto que é tudo o que Lisbet consegue ouvir.

Elas estão queimando até a morte, e ela dá um grito fraco, angústia inútil, ao se aproximar, tropeçando. Fumaça preta se avoluma sobre tudo como nuvens de tempestade, e mesmo assim o zumbido sobe, sobe.

Onde está Eren, onde estão as crianças? Lisbet luta para chegar mais perto, mas precisa dar uma volta grande, o calor açoitando suas costas. Suor e lágrimas escorrem pelo seu rosto, os olhos cegos pela fumaça, o corpo se contorcendo.

É apenas quando está sob a fumaça que ela se dá conta. É apenas quando se vê sob a fumaça, que bloqueia o azul com a escuridão do inferno. Que não é só a fumaça que bloqueia o sol. A coisa respira.

As abelhas que sobreviveram estão formando um enxame, exatamente como uma revoada de pássaros, revirando o ar, enlameando-o com suas asas. Ela recua, afastando-se do enxame, e, ao fazer isso, seus olhos se voltam para baixo, e ela vê mais abelhas ali, outro enxame menor que assumiu a forma de um homem, um homem negro coberto de abelhas, e ela sabe que é o Diabo, que enfim veio ao seu encontro.

Ela cai de joelhos enquanto ele se ergue, a voz do homem um profundo bramido. Ulf sai correndo de entre as colmeias em chamas, o pelo chamuscado e os olhos arregalados de dor, corre com tudo em direção ao Diabo e afasta as abelhas, que sobem em bloco num voo furioso e disforme rumo ao céu. É apenas um homem, inchado com ferroadas, gemendo. Ele tropeça enquanto vai em direção a Lisbet, e ela vê que é Plater.

— Frau Wiler!

É a voz de uma menina, mas ela não se detém para ver quem fala, quem puxa suas saias, porque há um movimento mais profundo nas colmeias incandescentes. Eren está lá, Eren está entre as colmeias em chamas.

Ela derruba Plater no chão, mergulha na fumaça e no enxame. Sente as abelhas, enlouquecidas pelo terror, perfurando seu pescoço, suas mãos enquanto abre caminho através delas, a fumaça já sólida e perfurante, mas ela não dá importância, precisa tirar Eren dali.

Uma tosse, não a dela. Ali. Segue em direção ao ruído, os olhos bloqueados e lacrimejantes de fumaça, os pulmões ficando pesados. O bebê. Ela não pode ficar aqui, mas não pode sair. Ali, de novo.

— Eren! — Ela engasga ao dizer o nome, mas ali está ele, segurando-a, puxando-a para trás.

— Vamos embora — grita ele, as mãos fortes sobre ela, a voz clara em seu ouvido. Tudo está confuso, tudo é cheiro forte e terror, e tudo que a segura é Eren, as mãos de Eren seguram firme...

Então, ali, Plater. De repente, ele está diante dos dois, ocupando toda a sua visão, as abelhas rastejando sobre a pele queimada e ferroada. Está cheio de veneno e fumaça, geme de dor e raiva, e ela sabe, quando ele se levanta e põe as mãos em volta do seu pescoço, o que ele pretende fazer.

— Sua piranha — grunhe, o bafo pesado de álcool. — Veja agora quem eu sou. Veja o que posso fazer.

Ele fala, ela tem certeza, não apenas para ela. Fala para Ida, para Nethe, para todas as mulheres que o desafiaram com sua felicidade. Ela sabe, quando faíscas douradas e vermelhas explodem por trás de seus olhos, que ele pretende matá-la. Mas ela não é apenas ela. É ela e seu menino. Seu filho, que sobreviveu quase nove meses dentro dela. A fúria aumenta à medida que o ar sai do corpo dela. Plater não vai tirar o bebê deste mundo.

Ela ouve o grito de choque de Eren e se agarra nele, os dedos alcançando o cinto dele, o cabo da faca. Sua visão está bloqueada por fumaça, abelhas e raiva vermelha, vermelha. Levanta a mão e, quando os dedos de Plater apertam e estrelas tomam conta da sua visão, ela desce a faca com toda a sua força.

Ouve-se um grunhido, um gemido. As mãos de Plater de repente se afrouxam como uma corda podre. Elas se abrem, e Lisbet cairia se não fossem outras mãos nela mais uma vez. Eren a segura e, através de olhos lacrimejantes, ela vê a faca, enterrada no pescoço de Plater.

A dor a revira e a dilacera por dentro. Ela olha para baixo, esperando uma faca na própria barriga, mas tudo o que vê são os braços de Eren.

— O turco! — grita outra voz. — É o turco!

De repente, ela imagina como deve parecer a cena. Plater morto com a faca de Eren enterrada no pescoço.

Ela afasta as mãos de Eren.

— Vá embora — dispara. — Vá embora.

A dor retorna, e Lisbet cai de joelhos. Cai através do chão, longe da fumaça, longe das colmeias, longe de Eren, e o mundo vem abaixo.

É apenas dor então, dor em seu ventre e em suas costas e em seu coração e em sua cabeça, dor para além do suportável, e Ulf ainda corre desesperado pelo quintal, e as abelhas acima voam em enxames mais espessos que a fumaça, e uma mãozinha agarra a sua, levando-a para longe, para o abrigo das árvores, e, quando a escuridão se fecha sobre ela, tudo o que consegue ver é o clarão de sua agonia.

•

Mais mãos sobre ela então, mãos na testa, ajeitando seu cabelo, e, como se não bastasse, um punho se abrindo e fechando dentro dela. O Diabo a agarra entre as pernas e suga, morde, e o chão se abre e a engole.

•

Existem folhas debaixo dela, sabe que são folhas, e ela agarra grandes punhados delas. Ainda não está condenada. Precisa ter força. Mas, em algum lugar, as serpentes estão sibilando, milhares de serpentes se contorcendo e atacando ao longo do infindável solo da floresta, vindo ao seu encontro. Derramam água em sua garganta e ela vomita, e mais água desce. Ela bebe, afunda.

•

Colocaram-na sobre um cocho. Seu ventre está se partindo, ela tem certeza. Se olhar para baixo, verá suas vísceras, suas entranhas arrumadas como os tons de roxo, vermelho e preto das abelhas, o ouro puro que viu quando Eren a possuía, suas pálpebras fechadas para as fitas da árvore da dança. Ainda há muitas mãos sobre ela, e Lisbet luta, morde-as, e uma raiz é colocada entre seus dentes, enchendo sua boca de lascas.

•

Agora ela está flutuando, e as pessoas falam uma língua que ela tem certeza de que conhece, mas esqueceu. As palavras não servem para nada, sua língua está presa sob uma tira de couro que substituiu a raiz, e há um telhado acima dela, um teto com vigas dentadas que ela contou mil vezes, as espirais naquela madeira, enquanto ficava deitada acordada, esperando pela maternidade ou pelo sangue. Chegou a hora e não há por que lutar.

— Empurre, Frau Wiler.

Por favor, meu Deus, meu bebê.

— Empurre, Frau Wiler.

Por favor, meu Deus. Meu bebê.

Derramam ácido em sua garganta. Arde como mil cortes, mil fatias precisas e, em seguida, derramam mel, de forma que é como se ela tivesse engolido o caule de uma rosa. Ela engasga com o vinagre e o mel, mas eles a levam para o quarto. Ela é forçada a ficar de pé contra a parede, o colchão embaixo dela encharcado e o ventre se contorcendo como um saco de cobras. A dor a derruba e pessoas estranhas a seguram. Ela fica presa ao chão, grita como uma raposa numa armadilha. Terá de roer a perna para se libertar.

O corpo se parte com o ruído de um favo de mel: úmido e rachado. Doçura inunda sua boca e todos os seus dedos formigam. Ela é um enxame, um entre muitos, e voa da cama e sobre a floresta, está alada e enorme, e, quando cai de volta na palha, ela chora por tudo o que viu.

— Falta pouco agora.

Não é como a voz de sua mãe, não importa quanto deseje ouvi-la.

— Empurre, Lisbet.

Nethe.

Lisbet se esforça para se virar em direção à voz, como uma toupeira em busca de uma passagem pela terra escura em sua agonia. Nethe fala com ela de novo, com delicadeza e amor. Há uma onda de fogo dentro dela agora. Ela se agita, o mundo inteiro se estreitando em seu centro. Suas pernas são puxadas para trás, e sua espinha se parte, e sua boca está aberta, mas ela não consegue gritar.

— Empurre.

Ela empurra.

Há uma colher, adoçada com mel. Está fresca entre seus lábios. Há um pano em sua testa e alguém chora, mas não é ela.

— O filho de Henne. — Sophey, ao longe. — O menino de Henne.

Os olhos de Lisbet estão fechados, os braços pesados. Colocam alguma coisa sobre ela, escorregadia e impressionantemente cálida, um sapo cozido. Mas ele se mexe no embrulho. Não é um dos seus bebês mortos. Ele chuta e choraminga.

— Seu menino. — O hálito de Nethe também está doce do mel. Ela envolve a criança nos braços de Lisbet, e, embora Lisbet esteja tão cansada que saiba que seria capaz de simplesmente afundar, partir e deixar de viver, ela segura com força e abre os olhos.

Ele está vermelho e sujo de sangue e é lindo. As pálpebras dele tremem: ela vê pupilas pretas, o branco mais puro de seus olhos. Será que ele a vê? Será que ele a conhece, como ela o conhece? Sabe que pertencem um ao outro? Que ela caminhou sobre o fogo e sobre perdas, tantas perdas, para que fosse ele, o tempo todo?

Todos os cantos do coração de Lisbet se expandem e transbordam. Ela sente cheiro de sangue e de queimado, ouve o cordão que os unia se dissolvendo no fogo. A boca do filho encontra seu peito e é ávida, dolorida e correta.

Enfim, Lisbet vê seus braços plenos.

22

Aqueles primeiros dias são de leite e sangue. A fumaça corroeu a garganta de Lisbet e nublou seus pensamentos, então é apenas o êxtase de segurar seu filho que a desperta. Abençoadamente, Nethe está encarregada de seu cuidado, enquanto Sophey lida com as consequências do fogo. Por dias, a casa inteira cheira a mel e fumaça, como uma igreja. Tão silenciosa quanto uma igreja também, com a volta de Mathias e das crianças para casa depois da morte de Plater. *Do assassinato dele.* Ela fecha as portas da mente para essa memória. Matou-o para que pudesse sobreviver. Não apenas ela, mas também seu filho. Isso não limpa sua consciência, mas a alivia o suficiente para permitir que ela desfrute da alegria do filho.

Pensa, em vez disso, em Ilse nos braços de Ida, Rolf no seio de Ida. Por que a amiga não a visitou? Sente vontade de abrir as janelas, mas elas precisam ficar fechadas até ela passar pelos ritos da igreja, para evitar que o sangue suba.

Essa e outras coisas são prescritas por um empírico, que vem em algum momento indeterminado do dia ou da noite para arrancar o dente de Sophey e costurar Lisbet, lavá-la com mais vinagre, verificar se o bebê está corretamente enfaixado. Lisbet ainda está tão fraca que desmaia durante a visita. Acorda para ouvir Sophey e Nethe discutindo, sabe que, de alguma forma, é por sua causa, mas não consegue reunir energia para se importar.

Sua mente está confusa. Lisbet não sabe como separar toda a epifania da dor, prazer e agonia se contrapondo afiados e irregulares, ambos com dentes, ambos violentos e dilacerantes. O amor é exaustivo, mais próximo do medo em sua intensidade. Passam-se dias até que ela consiga fazer mais do que simplesmente sentir tudo isso, até que consiga falar ou fazer qualquer coisa a não ser carregar o peso do filho e amamentá-lo, mas isso basta. Basta respirá-lo e esquecer, durante minutos de cada vez, tudo o que aconteceu.

Nethe também quase não fala. Há uma quietude profunda, um silêncio profundo nela. Durante os primeiros dias, Lisbet acha reconfortante, mas, à medida que volta a si, percebe como Nethe a observa enquanto amamenta, desviando os olhos assim que Lisbet tenta retribuir o olhar. Nethe voltou da fonte com a pele acinzentada e os olhos sérios, o cabelo crescido o suficiente para tocar a ponta das orelhas. É impressionante para Lisbet quão recentemente ela veio a conhecer Nethe, e com que rapidez veio a amá-la. Quer estender a mão através do silêncio e dizer a ela que está tudo bem, que seu filho nasceu e não pode haver nada mais importante. Mas a quietude de Nethe impõe silêncio. É preciso muita coragem para, no quarto dia de vida de seu filho, segurar o pulso da cunhada quando ela lhe passa o bebê.

— Sente-se aqui — pede ela e Nethe se acomoda na cama. Lisbet se ajeita para junto da parede e joga o xale no ombro. Estende o braço quando o filho começa a mamar. — Venha.

Mas Nethe não se mexe. Seus olhos estão fixos na porta fechada, atrás da qual Sophey esfrega e esfrega a mesa, o banco, o chão, como se quisesse eliminar da história todos os rastros dos acontecimentos recentes.

— Nethe — chama Lisbet com doçura. — Seja o que for, você não precisa carregar isso sozinha. O que aconteceu? Você... ainda está condenada?

— Perdoada — diz ela de uma vez. — Os Vinte e Um ofereceram clemência a todas as dançarinas e impostoras. Foi por decreto papal que a dança foi declarada penitência suficiente. E Plater nunca nos denunciou como sodomitas. Ele não queria que ninguém soubesse que era corno.

— Mas isso é uma ótima notícia — comenta Lisbet. — Você está livre, você e Ida.

Um som baixo, um choro engolido.

— Nethe? — Lisbet estende a mão novamente, e Nethe se afasta. — O que aconteceu?

Nethe olha para ela pela primeira vez desde que se sentou, e Lisbet lê em seu rosto a angústia absoluta escrita ali. De repente, ela não quer ouvir, não quer sua mente de volta, não quer que o filho em seus braços, algo tão puro e adorável, fique próximo de algo tão terrível.

— Ida — diz ela. — Ela morreu?

O rosto de Nethe se contrai. Ela se joga para o lado de Lisbet, que a acolhe, sentindo-a tremer, as lágrimas quentes caindo em seu ombro. Entre soluços, Nethe conta como voltou a si, na carroça, um dia após o começo da viagem. Como Ida estava ao seu lado, a respiração fraca, ofegante. Como os olhos de Ida estavam pretos e cegos, mas ela parecia reconhecer Nethe. Como Nethe a segurou enquanto o coração dela ficava cada vez mais fraco e quando então parou. Como Nethe desabou sobre o corpo de Ida até sentir seu corpo esfriar e esquecer onde acabava sua pele. Como a enterraram no cemitério junto ao santuário de são Vito, e como ela recebeu todas as bênçãos que lhe eram devidas.

— Não entendo. — Nethe chora. — É um castigo de Deus? Por que Ele a levou?

Lisbet sabe que não foi Deus, mas o ópio. O ópio que Karl lhe deu, que Ida engoliu antecipando o afogamento, para se poupar da dor. O ópio que tomou seu coração e a afogou, assim como fizera com *Mutti*. Não consegue contar a Nethe quão perto ela esteve da felicidade. E que, apesar disso, tudo havia acabado de forma tão cruel.

— Não. Foi a dança. Melhor isso do que o afogamento, Agnethe. Você a salvou.

— Achei que fossem me pegar — diz Nethe. — Só pensei em mostrar a ela que eu estava ali. Pensei que seríamos afogadas juntas. Aí as dançarinas começaram a gritar, e não fui eu que mexi os meus pés. Quando vi, eu estava em outro lugar. Estava voando.

— Eu vi. — Lisbet faz que sim. — Você não estava fingindo. Era um verdadeiro abandono.

— Ela está morta. Ai, Deus, como isso pode ser possível?

— Mas você está viva, e ela não precisou partir sozinha, sem você ao lado dela.

Lisbet entrelaça os dedos nos de Nethe e aperta seu rosto com força no dela. Sua dor é branda e a boca do filho é forte ao sugar seu seio. Deitada ali, com seu recém-nascido e a irmã recém-encontrada, ela se sente mais inteira do que nunca. Acha que Ida a perdoaria por isso.

Há mais para saber, mais perdas. O querido e doce Ulf está morto, suas queimaduras foram dolorosas demais para ele suportar. As abelhas foram queimadas ou fugiram para a floresta. Eren desapareceu, procurado pelo assassinato de Plater. Lisbet tenta contar a Nethe muitas vezes que a acusação é falsa, mas ela a impede.

— Não diga nada, Bet. — E Lisbet descobre que não precisa. Enquanto Eren permanecer longe, ela não precisa protegê-lo. E porque ela não pode chorar abertamente por Eren, ela chora pelo cachorro, e Sophey a chama de fraca e lhe dá mais vinagre.

Além de toda essa devastação, ela também sabe: seu filho nasceu e está seguro no mundo. O que mais? Também que a mão que sentiu em suas saias era Ilse tentando impedi-la de entrar no fogo. Que a mão em seu punho era de Daniel, que veio em seu socorro e acusou Eren. Que ele, junto com Mathias, cuidou dela durante um dia inteiro antes de Sophey e Nethe chegarem e o expulsarem.

— Ficaram com ele, no quarto de Nethe. Ele transformou o quarto num chiqueiro. — Sophey suspira, ninando o bebê com tanta força que Lisbet duvida que durma, mas, de certo modo, o cuidado o relaxa. — Graças a Deus, escondi minhas sedas do casamento.

Nethe e Lisbet se entreolham e riem da histeria própria daqueles que enfrentaram um grande desastre e sobreviveram.

·

Henne retorna quando o filho deles tem uma semana de vida, trazendo a notícia de que a peste da dança acabou. Ele é tão alto, tão largo que poderia bloquear o sol.

— Dizem que centenas morreram, e eu acredito. Os palcos ficaram marcados pelos pés. Mas nada disso importa. Lisbet — diz ele, e sua voz parece estranha pelo tempo que passaram separados —, obrigado pelo meu menino.

Meu menino, pensa Lisbet.

Ele chega mais perto da cama e segura sua mão, e seu rosto está tão encovado que ela quase recua. Como foi possível nunca ter notado o contorno abrutalhado da sua testa antes, a boca lasciva, a estranheza de seu cabelo e barba loiros. Ele deixou que Plater espancasse Nethe quase até a morte. Ele beija a mão de Lisbet e ela se retrai, fingindo uma careta de dor.

— Dei para ele o nome de Heinrich. — Ele sorri, e ela já sente a ruptura dos fios que vinha construindo com o menino, os momentos efêmeros quando ele está mamando e ela o observa, esperando por um nome que chegasse e se encaixasse perfeitamente a ele, assim como ele se encaixa em seus braços. Mas Henne chegou e os afastou. Henne chegou e engoliu a criança por completo como propriedade sua.

Seu marido — pois é isso o que ele é, ela se recorda — entende mal a careta dela e aperta sua mão. Ela havia se esquecido de sua falta de cuidado. Ele aperta com muita força, seus dedos são traças se desintegrando.

— Você não precisa se preocupar, Lisbet. Chegamos a um acordo sobre as abelhas. — Ele beija sua mão de novo e a joga para longe, levantando-se para se esticar. Preenche o quarto inteiro até não mais haver espaço para ela. Lisbet tem medo do dia que tiverem de compartilhar uma cama outra vez. Como vai deixar que ele a toque, depois de Eren? — Heidelberg foi uma perda de tempo. Nunca iriam deixar a gente ficar com as abelhas, não com o mosteiro tão perto. Na verdade, o mouro nos fez um favor, limpando a terra. Temos um novo negócio, agora.

Ela sumiu do quarto. O mouro? Deve estar falando de Eren. Lisbet o interrompe quando ele fala, repetidas vezes, sobre seus planos de transformar o pátio das colmeias em uma plantação de beterraba, de colocar Sophey, Nethe e ela para arar a terra no próximo mês.

— Espere. E quanto a E... — Ela engole o nome dele. — E o turco?

— Você não ouviu? Pensei que Nethe tivesse contado tudo para você. — Ele suspira. — Ele queimou as colmeias.

— Não — retruca ela. — Não foi ele. Sei que não foi ele.

— O menino viu tudo, aquele que tirou você do fogo. Ele viu o mouro, ou turco, ou qualquer coisa que essa criatura sem Deus seja, atear fogo e levar você para a pira. Sorte sua estar viva. Além disso, ele matou Plater. — Henne faz o sinal da cruz, mas não parece minimamente reverente. — Ele está sendo caçado agora.

Não vão encontrá-lo, pensa Lisbet. *A Floresta Negra engoliu Joss Fritz. Oferecerá o mesmo abrigo a Eren.*

— Henne, não foi ele. — Ela se esforça para se levantar, seus pontos esticando. — O fogo nem o assassinato. Plater...

— Não. — Henne pega sua mão de novo. — A Igreja vai dar mais terra para nós plantarmos, Lisbet. Beterraba, cebola, repolho. As mesmas lavouras do meu pai e do seu pai. É bem melhor do que a gente esperava.

— Henne, você não está ouvindo.

— Você precisa me escutar, mulher. — Agora, ele está machucando Lisbet, sua mão um torno. Ele sabe, ela percebe. Ele sabe que não foi Eren. Talvez tenha até adivinhado a responsabilidade de Plater. Mas quem se atreve a contestar um homem dos Vinte e Um?

Henne olha fixamente para ela, com um alerta nos olhos, e Lisbet faz que sim apenas para que a solte. Ela coloca, então, a mão debaixo do braço, sente os seios doloridos, pesados. Logo seu menino será devolvido a ela e vai mamar, e ela se livrará de Henne e ficará sozinha com o filho.

— Não sei o que se passou pela cabeça de *Mutti* quando deixou um turco dormir aqui. Nesta cama! — Ele estremece, e Lisbet fecha os olhos para conter as lágrimas. — Se eu estivesse aqui, eu o teria empalado.

— Você mataria um homem — diz Lisbet baixinho, embora saiba que ele testemunhou o quase assassinato da irmã.

— Eles não são homens, Lisbet — rebate Henne. — A própria Igreja diz que matar essas criaturas é matar o mal, derrotar o mal. Fazer isso é servir a Deus. Garantiram-me isso. Não é assassinato quando se elimina um demônio.

Ela tem vontade de se jogar contra ele, morder, arranhar e rasgar. Quer dizer que ele é o Diabo, ele e Plater, os dois, pelo que fizeram a Nethe, a Ida. Quer dizer que ama esse homem, o turco que ele tanto odeia. Mas, mesmo que pudesse, ele não lhe daria espaço para falar. Henne continua:

— Cinquenta colmeias queimadas! Pelo menos a cera foi toda colhida, e temos seis baldes de mel.

Que Lisbet extraiu. Ela sabe, então, que é igual às pobres abelhas, que toda a tristeza de Henne é pelo valor delas, toda a dor é pelo que elas davam. Se ela tivesse morrido e a criança sobrevivido, ele se importaria? A resposta é óbvia e afeta o que resta de seu coração. Somente o menino, quando é trazido para o seu seio, no colo de Nethe, começa a curá-lo.

23

Quando ela finalmente vai à igreja para os ritos e seu filho é abençoado, Henne permite que as crianças de Ida venham visitar. Ilse já parece mais velha, o rosto mais fino e está mais parecida com a mãe do que nunca. Ela chora com a cabeça escondida nos cueiros, e Lisbet sussurra que ela também perdeu a mãe. Que Ida está no Céu, cuidando dela, e que está muito orgulhosa. Que Ilse tem uma amiga em Lisbet, em Nethe, que elas nunca a deixarão só e que nunca deixarão que ela sinta qualquer coisa menor do que ser amada. As crianças mais novas estão apenas desnorteadas e Rolf não será afetado por nada — Lisbet promete a si mesma que cuidará disso. Ela o amamenta com o leite que seu menino deixou sobrar. Às vezes, ela traz os dois bebês aos seios e deixa que enlacem os dedos como gêmeos enquanto mamam. Manterá Ida viva para todos eles e os protegerá da mesma forma que Ida protegeu Lisbet.

Com Henne ocupado arando a terra, Daniel Lehmann ajudando, Lisbet, Sophey e Nethe passam horas juntas. Embora Sophey não tenha amolecido depois dos eventos do verão, está mais tranquila, e surge entre elas o começo de uma amizade, talvez até mesmo amor. Mas é a Nethe que Lisbet se apega, que a ajuda a superar aqueles impossíveis primeiros dias do luto, da dor e de enlevo. É Nethe quem a salva, dia após dia, e Lisbet acha que, lentamente, estão aprendendo a carregar a dor e o amor entre elas, que cresce até estar grande o suficiente, forte o suficiente, para que consigam suportar tudo mais.

Elas passam a dividir a cama. Henne resmunga quando o bebê chora e parece aliviado quando Lisbet sugere que ela se mude para o quarto de Nethe. Elas acordam juntas num ciclo exaustivo, dormindo quando o bebê dorme, conversando quando o bebê mama. Lisbet conta tudo para Nethe: de Eren, de sua mãe, até mesmo do rio. Nethe compartilha seus primeiros dias com Ida, e suas últimas horas, e elas riem e choram até não poder mais.

Certa noite, com o bebê dormindo no seu peito, Lisbet sente cheiro de chuva. Seus sentidos ainda estão aguçados e ela sente uma pressão crescente no crânio, o aroma maravilhoso e claro de um aguaceiro se aproximando.

— Abra as venezianas — sussurra ela e Nethe atende. O céu noturno está nublado e Nethe estende a mão para fora.

— Oh — diz ela e se aproxima de Lisbet com a palma da mão estendida. Sobre ela, uma gota de água. Espalha a gota na testa de Lisbet, como uma unção.

— Aqui — diz Lisbet e entrega Heinrich. Nethe o pega, leva-o até a janela para mostrar a ele a chuva que começa a cair. Lisbet escorrega as pernas para fora dos lençóis. Quase não se mexeu durante esse tempo, seguindo as instruções do empírico, e sente os pontos esticarem. Mas não sente dor, apenas um leve incômodo. Quando Nethe se vira, ela já está de pé.

Nethe exclama surpresa.

— Cuidado, Bet!

Atrás dela, a chuva capta alguma luz distante e cintila. Nethe estende o braço para guiar Lisbet até a janela, mas ela balança a cabeça, movendo-se em direção à porta. Nethe gesticula com a boca, tentando alertá-la, mas Lisbet se sente leve, alegre.

Elas atravessam a casa escura, Heinrich preso no peito de Nethe. Lisbet abre a porta de fora e elas avistam Fluh correndo feliz na chuva que começa a cair. Além dela, Lisbet percebe a ausência das colmeias, o terreno nivelado e plantado. Ela pisa descalça no quintal. Aquelas primeiras gotas refrescantes são como uma bênção, e ela se sente transformada, santificada. Elas lhe dão coragem para ver de perto o solo arado. Ali ficavam as primeiras colmeias que ela trançou. Ali ela guardou as abelhas silvestres que trouxe da árvore da dança. Ali foi onde ela acalmou os enxames. Ali ela matou um homem para salvar seu filho. A chuva começa a cair, batendo no solo ressecado, e ela joga a cabeça para trás e bebe.

— Você está bem, Bet?

Quando Lisbet diz "Sim", é verdade. Toma seu menino nos braços, segura a mão de Nethe uma vez mais. Não precisa mais ficar parada ali. Há outro lugar para estar.

•

Há cem anos ou mais, numa época terrível, o papa proibiu milagreiros: os que jejuavam, os curadores, os que ressuscitavam os mortos. Havia maravilhas demais, e elas causavam estragos e caos. Mas aqui está ela carregando seu próprio milagre, sob a chuva torrencial, e Lisbet sente vontade de rir de alegria.

Nethe não precisa perguntar para onde estão indo. Escutam o zumbido da floresta, ganhando vida sob as nuvens. O rio vai encher e transbordar, limpar as ruas devastadas. Lisbet muda a posição do filho nos braços. Ele é perfeito. Ele é divino, um anjo — ela sente essas coisas com intensidade e sem reservas. Fez algo bom, puro e sagrado. Agora, os olhos do bebê estão abertos e são de um azul muito escuro. Seu amor por ele é tão profundo que esvazia o mundo — suga o tutano dos seus ossos.

A árvore da dança está como ela a deixou. Ali estão as fitas dos seus bebês, suas oferendas para que seu filho pudesse viver. Nethe carrega Heinrich para Lisbet conseguir subir e o passa para cima antes de seguir.

A chuva tamborila nas folhas acima, mas quase nenhuma gota chega a elas. A plataforma parece ampla e sólida sob seus pés. Ali está a chaleira de Eren, a única herança da mãe dele. Ali está o alaúde de Eren. Lisbet passa as mãos sobre as cordas silenciosas. Ele não voltou para buscá-los — escolha sensata, mas seu coração dói por tudo que ele deixou para trás. Foi aqui que eles se beijaram e deitaram juntos, foi aqui que ela pensou que sua vida poderia se tornar maior do que qualquer coisa que já tivesse planejado ou imaginado. A música de Eren chega a ela, o ritmo lento da melodia que tocou na noite deles.

Lisbet se debruça sobre o galho de onde liderou as abelhas, tendo cuidado com o bebê nos braços. Delicadamente, remove a pilha de gravetos cobertos de alcatrão e os deixa cair no chão. Talvez suas abelhas voltem um dia. Talvez compartilhem este lugar, seus bebês e as abelhas, ambas.

Um som de algo rasgando, e Lisbet se vira e vê Nethe rasgando um pedaço da bainha do vestido. Ela olha para a cunhada, pedindo permissão, depois estende os braços para cima e amarra o pano em volta do galho. Do bolso, tira a fita, a fita de seda que amarrava o cacho do cabelo de Ida, o que Lisbet havia encontrado dentro do travesseiro semanas antes, e a amarra em volta do pedaço de pano para que fique pendurada como um ornamento.

— Por Ida.

— Por todas nós — acrescenta Lisbet.

Ela começa a cantarolar, trazendo a música para ela, como se o alaúde não estivesse mudo aos seus pés, mas sendo tocado, e dedos escuros e ágeis dedilhassem as cordas. Nethe se junta, desafinada, e põe os braços em volta de Lisbet e Heinrich. Sob o tamborilar dos galhos, que firmam e seguram, Lisbet cantarola mais alto. Na caverna escura do peito da irmã, ela sorri, o corpo cálido do filho contra o seu. Ele está aqui. Há uma vida inteira pela frente. Ela e Nethe começam a dançar.

Nota da autora

Em julho de 1518, no auge do verão mais quente que a Europa Central já havia conhecido, uma mulher, cujo nome está registrado como Frau Troffea, começou a dançar nas ruas de Estrasburgo. Não era uma dança comum — era incessante, mais parecida com um transe do que com uma celebração. Ela dançou por dias, frustrando quaisquer tentativas de fazê--la descansar, até atrair a atenção dos Vinte e Um, o conselho da cidade, e ser levada para o santuário de são Vito, padroeiro das dançarinas e dos músicos. Depois de ser banhada na fonte de lá, ela parou de dançar.

Mas já era tarde. A epidemia da dança já havia se alastrado e durou dois sufocantes e frenéticos meses. Em seu clímax, quatrocentas pessoas chegaram a dançar, e conta-se que chegavam a morrer quinze por dia. O maior surto de tal mania já registrado.

Mas isso não foi um incidente isolado. Entre os séculos XIV e XVII, as epidemias de dança, ou coreomanias, ocorreram regularmente. Às vezes, eram contidas e se limitavam às festas do dia de são Vito. Às vezes, envolviam apenas crianças; às vezes, mulheres, principalmente. Com frequência, os dançarinos eram as pessoas mais vulneráveis da sociedade, fosse por classe, idade, raça ou gênero.

Por causa dessas características, uma das explicações mais populares, tanto hoje quanto então, era a da mania religiosa. Deus e o Diabo não eram ideias a serem discutidas na Idade Média — eram fatos, tão reais como o clima ou a fome. Na verdade, o clima era enviado por Deus, assim como a seca e a fome. O século XVI foi particularmente afetado por eventos climáticos extremos, e, embora tais eventos sejam facilmente explicados pela ciência hoje, naquele tempo havia apenas uma explicação para as infindáveis colheitas arruinadas, os verões excruciantemente quentes e os invernos tão frios que as pessoas congelavam nas ruas. Deus punia a raça humana e todos precisavam expiar suas culpas.

No fim do século XV, Ele enviou um aviso: um cometa que muitos pregadores notórios, como Johann Geiler von Kaysersberg, um dos favoritos de Sophey em *A árvore da dança*, consideravam um sinal de condenação. Isso lançou a região da Alsácia, uma área muito disputada entre França e Alemanha, num estado de pânico, agravado pela guerra nas fronteiras entre o Sacro Império Romano e o Império Otomano, em expansão, bem como por duas décadas de enchentes e secas que dizimaram as colheitas. Aqueles mais próximos da pobreza eram forçados a tomar empréstimos da Igreja, que mais parecia um negócio do que representante de Deus.

O ressentimento entre as pessoas comuns e a Igreja se intensificou a tal ponto que rebeliões lideradas por servos se tornaram ocorrências regulares e ameaças constantes. Fazendeiros famintos pegaram em armas contra seus credores e proprietários de terra e foram sumariamente enforcados. A raiva aumentou. Mais fome, mais revoltas, mais enforcamentos. E o tempo todo, o Sacro Império Romano ia se consumindo pelas bordas, enquanto os otomanos expandiam seu alcance. O medo desses invasores de pele escura se transformou em ódio obsessivo por meio de panfletos que os pintavam como demônios perambulando pela Terra, palavras abomináveis repetidas levianamente pela imprensa escrita, que surgia em Estrasburgo.

Foi em meio a esse tempo de insensatez que Frau Troffea começou a dançar. A vida de uma mulher da classe trabalhadora era particularmente tumultuada, uma vez que mulheres eram tratadas como propriedade e não tinham poder legal na Igreja, no Estado, na sociedade ou em casa. Pode ser que ela tenha se sentido afetada pela sina ao seu redor e tenha, então, enlouquecido. Pode ser que tenha comido pão de baixa qualidade feito com centeio contaminado por ferrugem de gramíneas, um fungo que causa contrações nervosas e a sensação de fogo nos membros. Pode ser que ela não conseguisse comprar pão e buscasse na Floresta Negra cogumelos para saciar a fome, caindo nas garras de algum alucinógeno.

Todas essas explicações foram oferecidas, mas é John Waller, em seu excepcional livro *A Time to Dance, A Time to Die* (2009), que traz o caso mais convincente de que não se tratou de mera loucura, nem alucinação, mas transe religioso em massa instigado pelas pressões e crenças únicas da época. É difícil para leitores contemporâneos compreenderem o papel absoluto da religião na vida medieval, a forma como ela assumia total controle de tudo, desde a medicina, os impostos, até os castigos e o sexo. *A árvore da dança* deve muito à pesquisa de John Waller, embora eu tenha tomado grandes liberdades em minha obra de ficção. Quem quiser ler mais sobre a epidemia da dança de 1518, deve consultar o livro de Waller.

Como em qualquer história, aprendi muito ao escrever *A árvore da dança*. É fácil traçar paralelos entre aquele tempo e o nosso, nas atitudes com relação à comunidade LGBTQIAP+, aos imigrantes, às classes sociais. Avançamos muito, mas não chegamos suficientemente longe. As estruturas de poder sob as quais operamos não mais se chamam "Deus", mas ainda estão muito presentes. O mundo como um todo permanece, não raro, um lugar hostil para pessoas que vivem, se parecem ou amam de maneira diferente. Em *A árvore da dança*, quis oferecer aos meus personagens um lugar onde pudessem estar seguros e ser eles mesmos. Sinto muito que o mundo exterior tenha encontrado um jeito de entrar.

Por fim e sob um ponto de vista pessoal, tendo experimentado nossa pandemia contemporânea através da lente de perdas recorrentes na gravidez, quis retratar essa experiência em meu romance. Ainda não encontrei histórias suficientes que explorem essa dor e amor específicos, embora afete uma em cada cem pessoas, e abortos naturais ocorram em uma em cada três gestações.

Lisbet é a minha tentativa de oferecer um espelho a qualquer pessoa que esteja lutando para se ver e uma janela para aqueles que talvez precisem dessa compreensão. Espero que não invejem o seu final.

Kiran Millwood Hargrave, novembro, 2021.

Agradecimentos

Todo romance contém uma parte do nosso coração: *A árvore da dança* tem todos os pedaços do meu. Obrigada às pessoas que me apoiaram ao longo desta jornada, o mais difícil processo.

À minha editora, Sophie Jonathan, que me ajudou a encontrar as palavras certas e o caminho correto. À minha agente, Hellie Ogden, por me dizer que eu precisava tirar um tempo para me curar. A todos na Picador, desde copidesques a diagramadores, dos revisores às equipes de marketing, dos assessores de imprensa aos representantes de vendas. Ao maravilhoso pessoal da Janklow and Nesbit, nos Estados Unidos e no Reino Unido. A Kirby Kim por acreditar totalmente. A Rakesh Satyal e a todos da HarperOne.

Às livreiras e aos livreiros, às bibliotecárias e aos bibliotecários e às leitoras e aos leitores em toda parte.

A Katie Ellis-Brown pela orientação inicial. A Elizabeth Macneal pela orientação anterior à inicial. A Sarvat Hasin e Daisy Johnson pelas primeiríssimas orientações.

À minha família, à família do meu marido, aos meus amigos. Especialmente à minha mãe, Andrea, às minhas cunhadas Miranda, Madi e Milli e a Katie Webber. Aos meus queridos primos, sobrinhas e sobrinhos, aos bebês que nasceram e cresceram enquanto eu escrevia esta história — todos um milagre.

Às pessoas que nos ajudaram a sobreviver às catástrofes. À Dra. Ingrid Granne, a Ginny Mounce, a Emily Carson e a Zoe Seargeant.

Aos bebês que perdemos. A todas as pessoas que conhecem esse sentimento.

Ao meu marido, Tom. Amo você.

Este livro foi composto na tipografia Minion Pro,
em corpo 11,5/15,5, e impresso em
papel off-white no Sistema Cameron da
Divisão Gráfica da Distribuidora Record.